Knaur

Von Julia Peters sind außerdem erschienen:

Der Mann im Mond ist eine Frau
Wilde Weiber küssen besser
Vibrations!
Walpurgistänze

Über die Herausgeberin:

Julia Peters lebt als Autorin, Herausgeberin und Übersetzerin in München.

Killing him softly

Sanfte und unsanfte Geschichten

Herausgegeben von
Julia Peters

Knaur

Besuchen Sie uns im Internet:
http://www.droemer-weltbild.de

Originalausgabe August 2000

Umschlaggestaltung: ZERO Werbeagentur, München
Satz: Ventura Publisher im Verlag
Druck und Bindung: Ebner Ulm
Printed in Germany
ISBN 3-426-61707-2

5 4 3

Inhalt

Monika Buschey

Albert oder Die Reduktion

Liebe Schwiegermama, nach Monaten der Unruhe komme ich endlich dazu, dir zu schreiben. Wie gut, dass man vorher nicht genau weiß, wie alles sich entwickelt, sonst wäre man womöglich gar nicht in der Lage, so schwerwiegende Entscheidungen zu treffen, wie sie dir und mir auferlegt sind.

Es ist nun also die zentrale Phase des Reduzierungsprogrammes abgeschlossen. Albert ist nicht mehr. Das heißt, er ist nicht mehr hier. Aber lass mich der Reihe nach erzählen.

Nachdem wir uns zuletzt bei dir getroffen hatten – acht Monate ist das jetzt schon wieder her – und die Entscheidung praktisch feststand, bin ich gleich am nächsten Morgen zu Doktor Spiekenkroog gegangen, und ich hatte Glück. Er hatte kaum Patienten, und wir konnten uns in aller Ruhe unterhalten. Wie ich dir schon in Stuttgart vorausgesagt hatte, sein Verständnis war groß. Er fragte nicht weiter nach den Gründen für unseren Entschluss, wollte nur Genaueres über Albert wissen: Lebensalter, Ernährungsgewohnheiten, äußeres Erscheinungsbild, Temperament und so weiter. Der Computer, der die Daten in kürzester Zeit und noch in meiner Gegenwart auswertete, legte nach der zweiten Einspeisungsphase den genauen Behandlungsplan vor, dazu alle wichtigen Zusatzinformationen. Demnach ist Albert der ideale Typ für das Programm: Bei dunkelhaarigen Rauchern mit Neigung zum Spreizfuß und fließenden Englischkenntnissen könne praktisch gar nichts schief gehen, meinte Doktor Spiekenkroog. Wenn das Programm liefe, bestünde außerdem zu jedem Zeitpunkt die Möglichkeit, den Reduktionsprozess anzuhalten – Albert hätte auf diese Weise die Chance, sein Leben etwa als 40- oder 20- oder Zweijähriger fortzusetzen. Wobei er selbst, der ja nicht weiß, was mit ihm vorgeht, keine Möglichkeit hat, den Prozess von sich aus auszuschalten. Ohnehin ist es für solche Überlegungen inzwischen zu spät, und sie liegen unseren Vorstellungen ja auch fern.

An jenem Montag habe ich mit Doktor Spiekenkroog ein erfolgsorientiertes Honorar vereinbart. Die erste Rate war sofort fällig, die zweite überweise ich, sobald ich diesen Brief an dich vollendet habe, und die dritte, letzte, möchte ich dich bitten zu übernehmen, wenn wir am Ende der Behandlung angekommen sind. Doktor Spiekenkroog wird dir die Rechnung schicken. Dazu später mehr, zunächst lass mich dir weiter chronologisch berichten.

Auf Doktor Spiekenkroogs Anraten habe ich nichts überstürzt. »Der Körper des Klienten signalisiert von allein, wenn er sich reif fühlt«, hat er gesagt. Geduldig warteten wir auf Alberts nächste Grippe, und richtig, zu Beginn des Herbstes packte ihn das Virus. Er bekam leichtes Fieber, Halsschmerzen und einen bronchialen Katarr, Symptome also, die einen Besuch bei Doktor Spiekenkroog notwendig machten. Es war übrigens nicht schwer, Albert von einem Arztwechsel zu überzeugen. Du weißt ja, wie sehr ihn neue Heilverfahren interessieren, besonders, wenn sie auf homöopathischer Grundlage aufbauen. Spiekenkroog bestellte ihn dreimal zu sich, denn drei Injektionen, im Abstand von 24 Stunden verabreicht, lösen den Reduktionsprozess aus. Alles werde äußerst behutsam vor sich gehen, hatte mir Doktor Spiekenkroog versichert, vor allem hätte Albert keinerlei Schmerzen zu erdulden.

Von der Grippe jedenfalls erholte er sich schnell. Er blühte förmlich auf, nahm auf der Treppe zwei Stufen auf einmal und verlor schon in den ersten Tagen den Bauchansatz, der ihn in den letzten Jahren so entstellte, wie du dich erinnern wirst.

Die Entwicklung, die nun einsetzte, liebe Schwiegermutter, kann man nur als äußerst rasant bezeichnen. Alberts hässliche Halbglatze war bald von glänzenden Haaren überwuchert, seine Zahnprothese, ja selbst einzelne Füllungen aus den verbliebenen Zähnen konnte er wegwerfen. Seine Gesichtshaut straffte sich, sein Rückgrat richtete sich auf. Seine Ansprüche an mich, also wie soll ich es sagen, liebe Schwiegermama, seine Ansprüche wuchsen. Fast war es so wie zur Zeit unseres anfänglichen Zusammenseins. Er begrüßte mich abends mit einem Kuss auf den Hals, und dem Essen wurde bei weitem weniger Aufmerksamkeit geschenkt, als es seiner Qualität nach verdient hätte.

Ich will nicht sagen, dass mir all dies nicht durchaus auch gefallen hat. Es gab sogar genussvolle Augenblicke, das kann ich nicht leugnen. Trotzdem war ich nie in Versuchung, mit Doktor Spiekenkroogs Hilfe den Reduktionsprozess zu stoppen. Denn genau wie vor 18 Jahren begann Albert nach einem fremden Parfüm zu riechen, das höchstwahrscheinlich seiner Sekretärin gehört oder sonst einem Mädchen in der Kanzlei, und es häuften sich die Anrufe, die unterbrochen wurden, wenn ich mich meldete. Alberts neuerlicher Erfolg bei Frauen ging einher mit zunehmenden Misserfolgen im Beruf. Du weißt, Juristen haben untereinander einen ziemlich barschen Ton, und Albert musste sich bald von seinen Kollegen sagen lassen, er benehme sich wie ein Anfänger, trotz Frischzellenkur.

Na ja, eine Weile konnte er die Rückschläge mit immer neuen Bettgeschichten kompensieren, ganz wie in alten Zeiten, und als sie schon drohten, ihn aus der Gemeinschaftspraxis rauszuschmeißen – löste sich das Problem von selbst. Albert hatte nämlich – ach, jetzt wollte ich sagen: die nächste Entwicklungsstufe erklommen. Aber nichts wäre unzutreffender. Albert machte programmgemäß einen gewaltigen Schritt nach rückwärts.

Es war ein heißer Sommerabend, als ich nach Hause kam und schon in der Garage Rockmusik aus den frühen 60er-Jahren hörte. Dein Sohn war in ein Stadium zurückgefallen, das ich bei ihm nicht kannte. So muss er ausgesehen haben, bevor wir uns kennen lernten. Er tanzte für sich allein mit zuckenden Bewegungen auf der Terrasse, war schmal wie ein Handtuch und hatte sich die Haare irgendwie grausam eingefettet und zu einer Tolle gekämmt. Ich erkannte ihn überhaupt nur noch an der Stimme. Ihn irritierte es etwas, mich zu sehen. Während er seinen eigenen Zustand gar nicht zu reflektieren schien, reagierte er doch befremdet auf seine Umgebung. Daran, dass er ein Studium absolviert und ein Haus gebaut hatte, konnte er sich schon gar nicht mehr erinnern.

Schon am Abend des nächsten Tages erlebte Albert einen Rückfall in die Pubertät, und ich sah mich gezwungen, ihn im Gästezimmer unterzubringen. Die Karl-May-Bücher, die er kurz darauf zu lesen begann, stapeln sich jetzt noch im Wohnzimmer, ich kann sie gar nicht so schnell wegschaffen.

Es folgte eine Phase erhöhter Belastungen für mich, die ich nur mit starrem Blick auf das Ziel durchzuhalten in der Lage war. Immer wenn ich glaubte, nicht mehr weiterzukönnen, flüchtete ich mich in ein Telefongespräch mit Doktor Spiekenkroog. Er tröstete mich, forderte mich auf, geduldig zu sein, und hielt mir das bald eintretende wunderbare Ergebnis unserer Bemühungen vor Augen.

Alberts Eintauchen in die Kindheit begann mit einem schier

unbändigen Appetit. Besonders auf Pizza und Spaghetti. Beides mampfte er mit einer Gier in sich hinein, die mich erschreckte. Hast du, liebe Schwiegermama, ihn damals auch als ein kleines Monster erlebt, das Dinge entweder zerstört oder aufisst?

Vor allen seinen Lebensäußerungen grauste es mich über alle Maßen. Diese pausbäckige Ausgeschlafenheit, dieser tollpatschige Mut, von hohen Spielgerüsten oder Mauern zu springen! Sein Charakterzug, viel zu wagen und wahrhaftig auch in seinem Sinn viel zu gewinnen, haftete ihm schon in früher Kindheit an. Ich hätte nicht gedacht, dass schon die Siegesgewissheit eines Vierjährigen mich derartig auf die Palme bringen könnte. Als er in das Alter kam, wo ihm die Fähigkeit des selbstständigen Gehens nicht mehr zur Verfügung stand, lieh ich mir einen Laufstall. Nachts kam er in ein ebenfalls ausgeliehenes Gitterbett, tagsüber in den Stall. Das war meine Rache für heruntergerissene Vasen, einen zerbrochenen Plattenspieler und mit Wachskreide verunstaltete Esszimmermöbel. Sein Schreien erstickte ich mit etwas Valium, wozu Doktor Spiekenkroog mich ausdrücklich autorisierte: Dieses Medikament könne den Reduktionsprozess nicht tangieren, und auf Alberts geistige und körperliche Gesundheit Rücksicht zu nehmen sei ja ohnehin überflüssig. Ein gewisses Mindestmaß an Zuwendung und Pflege musste ich mir allerdings abverlangen. Die Rückentwicklung könnte sonst, meinte Spiekenkroog, ins Stocken geraten. Albert seinerseits, wenn er die Schläfrigkeit gerade einmal überwunden hatte, entwickelte eine große Abneigung gegen mich. Er trat, spuckte, zog mich an den Haaren und versuchte immer wieder, mich in die Hand zu beißen. Auch fühlte er sich deutlich unwohler als in den vergangenen Phasen seiner rückwärts laufenden Biografie. Doktor Spiekenkroog meinte, die Rückschrumpfung der Organe sei doch eine er-

hebliche Belastung für den kindlichen Körper, und als Albert in die Säuglingsphase eintrat, riet Spiekenkroog von den Valiumtabletten ab. Als ich bemerkte, dass Albert zu krabbeln aufhörte, kaufte ich einige Pakete Zellstoffwindeln und tauschte im Secondhandshop die Kinderkleider gegen Babyzeug ein.
Dem Säugling gegenüber hatte ich dann ein entspanntes Verhältnis und gleichzeitig wuchs meine innere Spannung, denn nun würde es ja bald für alle Zeit vorbei sein mit dem gemeinsamen Lebensweg. Albert verlor Haare und Zähne, er durchlebte Allergie- und Durchfallphasen. Einmal bekam er gar einen schlimmen Husten, sodass ich schon befürchtete, er stürbe mir weg vor dem Ende der Behandlung. Die letzten Tage, die er bei mir verbrachte, verliefen friedlich und ruhig. Mit einer gewissen Wehmut denke ich daran zurück. Albert schlief viel, hatte eine rosige Gesichtsfarbe und erreichte schließlich sein Geburtsgewicht. Seit heute Morgen steht sein Gitterbettchen nun leer.
Liebe Schwiegermama, du ahnst es bereits. Deine Stunde naht. Doktor Spiekenkroog ließ mich wissen, dass nach den bisherigen Erfahrungen der auf Neugeborenenmaß reduzierte Mensch etwa vier Tage lang verschwindet, ehe er sich in einem umgekehrten Geburtsprozess abermals im mütterlichen Organismus einnistet. Dieser Vorgang verlaufe in aller Regel – ich zitiere Spiekenkroog – »beinahe schmerzfrei und ohne nennenswerte Komplikationen«. Einen Arzt wirst du jedenfalls leider auf keinen Fall zu Rate ziehen können, liebe Schwiegermama. Du siehst ja gewiss ein, dass eine Schwangerschaft in deinem Alter Fragen aufwerfen würde, und wir müssen natürlich alles Aufsehen um jeden Preis vermeiden. Dies alles haben wir im Groben ja schon besprochen, und ich bin ganz und gar zuversichtlich, was deine Kondition und deine Willensstärke anbelangt.

Kürzer als beim ersten Mal wird die Schwangerschaft allerdings kaum, meint Doktor Spiekenkroog. Am besten wird es sein, du verbringst die nächsten fünf bis sechs Monate in deiner Wohnung. Die Lebensmittel lässt du dir bringen. Wenn ich nicht so weit entfernt wohnte, liebe Schwiegermama, du könntest sicher sein, dass ich mich um dich kümmern würde. Die Entfernung macht eine intensive Betreuung leider unmöglich. Außerdem bin ich, was meinen eigenen Gesundheitszustand betrifft, im Augenblick nicht sehr stabil, wie du dir vorstellen kannst. Alberts Leben im Zeitraffer will verkraftet sein.
In schwachen Stunden empfehle ich dir, es mir gleichzutun und an das wunderbare Ende unserer Bemühungen zu denken. Doktor Spiekenkroog empfiehlt zusätzlich eine Meditation über das Bibelwort »Der Herr hats gegeben, der Herr hats genommen«. Jeder Anflug von schlechtem Gewissen, so versichere ich dir, vergeht auf der Stelle, wenn du dir die Gründe für unseren Entschluss noch einmal ins Bewusstsein rufst. Von Alberts zahllosen Flirts und Affären will ich gar nicht erst anfangen. Nehmen wir die kleinen, die wirklich verletzenden Dinge. Seine Angewohnheit, Bücher im aufgeschlagenen Zustand mit dem Deckel nach oben liegen zu lassen, hast du ja wohl schon in seiner Kindheit erheblich zu bekämpfen versucht. Wahrhaft sensiblen Menschen können auch Äußerlichkeiten nicht gleichgültig sein. Doktor Spiekenkroog hatte sofort Verständnis dafür, dass mich das Schwarze hinter Alberts Zahnlücken abstieß, dass ich seine Angewohnheit, Klodeckel offen zu lassen, widerwärtig fand und das Herabfallen des linken Mundwinkels beim Lachen skandalös.
Gemeinsam, liebe Schwiegermama, haben wir ja unter Alberts stets zu kühlen Händen gelitten, unter seiner Art des Gestikulierens und seiner falschen Betonung bestimmter

Fremdwörter. Nun, wo die pränatale Phase fast erreicht ist, kommt es mir so vor, als hätten wir unserem lieben Albert gar keinen größeren Gefallen tun können, als ihn vom Lebenszusammenhang sachte abzukoppeln. Wer hat schon das Vergnügen, sich so friedlich verabschieden zu dürfen, ohne eine Lücke zu hinterlassen. Ein gramvolles Alter haben wir ihm erspart und das Fortschreiten seines körperlichen und seelischen Verfalls.

Als Albert ins Kindheitsalter zurücktauchte und ihn niemand mehr so ohne weiteres erkennen konnte, habe ich übrigens eine Vermisstenanzeige aufgegeben. Die Ermittlungen wurden bald eingestellt. Verwandten und Bekannten erzählte ich, er sei nach Südamerika aufgebrochen und bisher nicht zurückgekehrt. Viele halten das wohl für seine Art, unser Zusammenleben zu beenden, und dass selbst seine engsten Freunde ihm ein derartiges Verhalten zutrauen, beweist mir wieder, wie recht wir gehandelt haben.

Ein bisschen beneide ich dich direkt, dass du Alberts allmähliches Verschwinden so hautnah und unmittelbar erleben darfst. Wenn dann der Tag kommt, wo die Entstehung – in unserem Zusammenhang ist es ja die endgültige Rückführung des sprießenden Keimes in deinem Inneren – erfolgt, trage es mit Fassung. Doktor Spiekenkroog war, was die Zeugungsumstände anbelangte (ich behalte den Begriff der Einfachheit halber bei, aber es müsste natürlich eigentlich heißen: Entzeugung, Rückzug oder Verwandlung), also in diesem Punkt war der Doktor seltsam zurückhaltend mit seinen Informationen. Er wisse selbst nicht allzu viel darüber, sagte er mir. Die Damen, mit denen er gesprochen habe, hätten begreifliche Schamgefühle.

Jedenfalls endete ihre Schwangerschaft jeweils in einem offenbar beseligenden, lustvollen Traum. Auf alle betroffenen Damen, auch auf solche in weit fortgeschrittenen Jahren,

habe dieses Erlebnis eine durchaus revitalisierende Wirkung gehabt.
Mit dieser Aussicht, liebe Schwiegermama, lasse ich dich jetzt allein. Möge sich alles so erfüllen, wie wir es uns wünschen und planvoll in die Wege geleitet haben. Halte mich auf dem Laufenden!
Ich grüße dich herzlich, umarme dich und freue mich auf unser nächstes Beisammensein. Stets deine

Elisabeth

PS: Die letzte Rate an Doktor Spiekenkroog ist erst fällig, wenn du die Schwangerschaft glücklich hinter dich gebracht hast.

Thea Dorn

Das Goldene Vlies

Ihr Blick scannt jeden Mann in der Bar. Fieber sprenkelt ihre Augen. Sie kratzt den kleinen Leberfleck, der auf ihrem nackten Schulterblatt sitzt, blutig. Ihre Zigarette verschmaucht im Aschenbecher. *Ich brauche einen Mann,* schreit es in ihrem Hirn. *Dringend einen Mann.* Der anämische Cocktailschwenker hinter der Bar lächelt ihr zu. *Einen richtigen Mann.*

Stella bestellt den zweiten Drink. Das kleine Schwarze klebt ihr am Rücken. Ihre Hände zerknicken den alten Strohhalm. Die Lippenstiftspuren, die sie auf ihm hinterlassen hat, färben ihre Finger rostbraun.

Die Jukebox in ihrem Hirn läuft Amok. *Sag mir, wo die Männer sind. Ich will nen Cowboy als Mann. Einen Mann, einen richtigen Mann.* Der bleiche Cocktailschwenker serviert Stella den nächsten Grashopper. Hastig saugt sie das grüne Rattengift in sich hinein. Das Inferno in ihrem Innenohr wird leiser.

»Na Belladonna, noch was Nettes zum Trinken?«

Stellas Blick schwenkt fünfzig Grad nach rechts. Ein rot gelockter Zuchtbulle auf Wochenendausgang lehnt neben ihr am Tresen. Sie spitzt die Lippen um den Strohhalm herum.

»Mach du erst mal dein Hemd auf.« Ihre Stimmbänder surren.

Red Bull grinst in voller Schulterbreite und geht sich an die Knöpfe.

Der Grashopper in Stellas Strohhalm beginnt zu röcheln. Ein

Mikro-Blick hat genügt. Die Funken in ihren Augen sind erloschen. »Tut mir Leid.« Sie schnorchelt ins leere Cocktailglas. »Ich bin nicht pädophil.«
Red Bull lacht, als habe er einen seltenen Blondinenwitz gehört.
Stellas Augen blitzen nach oben. »Auf Deutsch heißt das: *Verpiss dich!*« Sie knallt das Glas auf die Theke und greift nach ihrer Zigarette. »Ich rede nicht mit Männern, die keine Haare auf der Brust haben.« Zwei scharfe Rauchschwaden entströmen ihren Nasenlöchern. Sie stößt die Zigarette in den Aschenbecher. Glutkörnchen spritzen über den Tresen.
Red Bulls Pranken hinterlassen auf der Hochglanztheke feuchte Flecken. »Hey, mach mal langsam, Püppchen!« Er arbeitet sich in Positur.
Stella sammelt die letzten Tropfen Grashopper in ihrem Strohhalm. Sie neigt den Kopf zur Seite und bläst.
Ausdruckslos verfolgt sie, wie der milchgrüne Schleim an der glatten Brust hinabläuft.

Die heruntergebrannte Kerze blakt. Es ist früher Morgen. Erst den vierten *Saturday-Night-Fighter* hat sie mitgehen lassen. Stella dreht sich auf ihrem breiten Gitter-Bett zur Seite. Die Matratze überträgt den hämmernden Puls des Mannes neben ihr. Sie steckt sich eine Zigarette an. Ihre Finger zittern.
Stella richtet sich auf, nimmt die Kerze in die Hand. Sorgfältig betrachtet sie ihr begonnenes Werk. Der Mann stöhnt. Sie beugt sich prüfend nach vorn. Der blonde Brustpelz liegt unter einer dicken Wachsschicht begraben. Einzelne Haare ragen hervor wie Weberknechtbeine in Zuckerguss.
Stella nimmt einen letzten Zigarettenzug. Sie muss sich konzentrieren. Jeder Fehler ist tödlich. Behutsam beginnen ihre Finger, die Wachsränder von der Haut zu lösen.
Stella hält die Luft an. Millimeter für Millimeter, mit der Ge-

schwindigkeit, die lange Praxis sie gelehrt hat, hebt sie den wächsernen Brustpanzer ab. Der Widerstand der ausreißenden Haare jagt ihr Schauer über den Rücken. Immer noch wagt sie nicht zu atmen. Eine Sekunde der Unachtsamkeit, und ihr Werk ist vernichtet.

Die letzten Haarwurzeln verlassen ihren Schaft. Stella schreit. Mit beiden Händen hält sie den Brustpanzer in die Höhe. Ihre Augen tränen vor Glück. Der Harnisch ist perfekt gelungen: ein breiter, ideal gewölbter Männertorso. Gefüttert mit dem Goldenen Vlies. Das prächtigste Stück in ihrer Trophäenkammer. Mit heiliger Vorsicht trägt Stella das Meisterwerk durchs Zimmer und lehnt es gegen die Wand.

Hinter ihr reißt der Mann heftiger an seinem Geschirr. Stella geht zum Bett zurück. Ihre Schritte sind heiter. Sie setzt sich neben den Gefesselten. Zärtlich streichelt sie die gerötete Haut.

»Mein armer Wolf, ist dir kalt?« Sie küsst die Brustwarzen, die sich wie kleine Vulkankegel in der roten Wüste erheben. Ein stummes Beben durchrieselt den ausgestreckten Körper.

»Ich glaube, ich sollte dir jetzt etwas Gutes tun«, flüstert sie dem Mann ins Ohr. »Soll ich dir etwas Gutes tun?«

Sie zieht die langen schwarzen Latexhandschuhe an, die neben dem Bett liegen. Der Inhalt einer schlanken Metallflasche ergießt sich über die nackte Brust. Vager Moschusduft schwebt in den Raum. Stella setzt sich rittlings. Großzügig verteilt sie das Öl auf der geschundenen Haut.

Der Mann blinzelt vor Überraschung. Und Wohlbehagen. Und Überraschung. Das Massageöl lässt seinen Moschusschleier fallen. Die gesalbte Haut flammt auf. Der Brustkorb des Mannes krampft sich zusammen. Entsetzte Würgelaute brodeln aus seinem Innern. Seine Augen sprühen Fragezeichen.

Stella hört nicht auf zu massieren.

»Unkrautvertilger, mein armer Wolf, Unkrautvertilger«, sagt sie weich.
Die Zuckungen des Mannes werden stärker. Mit aller Kraft muss Stella ihre Oberschenkel in seine Flanken pressen. Sie genießt das Rodeo, jedes Anspannen, jedes Aufbäumen, jedes Abflauen. Bis es vorbei ist. Aus dem Würgen ist Schweigen geworden. Dem geknebelten Mund des Mannes entrinnt nur noch weißer Schleim.
Leise summend steigt Stella aus dem Sattel. Sie wirft die zerzausten Haare in den Nacken. Mit äußerster Vorsicht streift sie die langen schwarzen Handschuhe von den Armen.

Fabienne Pakleppa

Killing him softly

Er wollte einen Mercedes. Sie träumte von einem Cinquecento. Als sie den Führerschein bestanden hatte, kauften sie einen alten Polo für zweitausend Mark, mehr Geld hatten sie nicht. Das Auto war ein wenig verrostet, und der linke vordere Kotflügel hatte schon eine Beule. Als er sie zum ersten Mal einparken ließ, musste Irina mehrmals von neuem ansetzen, weil Bernd sie mit seinen Anweisungen nervte. Schließlich schlug sie kräftig ein und fuhr mit aller Wucht gegen ein Verkehrsschild. Es schepperte. Er fluchte, riss die Tür auf, sprang aus dem Wagen. Sie stieg langsam aus, berührte die neue Delle am hinteren Kotflügel und schwieg betreten, während er großzügig erklärte, mit ein bisschen Geduld und etwas Gefühl würde sie es schon schaffen, das sei nicht so schlimm, das Auto sei nichts wert, im Grunde gehöre es auf den Schrottplatz. Ihr tat es Leid um das arme Auto.

Sie wohnten im selben Haus, Bernd im Hochparterre, Irina unter dem Dach. Ein Jahr zuvor hatten sie bei den Mülltonnen ein paar Worte gewechselt, kurz danach lud er sie auf ein Gläschen ein. Es gab etwas zu feiern: Eben hatte er eine Praktikumsstelle bei einer guten Firma erhalten. Bei der zweiten Flasche eröffnete er ihr, wie er seine Zukunft und seine Karriere Schritt für Schritt plante. Sie war beeindruckt von dieser Zielstrebigkeit, die ihr vollkommen fremd war, und schlief mit ihm. Sie wurden ein Paar. Ihm zuliebe stand sie früher auf, sie achtete darauf, dass ihre Wohnung ordentlicher wurde, studierte etwas fleißiger, gab ihre Gelegen-

heitsjobs auf und verdiente ihr Geld als Abendsekretärin in einer Anwaltskanzlei. Die Stelle hatte ihr Bernd besorgt. Ihr zuliebe kaufte er eine Garnitur bunter Bettwäsche. Manchmal ließ er sich überreden, ins Theater zu gehen oder eine halbe Stunde durch den Park zu spazieren, wenn ihm die Arbeit Zeit ließ. Sein Praktikum hatte er erfolgreich beendet, die Abschlussprüfungen standen bevor. Danach wollte er für sechs Monate in die Mutterfirma nach Amerika.
Als sie es erfuhr, wurde Irina traurig. Sie zählte die Tage bis zu seiner Abfahrt. Bernd nahm sie oft in die Arme und mühte sich ab, ihr zu erklären, das sei keineswegs das Ende ihrer Beziehung, trotzdem wurde sie von Tag zu Tag betrübter. An einem Abend sagte Bernd gereizt, sie solle vernünftig sein, er liebe sie und habe vor, sie in ein paar Jahren zu heiraten, wenn er genug Geld hätte, um ein Häuschen zu kaufen. Dann würden sie eine Familie gründen. Daran hatte Irina nie gedacht. Es rührte sie so sehr, dass sie fast weinte. Als sie in dieser Nacht miteinander schliefen, breitete sich ein solches Gefühl des Glücks in ihrem Bauch aus, dass sie ihre Tränen nicht mehr zurückhielt.
Drei Wochen später luden sie ihr Gepäck in den Kofferraum und reisten quer durch Deutschland Richtung Osten. Sie wechselten sich am Steuer ab, sie fuhr auf Landstraßen, er auf Autobahnen.
Einparken konnte sie inzwischen sehr gut, in fremden Städten war sie etwas unsicher. Unterwegs schliefen sie in kleinen gemütlichen Gasthöfen, dort gab es meist nur Wiener Schnitzel mit Pommes und Schweinebraten mit Knödeln. Bernd aß mit gutem Appetit, ihr wurde übel vom bloßen Anblick der Fleischlappen auf seinem Teller. Sie ließ Gemüsesuppen unangetastet zurückgehen, knabberte an dem Krautsalat, bestellte aber gern Nachtische, oft mehrere hintereinander. Beim Essen sprach sie wenig. Sie löffelte bedächtig

langsam ihre Süßspeisen, er glaubte, sie sei wegen ihrer baldigen Trennung bedrückt, und versuchte sie liebevoll aufzumuntern. Die paar Monate würden schnell vorbei sein, zu Weihnachten wäre er längst zurück, und wenn sie es wirklich ohne ihn nicht aushielte, könne sie ihn in Amerika besuchen. Und danach würden sie endlich ein anständiges Fahrzeug kaufen. Sie lächelte nur. In jeder Barockkirche, die sie besichtigten, zündete sie eine Kerze vor der Heiligen Jungfrau an.

Ihre letzte Nacht verbrachten sie in der Pension Storch. Sie stand in der Altstadt von Passau und war für seinen Geschmack etwas heruntergekommen, aber Irina war zufrieden. Zweimal hatte man sie in anderen Häusern abgewiesen, weil sie nicht verheiratet waren. Als sich die Storchen-Wirtin misstrauisch nach dem Familienstand erkundigte, hatte sie gelogen, weil sie des Suchens überdrüssig war und außerdem so müde, dass sie sich gleich ins Bett legte und einschlief. Bernd musste allein zu Abend essen. Am nächsten Morgen beim Frühstück schlug er vor, den Urlaub abzukürzen und nach Hause zu fahren, denn er hatte vor seiner Abreise noch jede Menge Dinge zu erledigen. Irina war einverstanden, aber bevor sie die Stadt verließen, wollte sie einen kleinen Rundgang durch die alten Gassen machen, vor allem wollte sie bis zu der Stelle laufen, wo Inn und Donau ineinander fließen. Bernd hatte keine Lust dazu. Er setzte sich auf eine Terrasse, um auf sie zu warten.

Irina küsste ihn und versprach, sich zu beeilen. In einer Apotheke fragte sie, ob es möglich sei, dort einen Schwangerschaftstest zu machen. Die Apothekerin bejahte. Sie gab ihr einen Plastikbecher, führte sie in den hinteren Raum und zeigte ihr die Toilette. Als sie herauskam, schüttete die Apothekerin vorsichtig ein paar Tropfen Urin in ein Röhrchen. Zwei junge Helferinnen schauten gebannt zu, Irina sah gar nicht hin, sie beobachtete nur die Gesichter der drei Frauen. Dahinter an der Wand hing ein Gemälde, auf dem ein brauner, grauer Inn sich kümmerlich in einer mächtigen blauen Donau auflöste. Nach kurzer Zeit seufzte die Apothekerin. Als wollte sie sich entschuldigen, sagte sie, das sei wohl positiv. Ihre Stimme klang fast mütterlich, als sie nach ein paar Sekunden zögernd fragte: Ist es gut für Sie? Die Helferinnen blicken Irina ernst an. Sie atmete tief ein, las so viel Wärme in den Augen der drei Frauen, dass sie bei jedem Atemzug das Gefühl hatte, ein Stück höher über dem Boden zu schweben. O ja, antwortete sie strahlend, das ist gut für mich, sehr gut sogar. Die Türklingel läutete, ein Kunde trat herein, und Irina fiel ein, dass sie Bernd vollkommen vergessen hatte.

Von weitem erkannte sie ihn auf der Terrasse vor dem Dom. Sie ging beschwingt auf ihn zu, er hörte sie nicht kommen, so vertieft war er in den Auslandsteil der »ZEIT«. Ich bin schwanger, rief sie ihm freudig zu und wedelte mit der Quittung aus der Apotheke. Bernd rührte sich nicht. Er hielt die Zeitung vor dem Gesicht, blickte nicht hoch. Irina setzte sich ihm gegenüber, bestellte einen großen Eisbecher mit Sahne und sah zu, wie Bernds Fingerknöchel sich um die Zeitung krampften und weiß wurden. Seine Hände zerknüllten den Rand des Papiers. Ein Schwarm Tauben landete ein paar Meter weiter, flog davon, als der Kellner das Eis brachte. Bernd ließ die Zeitung sinken. Irina tunkte ihren Finger in die Sahne, schleckte ihn ab. Brauchst du einen Cognac, fragte sie freundlich. Bernd öffnete den Mund, schnappte nach Luft, sank mit dem Oberkörper nach vorne und blieb mit dem Kopf auf der Tischplatte liegen. Es sah aus, als würde er schlafen, aber der Notarzt konnte nur noch seinen Tod feststellen. Er hat nichts gespürt, sagte der Arzt zu Irina, die erleichtert ihre Sachen packen ging.

Bevor sie die Stadt verließ, zündete sie im Dom eine letzte

Dankeskerze an. Zu seiner Beerdigung fuhr Bernd in einem edlen schwarzen Mercedes, sie folgte in einem gelben Cinquecento und hatte rote Augen. Sie trauerte dem alten Polo nach, den hatte sie zum Schrottplatz gebracht.

Karin Kusterer

Baphomets Fluch

»Wie war Ihre Woche?«, fragt Dr. Wendler und schlägt ein Bein über das andere. Ich betrachte seine gepflegten Hände, die auf den Armlehnen des Ledersessels liegen. Er trägt keinen Ring, das habe ich schon beim ersten Mal festgestellt.
»Nicht so besonders«, antworte ich.
Der Schreibtisch steht zwischen uns. Ich zupfe an meiner Nagelhaut herum, höre aber sofort auf, als ich seinen Blick spüre.
»Sie sind nervös. Erzählen Sie.«
Er weiß schon alles. Alles ist längst erzählt, hundertmal. Weiß, was passiert, wenn ich Ärger hatte im Büro. Sieht mich, wie ich abends nach Hause hetze, eine Gefrierpizza in den Ofen schiebe. Mir das Kostüm vom Leibe reiße, manchmal werfe ich es einfach aufs Bett. Weiß, dass ich dann nach dem Trainingsanzug greife, mit einem Bein schon in der Hose zum Computer humple, einschalte. Während das Programm hochfährt, ziehe ich mich an. Fange an zu zittern, weil es zu lange dauert, bis die Shortcuts erscheinen. Die Zeit reicht noch, den Hörer neben das Telefon zu legen. Dann ist das Bild da. *Revolution.* Ein riesiges Auge. Die erste Szene. Ein neues Spiel. Jetzt kann man schnell aufs Klo gehen. Die Hände waschen. Und dann geht es los. Endlich.

»Was dachten Sie, als die Kollegin sagte, Sie hätten die Akten verschlampt?«
Was habe ich ihm gerade erzählt? Ach ja, von meinem Ärger im Büro. Ich muss mich konzentrieren.

Er stellt die Beine nebeneinander. Neigt sich leicht vor. Seine Augenbrauen sind hochgezogen.
Ich weiß, was er hören will. Was alle Therapeuten hören wollen. »Ich war wütend und fühlte mich hilflos.«
»Aha.«
Schweigen.
»Und was taten Sie?«
Nichts. Ich war in Gedanken. In einem ganz anderen Zimmer. Da saß ein junger Engländer namens George gefesselt auf einem Stuhl mit Rollen, und eine Vogelspinne kroch auf ihn zu. Tolle Grafik! Der Teppich brannte, und die Tür war versperrt. Ich musste etwas tun. – Aber das kann ich ihm nicht erzählen.
»Ich habe nachgedacht«, antworte ich vorsichtig.
»Mit welchem Ergebnis?«, fragt Dr. Wendler.
Die größte Gefahr war die Vogelspinne. Das Feuer brannte noch nicht sehr hoch. Ich schaute mich um und entdeckte, dass das Regal hinter George nur auf einem Pfosten stand. Den fehlenden Pfosten ersetzte ein notdürftig darunter geschobenes Holzklötzchen.
»Ich hatte den Eindruck, der Lösung des Problems nahe zu sein.«
»So.«
Dr. Wendler lehnt sich zurück. Faltet die Hände über dem Bauch. Wartet.
Das Klötzchen war aktiv. Ich fuhr mit der Maus hin und klickte es an. George stieß mit dem Fuß dagegen, das Regal fiel um und erschlug die Vogelspinne. Bingo! Dann roch es nach Verbranntem. Das war nicht der Teppich im Computer, sondern die Pizza im Ofen.
»Was haben Sie gesagt?«, frage ich Dr. Wendler.
Jetzt ist er wirklich wütend.

Bei der nächsten Sitzung kann ich von Fortschritten berichten. Einen ganzen Abend lang war ich im Kino und danach saß ich nur bis drei am Computer, bekam also ganze vier Stunden Schlaf. Und am Wochenende habe ich sogar die Küche aufgeräumt.

Dr. Wendler ist beeindruckt.

»Was spielen Sie zur Zeit?«

»Baphomets Fluch, Teil II.«

Er beherrscht seine Mimik wirklich gut. Aber das gehört zu seinem Job.

»Worum geht es?«

Das ist noch nicht ganz klar. Eine Verschwörung. Aztekische Götter. Weltuntergang. George und seine französische Freundin Nico, die er in Teil I kennen gelernt hat, kämpfen gegen das Böse.

»Was gefällt Ihnen an der Figur Nico?«, fragt Dr. Wendler.

Nico ist selbstbewusst, schön, intelligent, gebildet und so weiter. Aber George gefällt mit besser. Er hat mehr Humor. Manchmal fällt er auf die Schnauze.

»Wären Sie gern selbst wie Nico?«

Diese Frage habe ich erwartet. Bevor ich antworten kann, fragt er weiter: »Können Sie sich eine computerspielsüchtige Nico vorstellen?«

Nicht so schnell, Dr. Wendler. Gerade ist der Hund, der die Docks am Hafen bewacht, ins Wasser gefallen.

Dr. Wendler hat Urlaub. Nico, George und ich haben mal wieder die Welt gerettet. *Monkey Island* kenne ich schon, auch Teil 2, ebenso *King's Quest* bis hin zu Teil 7. Ich habe meine Kollegin angebrüllt. Bin drei Nächte wach gelegen ohne Computer. In der vierten Nacht lief ich durch die Stadt, verirrte mich, fand endlich ein Taxi. Ich hatte aber kein Geld dabei. Ich wollte den Fahrer zu Hause bezahlen, aber ich hatte auch keinen Hausschlüssel mitgenommen. Es wurde eine sehr unangenehme Nacht.

Später war ich im Internet. Zuerst war es langweilig wie immer. Aber dann hatte ich einen Chat mit einem Typen namens XXBlizzard. Das war schön. Wir unterhielten uns über Computerspiele. Am nächsten Tag bestellte ich endlich den Waschmaschinen-Reparaturdienst.

Und dann ist Dr. Wendler zurück.
»Wie waren Ihre letzten zwei Wochen?«
Dr. Wendler ist braun gebrannt. Hinter ihm hängt ein Spiegel. Wenn ich mich vorbeuge, kann ich mich darin sehen. Ich vermeide es, mich vorzubeugen.
»Dr. Wendler, ich glaube, Sie können das nicht verstehen. Sie wissen gar nicht, um was es geht bei diesen Spielen.«
Er weicht aus. Stellt seine Gegenfragen. Warum ich glauben möchte, dass er mich nicht versteht. Ob ich mich selbst verstehe.
Ich krame in meiner Tasche. Hole die CD-ROM heraus. Ein altamerikanisches Relief, das zwei Götterprofile zeigt, dazwischen ein türkises Totenkopfmosaik. Die Augen des Totenkopfs leuchten.
Ich lege die Hülle mit der Doppel-CD auf den Schreibtisch. Dr. Wendler rührt sie nicht an.
»Bitte!«, flehe ich. »Ich habe das Spiel durch. Nehmen Sie es mit.«
Wir machen einen Vertrag. Wenn ich zwei Abende vom Computer wegbleibe, schaut er sich das Spiel an.

XXBlizzard hat ein neues Spiel entdeckt: Das Geheimnis von Jackie und Mr. Slide. Ich habe es mir sofort besorgt. Leider kam ich sehr schnell durch, weil ich nicht widerstehen

konnte und XXBlizzard ständig anmailte, um ihn zu fragen, wie es weitergeht. Was muss man tun, wenn Jackie das Elixier geschluckt hat und sich verwandelt. Wie kommt man am Rattenballett vorbei. Und wie aus der Sackgasse. In drei Tagen war ich durch.
Ich war zwei Tage lang enthaltsam, wie ausgemacht, und rief dann Dr. Wendler an.

Dr. Wendler wirft die CD-ROM auf den Tisch.
»Sehr geschickt gemacht«, sagt er. »Aber achten Sie auf den Untertitel: *Der Spiegel der Finsternis*. Genau das ist es für *Sie*. Verstehen Sie, was ich meine?«
Ich stecke die CD ein. Hole das neue Spiel heraus.
»Schließen wir einen neuen Vertrag ab?«, frage ich.
Er setzt seine Brille auf. Fasst die CD mit spitzen Fingern an. Das Cover zeigt einen Januskopf. Das Profil des Helden und des Monsters. Drum herum Wolken und Blitze.
»Einverstanden!«, sagt er. »Aber nur, wenn Sie eine ganze Woche durchhalten.«

Ich habe ohnehin kein neues Spiel. Also chatte ich mit XXBlizzard. Ich erzähle ihm von meiner Nacht ohne Geld und Hausschlüssel. Er erzählt von einer Nacht in Thailand ohne Geld und Pass, nachdem man ihn auf der Straße ausgeraubt hatte.
»Wir können ja mal zusammen durch die Nacht irren«, schlägt er vor.
Ich habe Bedenken. Ein *blind date*. Wie sieht er wohl aus.

Dr. Wendler hat vergessen, mir meine CD mitzubringen. Aber das macht nichts, ich habe das Spiel ja schon lange durch.
Das Gespräch kommt nicht recht in Gang. Ich dachte, er

lobt mich, weil ich so lange durchgehalten habe. Eine Woche! Das erste Mal seit zwei Jahren!
Ich werde aus ihm nicht schlau. Vielleicht ist das eine neue Therapietaktik: die Klientin verwirren durch seltsames Mienenspiel. Bei mühsam geschlossenen Lippen klappt sein Unterkiefer herunter, die Augen tränen. Ich glaube beinahe, er unterdrückt ein Gähnen.
Vielleicht hat er auch Probleme. Ich habe erfahren, dass er gerade eine schwierige Scheidung durchmacht. Ich wollte, ich könnte etwas für ihn tun.

XXBlizzard und ich zogen durch die Nacht. Im wirklichen Leben heißt er Georg. Und dann spielten wir gemeinsam bei ihm zu Hause. Nichts Besonderes, nur die Kurzversion von *Neandertalman* III, aber am Schluss rettet die Heldin den Helden, und Georg gab mir einen Kuss dafür. Es war Sonntag, fünf Uhr morgens. In der Morgendämmerung verwandelte er sich in einen Neandertaler und trug mich auf seinen Armen über Mammutfallgruben bis in seine Höhle, wo wir uns niederließen auf seinem Bärenfell.
Den Rest der Woche hatten wir keine Zeit mehr für den Computer.

Dr. Wendler sagt den nächsten Termin wegen Krankheit ab. Ich mache mir ernsthaft Sorgen. Ich wollte, ich könnte ihm helfen.
Andererseits bin ich froh, denn so kann ich mit Georg eine Woche verreisen.

»Ich glaube, ich möchte mit der Therapie aufhören!«
Dr. Wendler ist wieder gesund, sieht aber nicht so aus. Schatten liegen unter seinen Augen, seine Haut ist fahl und gedunsen.

»Sind Sie sicher, dass das nicht auch wieder eine Flucht ist?«, fragt er mich.
Ich habe ihm alles erzählt. Dass ich fast gar nicht mehr spiele. Dass Georg und ich planen, zusammenzuziehen.
Dr. Wendler hat mein Spiel schon wieder zu Hause vergessen. Er verspricht, mir die CD-ROM mit der Post zu schicken.
Ich dachte, er freut sich mit mir.

Mitten in der Nacht klingelt das Telefon. Dr. Wendler. Er druckst herum.
Ich kriege sofort ein schlechtes Gewissen. Solche Sorgen macht er sich um mich, dass er um diese Zeit anruft. Vielleicht ist meine Beziehung mit Georg wirklich etwas überstürzt. Vielleicht ist das tatsächlich eine neue Flucht. Vielleicht geht es schief, wie Dr. Wendlers Ehe.
Die Stimme in der Leitung klingt gehetzt. Im Hintergrund höre ich eine Musik, die ich kenne. Der Soundtrack von *Jackie und Mr. Slide.* Vorletztes Level.
»Wie kommt man am Rattenballett vorbei?«, fragt Dr. Wendler und keucht. »Und wie, verdammt noch mal, aus der Sackgasse?«

Sabine Deitmer

Heißkalte Liebe

Manchmal schäme ich mich. Schäme mich fürchterlich. Am Morgen danach ist es am schlimmsten. Wenn ich sehe, was ich da angerichtet habe, rast mein Herz Amok. Ich kann es nicht glauben, dass ich das war. Dass ich dieses Gemetzel veranstaltet habe.

Und mein Herz hämmert bum, bum, bum.

An so einem Morgen erkenne ich mein Gesicht im Spiegel nicht mehr. Die blauen Augen, der rote Mund, die blonden Locken. Bin das wirklich ich?

Diese Frau, die so tut, als wäre nichts geschehen. Die sich die Zähne putzt, sich die Haare bürstet, mit zwei Fingern Rouge auf die Wangenknochen tupft. Diese harmlose junge Frau? Ich?

Das bist du nicht, pocht mein Herz. Kannst es nicht sein. Nicht nach dem, was gestern Nacht geschehen ist. Poch, poch, poch.

Bei Tageslicht schaffe ich es nicht, auf die Werkbank zu schaun. Wenn ich es täte, würde sich mein Magen umdrehen. Ich kann nur nach vorn blicken. Ohne einen einzigen Blick nach links oder rechts laufe ich geradeaus zur Spüle. Mein Blick ist stur auf das Stück Wand über den Wasserhähnen gerichtet. Auf die weißen Fliesen mit den grauen Ritzen. Blind greife ich in das Regal unter der Spüle und ziehe ein Paket Gummihandschuhe heraus. Ich reiße das Plastik auf und ziehe sie über. Mit gelben Gummifingern drehe ich den Heißwasserhahn weit auf. Dann stelle ich einen Plastikeimer darunter und spritze üppig Spülmittel hinein. Mindestens

eine viertel Flasche. Der weiße Schaumberg hat einen beruhigenden Einfluss auf mich.
Ich tauche das Spültuch hinein, den Schwamm und fühle zum ersten Mal wieder so etwas wie Zuversicht. Mein Herz schlägt wieder ruhig und gleichmäßig.
Ich mache mich daran, die Spuren zu beseitigen. Ich denke, dass ich alles in den Griff bekomme. Dass niemand etwas merkt, wenn ich nur ordentlich arbeite.
Ich wische Blut und Knochensplitter vom Tisch und nehme mir fest vor, dass mir so etwas nicht noch einmal passieren wird.
Nie mehr – nie und nimmer – und überhaupt niemals mehr.
Und ich kippe den Eimer mit der roten schleimigen Brühe ins Klo. Nie, nie mehr, gelobe ich fest, gelobe es beim Andenken an meinen Kater Billy, der sich an einem Mittwoch, als ich mit meiner Freundin Ilka im Kino war, hinaus in die freie Wildbahn wagte, und von einem Laster voll tiefgekühlter Nordseekrabben platt gewalzt wurde.
Meine guten Vorsätze halten selten länger als sechs Wochen. Dann sind sie futsch. Und ich gehe wieder auf die Pirsch. Habe alles vergessen, was ich mir vor kurzem noch so ernsthaft vorgenommen habe. Nie mehr das …
Es ist eine Sucht. Das habe ich längst eingesehen. Eine Sucht, vor der mich nur Billy zwei glückliche Jahre lang gerettet hat. Ich hätte es mir nie verziehen, meinen Kater zum Zeugen eines derartigen Gemetzels werden zu lassen. Aber seit Billy tot ist, hält mich die Sucht fester denn je in ihren Klauen.
»Das ist nicht mehr normal«, stöhnt meine Freundin Ilka jeden Montag, wenn wir nach dem Tai-Chi noch einen Wein zusammen trinken und darüber reden, was sich an manchem Wochenende bei mir zu Hause abgespielt hat. »Du brauchst Rat von einem Fachmann«, stöhnt sie. »Allein

kriegst du das nicht in den Griff.« Über den Rand ihres Weinglases mustert sie mich. »Wir leben doch nicht mehr im Mittelalter«, empört sie sich. »Geh zu einem Profi. So schnell wie möglich. Das ist das Beste. Die haben Schweigepflicht ...«

Jeden Montag schreibt mir Ilka die Adresse von mindestens einem Psychologen oder Neurologen oder Heilpraktiker auf den Bierdeckel. Der Form halber stecke ich ihn ein. Ich hätte schon eine hübsche Sammlung, wenn ich nicht jeden einzelnen Bierdeckel sofort, sobald ich nach Hause komme, in der Mitte knicken und in meinen Papierkorb bröseln würde.

Ilka hat natürlich Recht. Aber seit wann helfen Argumente im Fall von Sucht? Und es ist Sucht, von der wir hier sprechen. Das gebe ich gern zu:

Sucht nach mehr Lust.

Ich weiß, dass es verhängnisvoll für mich ist ... und ich gehe doch wieder auf die Pirsch.

Ich kann einfach nicht genug von diesen knackigen eiskalten Typen kriegen. Ich hänge an ihnen wie der Fixer an der Nadel.

»Wie kannst du nur auf solche Nullnummern reinfallen«, stöhnt Ilka. »Ich fass es nicht. Bei denen ist doch alles nur Verpackung.«

Ganz Unrecht halt Ilka nicht. Die Typen, auf die ich stehe, sind supergestylt. Richtig aufgemotzt. Ich wollte, es wäre anders, aber so lasche Ökotypen machen mich einfach nicht an. Die hängen so blass und blutleer herum, so völlig abgeschlafft und vergammelt, als hätten sie sich schon mindestens eine Woche nicht mehr von ihrem Platz unter den Lampen wegbewegt. Bei denen habe ich sofort den Geruch von dreckigen Socken in der Nase.

Ist doch nur natürlich, wenn ich auf Typen steh, die frisch und appetitlich aussehen und dazu noch angenehm duften.

Duften und nicht stinken. Ein bisschen Wert auf ihre äußere Erscheinung legen. Die wissen, wie sie wirken. Die treten selbstsicher auf und drücken ohne Komplexe ihre Brust weit raus. Mit ihrem Styling verbreiten sie die Botschaft: Ich bin wer, ich komm aus einem guten Stall. Mit mir kriegst du erste Sahne Qualität.

Für Ilka sind das alles eiskalte Angeber. Aber selbst wenn es so wäre, hätte ich lieber so einen Macho als einen samtweichen, laffen Typen, der aussieht, als ob er jeden Moment einschlafen würde.

Eiskalte Angeber, von mir aus. Aber die haben wenigstens Format. Füllen Ihre Verpackung voll aus.

Und schwerer abzuschleppen als die sanften schüchternen sind diese coolen Machos auch nicht. Ich habe noch nie von einem einen Korb gekriegt.

Auf den ersten Blick wirken sie kühl, unnahbar. Das ist wahr. Aber in ihrem Inneren brennen sie nur darauf, entführt zu werden, verführt zu werden. Sie lassen sich von einer dynamischen Frau problemlos anbaggern. Ich habe noch keinen getroffen, der sich gewehrt hätte, als ich meine zarte Hand nach ihm ausgestreckt habe. Die einfachste Sache der Welt, so einen coolen Typen abzuschleppen.

Natürlich sind sie in Wirklichkeit nur halb so cool, wie sie tun. Wenn ich so einen coolen Typen mit zu mir nach Hause nehme, brauche ich ihn nur einmal freundlich anlächeln, und schon vergisst er seine Zurückhaltung.

Es dauert nicht lange, und er überlässt sich willig meinen Händen. Er gestattet mir nur zu gern, ihn aus seiner Verpackung zu schälen. Und ich führe ihn zu einem Plätzchen, wo er in Ruhe auftauen kann …

Ich lasse ihn nicht aus den Augen. Was jetzt geschieht, genieße ich ganz besonders. Gibt es etwas Erotischeres, als zu beobachten, wie so ein cooler Typ ganz allmählich, Mi-

nute für Minute lockerer wird, ein Stückchen mehr dahinschmilzt? Nur für mich?
Mit einem Blick gleite ich über seine Brust, die muskulösen Arme, die sehnigen Schenkel, und ich brenne darauf, ihn zu spüren.
Aber erst wenn er völlig gelöst ist, fasse ich ihn an. Ich massiere ihm Brust und Schenkel, gebe mich seinem Fleisch hin. Jetzt habe ich seinen Geruch in der Nase, im Kopf. Dieser Geruch nach Tier sprengt alle Fesseln in mir. Ich will ihn. Jetzt. Er gehört mir.
Ich umschlinge ihn mit meinen Armen, presse ihn rückwärts auf die Arbeitsplatte der Werkbank. Offen und wehrlos liegt er vor mir. Stöhnt er auf oder täusche ich mich?
Ich ziehe mein schärfstes Messer aus dem Holzblock und spiele mein liebstes Spiel. Kitzele ihn hier und da mit der Messerspitze. Spiele mit seinen Beinen. Soll ich sie geschlossen lassen oder öffnen?
Ich pflanze das Messer in die Mitte und öffne seine Schenkel. Dann streichle ich mit beiden Händen seine Oberschenkel. Es ist ganz erstaunlich, wie unterschiedlich sich das Fleisch anfühlen kann. Fest und hart oder so weich, dass meine Hand darin versinkt. Ich überlege, was sie wohl bisher so mit ihren Beinen gemacht haben. Durch die Landschaft gelaufen und gerannt oder faul und träge auf der Haut gelegen.
Direkt unter der Haut liegen die Knochen. Eine tolle Konstruktion, so ein Bein mit all den Knochen und Muskeln und Sehnen. Und so verletzbar. Die Schneide eines Messers kann dicken Knorpel im Nu durchtrennen, selbst einen Knochen durchhacken. Aber das ist nicht schön, wenn es laut kracht. Ein hässliches Geräusch, so ein Knacken. Ein brutales Geräusch. Und wenn die Haut reißt, fließt Blut. Ich mag nicht, wenn es kracht und das Blut gegen die Wände spritzt.

Ich hab lieber, wenn ich mit meiner Nase an jedem einzelnen Körperteil entlangfahre, schnuppere, rieche. Ein Bein oder einen Arm hochnehme, ihn gegen das Licht halte und die muskulösen Hautschichten näher betrachte, die fest konturierten Muskeln. Das mag ich. Es ist wunderbar. Er ist wunderbar. Und er gehört mir. Er ist mir ausgeliefert. Ich kann mit ihm machen, was ich will.
Was für ein Typ ist er? Was wird ihm gefallen? Womit will er verwöhnt werden? Soll ich ihm mit Vanilleeis die Schenkel kühlen? Die Brusthaare mit Zuckersud stark machen oder ihm die Lenden mit Senf massieren und mit feingestoßenem Pfeffer pudern?
Ich tauche mit einem Finger tief in das Senfglas und reibe seine Schenkel damit ein. Unter meinen Händen fühle ich sein Fleisch. O du Tier! Ich bin verrückt nach dir!
Ich bin heiß. so heiß wie Öl, das man bis zum Siedepunkt erhitzt.
»Ah«, schreit er auf. »Ich vergehe. Liebling!«
»Warte«, rufe ich zurück. »Einen Moment nur. Gleich ist es so weit.«
Er liegt da, windet sich, in der Hitze unserer Begierde. Und ich stöhne: »Warte Liebling. Nur noch eine Sekunde.« Dann lasse ich ihn allein – lasse ihn eine Weile ohne mich weiterschmoren.
Ich gehe ins Bad. Das Wasser läuft eiskalt über meine Handknöchel. Ich spritze mir Wasser ins Gesicht, kämme mir die Haare und tupfe ein wenig Parfum hinter die Ohren. Dann ziehe ich mein liebstes Kleid an, aus roter Seide und mit schwarzen Rosen. Ich setze eine rote Kerze in Herzform auf die weiße Tischdecke, lege die Bestecke und die Serviette an ihren Platz.
Der Speichel läuft mir dabei im Mund zusammen. Es ist der Duft. Die ganze Wohnung riecht jetzt nach ihm. Appetitlich

und verführerisch. Ich kann, ich will ihm nicht widerstehen.
Ich knie mich vor ihm nieder.
Eine Duftwolke stürzt mir entgegen.
Ich bin wie betäubt von seinem Duft.
Mit zwei Handschuhen ziehe ich den heißen Topf aus dem Ofen, stelle ihn auf den Tisch. Ich hebe den Deckel. Sehe ihn. Sein braun glänzendes Fleisch, seine Hitze.
»Oh, du«, stöhne ich, wenn ich ihn mir packe.
»Endlich bist du bei mir«, gurre ich. »Ich will dich. Oh, wie ich dich will. Du hast ja keine Ahnung. Mit Haut und Haaren will ich dich«, stöhne ich.
Und dann ist es so weit. Ich schmecke ihn, auf meiner Zunge. Er ist so zart, so süß. Nie wieder wird jemand meine Gaumenknospen so kitzeln wie er. O ja. Er ist es. Er, nur er. Er ist in meinem Mund, füllt ihn ganz aus. Ich brauche kaum zu kauen, so samtig ist er.
»Ich liebe dich«, schnurre ich, als ich den ersten Bissen hinunterschlucke. »Du weißt nicht, wie sehr ich dich liebe.«
Ilka denke ich, eine Stunde später, als ich einen letzten Tropfen Fleischsaft mit einem Stück Baguette vom Teller tupfe und mit meinen Lippen aus dem Brot sauge. Du hast doch keine Ahnung. Sitzt jetzt mit diesem Langweiler von Jan vor dem Fernseher und mampfst Tofu-Burger. Vor tiefgekühlten Kaninchen ekelt es dich. Du weißt nicht, was dir entgeht. Du hast ja keine Ahnung, was wahre Liebe, wahre Leidenschaft ist.
Ich werde nie von diesen eiskalten Typen lassen können. Egal, ob ich meine Gesundheit dadurch ruiniere oder nicht. Es ist einfach stärker als ich.

Ingrid Noll

Der gelbe Macho

Wahrscheinlich war es von Oswald beabsichtigt, dass wir zufällig auf das Tierheim stießen. Wir hatten Urlaub und erkundeten mit den Rädern die nähere Umgebung unseres Hotels. Ich nehme an, mein Mann hatte längst auf einem Stadtplan alles ins Auge gefasst. Seine spontanen Ideen sind meist langfristig geplant.

Es waren Osterferien. Bereitwillig führte uns eine tiernärrische Schülerin zu den Hundeboxen. Verständlicherweise hatte das Mädchen seine Lieblinge; die mürrischen alten Tiere, die uns keines Blickes würdigten, überließ sie ihrer barmherzigeren Schwester. Ohne zu verweilen, brachte sie uns zu einer Hundemutter, die man trächtig an einer Autobahnraststätte ausgesetzt hatte und die nun hier ihre Jungen aufziehen durfte. Jeder weiß es: Wer nur andeutungsweise ein Herz im Leibe hat, dem steigt glückselige Rührung (fast wie bei einem Kitschfilm) als Wasser in die Augen. Ich verfiel sofort diesem Bild der reinen Lust, den wuseligen Wollkugeln, der besorgten Hundemama. Man suche dringend Abnehmer für die Kleinen, erklärte unsere Kustodin.

Oswald muss es geahnt haben. Ich konnte mich kaum trennen, ich sprach auf dem Heimweg kein Wort, aber es arbeitete in mir. »Könnten wir nicht vielleicht ...«, sagte ich abends im Bett. Er erlaubte es.

Natürlich wollte er mich auf diese (vergleichsweise billige) Art von meinem Wunsch nach einem eigenen Kind ablenken. Wir waren seit sechs Jahren verheiratet. Er besaß aus erster Ehe bereits zwei, wie er behauptete, gut geratene

Kinder. Anfangs hatten wir verhütet, schließlich wollte ich nach einem langen Studium erst einmal im Beruf Fuß fassen. Aber als ich die Pille absetzte, sorgte er seinerseits dafür, dass ich nicht schwanger wurde. Es kam zum großen Krach. Nach langer Abstinenz schliefen wir nun wieder gelegentlich und etwas krampfig miteinander. Wahrscheinlich dachte Oswald, ein Hündchen würde meinem Muttertrieb genügen. Als wir Klärchen abholten, fragte Oswald nach der Rasse. Die Leiterin des Tierheims lachte. »Sehen Sie sich die Mutter an, sie ist durch und durch ein Bastard. Von Rasse kann man bei ihren Jungen schon gar nicht sprechen.«
Mir war das gerade recht. Immer wieder hört man, dass Mischlinge seltener degeneriert, jedoch klüger, lustiger und unkomplizierter sind als überzüchtete Rassehunde. »Wir sind doch keine Rassisten«, scherzte ich, »uns ist jeder Hund recht, Schäferhunde allerdings ausgenommen.« Ich sah bei diesen Kampfmaschinen unwillkürlich marschierende Soldatenstiefel, Polizei, Diktatoren vor mir.
Übrigens wurde der weitere Urlaub mit dem kleinen Hundekind ein Erfolg. Meistens hatte ich das schlafende Klärchen wie einen Säugling auf dem Schoß und ließ mir meinen Rock versauen. Alles drehte sich um sie. Es gab nichts, was mir mehr Freude bereitete, als dem spielenden Winzling zuzuschauen. Nun, was soll ich lange reden, diese schöne Zeit ging schnell vorbei. Erstens mussten wir wieder arbeiten, zweitens wurde Klärchen rasch eine stattliche Klara. Morgens eilte Oswald zu seiner Kanzlei, ich zum Krankenhaus, und Klärchen blieb jaulend im Haus. Extra ihretwegen musste Maria jetzt täglich kommen, mehr als Babysitter denn als Putzfrau. Obgleich uns Klärchens riesige Pfoten hätten warnen sollen, gestanden wir uns erst nach einem halben Jahr ein, dass ihr Vater ein Schäferhund gewesen sein musste. Klara hatte zwar die langen Eselsohren und den Ringel-

schwanz ihrer Mama, aber sonst war sie ihr keineswegs nachgeraten.
Das Klischee vom Herrn Doktor in den besten Jahren, der mit einer jungen Krankenschwester anbändelt, ist nicht nur in vielen Arztromanen und Fernsehserien, sondern auch in der Realität anzutreffen. Unter meinen Kollegen habe ich so manche Romanze mit Happy End oder auch Tragödie beobachtet – wenn es zu Hause eine Frau und Kinder gab – und im letzteren Fall streng verurteilt. (Mein eigener Mann war bereits geschieden, als ich ihn kennen lernte.) Deswegen traf es mich ziemlich überraschend, dass ich jetzt ganz persönlich etwas Ähnliches erlebte. Jens machte Zivildienst an unserem Krankenhaus. Er war zwar nicht achtzehn, sondern bereits zwanzig, aber auch bei diesem Alter hätte ich beinahe seine Mutter sein können. Ich beschloss, nie mehr Pauschalurteile über Liebende abzugeben, jeder einzelne Fall hatte unterschiedliche Aspekte. Speziell bei mir wäre ohne die gute Klara alles anders gelaufen.
Jens war flink und angenehm. Wenn ich ihm eine Aufgabe übertrug, dann wurde sie exakt und vorbildlich ausgeführt. Auch die Patienten liebten ihn. Er trug weder eine Rastafrisur noch Ohrringe, weder Clogs noch umgedrehte Schirmmützen. Dafür besaß er einen kleinen gelben Hund, der nicht zu Hause, sondern im Auto die Mittagspause seines Herrn erwartete. Ich hatte Jens eines Tages ausführlich erklärt, worauf man beim Anlegen einer Infusion zu achten habe, als mein Blick auf die Uhr fiel. »Ach Gott«, sagte ich, »wir machen später weiter. Ich muss schnell heimflitzen, um meinen Hund auszuführen.«
Genau das hatte er seinerseits auch vorgehabt. Ich begleitete ihn zu seinem zerbeulten Wagen, sah den gelben Köter und bot spontan an, zu mir zu fahren, Klara abzuholen und mit beiden Hunden einen Spaziergang zu machen. Es war er-

staunlich, dass sich Klärchen und Macho sofort gut verstanden. Seite an Seite wie zwei Pferde im Geschirr liefen sie vor uns her, fast schien es, als würden sie sich genau wie wir angeregt unterhalten. Als die Mittagspause beendet war und Jens die Autotür öffnete, sprang Macho mit einem geübten Satz auf den Rücksitz. Zu meiner Verwunderung tat Klara es ihm nach. »Komm heraus«, lockte ich, »du musst nach Hause!« Aber sie dachte nicht daran. Beide Tiere saßen nebeneinander auf der Bank und drehten uns sozusagen eine lange Nase.

»Von mir aus kann sie liegen bleiben«, sagte Jens, »falls wir gemeinsam Dienstschluss haben.«

So kam es, dass wir nun jeden Tag ein Mittagsgängelchen zu viert unternahmen. Die Hunde schienen vollkommen zufrieden auf der haarigen grauen Wolldecke im R 4 auf uns zu warten. Ich nahm nun, genauso wie Jens, das Dosenmahl für Klara mit ins Krankenhaus und fütterte sie nicht mehr zu Hause. Jene Kollegen, die ebenfalls auf dem Krankenhaushof parkten, waren gerührt über die beiden schlafenden Gesellen, die sich stets eng aneinanderkuschelten.

Natürlich erzählte ich Oswald, dass ich den Hund von nun an mit zur Arbeit nahm. Im Grunde interessierte ihn das wenig. Für die Spaziergänge und das Fressen war ich zuständig. Aber auf einmal kamen ihm doch Bedenken. »Eigentlich soll Klara unser Haus bewachen«, meinte er, »dafür haben wir sie schließlich angeschafft.« Wahrscheinlich hatte er beruflich gerade mit einem Einbruch zu tun. »Maria ist jetzt täglich hier«, sagte ich, »die ist furchterregender als jeder Bluthund.«

Beim Laufen sprachen Jens und ich gleichermaßen über Patienten und Hunde. Ich erfuhr, dass Macho – ähnlich wie Klaras Mutter – ein Findelkind war. Jens hatte ihn allerdings von einem Urlaub am Mittelmeer mitgebracht, wo er den kranken Welpen gefunden und aufgepäppelt hatte, um ihn schließlich heimzuschmuggeln. »Macho« bedeute auf Spanisch so viel wie »männliches Tier«, erklärte mir Jens, während ich ihm klarmachte, warum man nicht »Herzversagen« als Diagnose auf den Totenschein schreiben dürfe, weil das sozusagen immer zutreffe.

Eines Morgens erwartete mich Jens zwar wie stets am Parkplatz, aber der Gelbe war diesmal nicht dabei. Klara war sichtlich enttäuscht. »Meine Freundin hat den Hund zum Tierarzt gebracht, sie hat die ersten beiden Stunden frei. Macho wird geimpft.«

Ich fuhr zusammen. Erstens hatte Jens eine Freundin – warum eigentlich nicht? –, und zweitens besuchte sie noch die Schule.

In der Mittagspause ging ich etwas einsam mit der trauernden Klara spazieren. Ohne Machos Gesellschaft hatte sie ungern die lange Wartezeit verbracht. Jens hupte plötzlich hinter uns. Er fahre jetzt heim, den Hund holen. Ohne zu fackeln, stiegen wir dazu. Ich war äußerst neugierig auf seine Wohnung.

Jens wohnte nicht mit seiner Freundin zusammen, aber Macho war bereits anwesend, also musste sie einen Schlüssel besitzen. Ich war gerührt, denn ich befand mich plötzlich in einem Zimmer, das mir die Jugendlichkeit seines Besitzers deutlich vor Augen führte. Regenwaldposter an den Wänden, Gardinen aus grünem Tüll mit Plastikblumen zu einer Sommerwiese arrangiert, eine Saxofonsammlung, ein Hochbett mit zwei Kopfkissen, die Wäsche auf Körbe verteilt. In der Küche nicht der erwartete Berg schmutziges Geschirr. Jens lud mich zu einer Tasse Kaffee, Klara zu einer kleinen Dose Futter ein. Jeder Hund bekam ein bemaltes Tonschälchen hingestellt, sie fraßen beide gierig. Als es zweimal klingelte, liefen Jens und Klara an die Wohnungstür; er, um zu öffnen, sie, um pflichtgemäß zu bellen. Eigentlich wäre das Machos Pflicht, dachte ich, hier in seinem Reich nach dem Rechten zu sehen. Aber er achtete nicht auf den Postboten, sondern machte sich blitzschnell über Klaras Fressen her. Als sie wieder in der Küche erschien, schluckte er heuchlerisch weiter an den eigenen Brocken. Klara merkte nicht, dass ihr Napf so gut wie leer war.

Jens, dem ich von der kriminellen Tat seines Lieblings berichtete, wusste ähnliche Geschichten aus dem Tierreich zu erzählen. Er habe im Fernsehen einen Film über eine bestimmte afrikanische Vogelart gesehen. Diese Vögel hatten einen Wächter, der beim Vertilgen saftiger Früchte eines tropischen Baumes nicht mithalten durfte, sondern den Kopf nach allen Richtungen wenden und bei Herannahen eines Feindes einen Warnschrei abgeben sollte. Natürlich musste jeder einmal Wächter spielen, damit es gerecht zuging. Aber es gab gelegentlich schwarze Schafe unter den bunten Vögeln: Der Schrei wurde zwar ausgestoßen, der Schwarm flog erschreckt davon, aber der Feind fehlte, und der falsche Wächter konnte sich ohne Konkurrenz voll fressen.

Als engagierter Tierfreund hatte er auch von anderen interessanten Verhaltensforschungen gelesen. Als ich einmal behauptete, Klara habe sich voll Eitelkeit im Rückspiegel betrachtet, erfuhr ich, dass nur unsere Vettern, die Menschenaffen, dazu fähig sind. »Woher will man wissen, ob sich eine Schimpansin in ihrem Spiegelbild wieder erkennt oder nur wie ein Wellensittich einen beliebigen Artgenossen darin sieht?«, fragte ich.

Jens erklärte mir, dass die Forscher zu diesem Zweck bei Spiel und Spaß dem Affen einen roten Punkt auf die Stirn gemalt hätten. Viel später erst wurde ein Spiegel gebracht. Ein gebildeter Affe, der sich schon früher im Spiegel bewundert hat, bemerkt sofort, dass da etwas nicht stimmt. ›Mein Gott, wie sehe ich nur aus, das ist mir geradezu peinlich‹, scheint er zu denken. Auf der Stelle wird er versuchen, das Schandmal abzuwischen.

Wenn ich in die dunklen Augen von Jens schaute, dann war mir klar, dass ich mich bis über beide Ohren in ihn verliebt hatte, genau wie meine Hündin in den gelben Macho. Anfangs wollte ich das vor mir selbst herunterspielen. Ich bin kinderlos, dachte ich, nun habe ich mir ein reichlich großes Baby angelacht, wahrscheinlich brauche ich einen Gegenpol zu meinem alternden Oswald. Aber das war es nicht. Jens war jung, aber kein Kind. Und seine dunklen Augen waren tief wie das Meer – du liebe Zeit, wie hatte es mich erwischt, dass ich zu derart trivialen Vergleichen fähig war. Eine meiner Freundinnen behauptete, dass das bewusste siebte Jahr wirklich kritisch sei, denn fast jeder Mensch müsse sich alle sieben Jahre sowohl häuten als auch neu verlieben. Von der Zeit her stimmte es also, dass Oswald ausgedient hatte. Aber ich war mir nicht sicher, was Jens für mich empfand, schließlich war ich seine Vorgesetzte, ich war sechzehn Jahre älter, wir sagten noch nicht einmal »du« zueinander, und er hatte eine junge Freundin. Ich müsste vor Scham vergehen, wenn er mich verblüfft zurückweisen würde. Also blieb es vorerst bei gemeinsamen Spaziergängen. Aber immer wieder versuchte ich, Macho zu streicheln, wenn er sich dicht an seinen Herrn schmiegte.

Klara wusste Bescheid und hielt zu mir. Das ging so weit, dass sie eines Tages nach Oswald schnappte. Er war fassungslos und trat ihr in den Hintern. Ich ergriff Partei für meinen Hund, der es »gar nicht so gemeint hatte«. Aber Klara entschuldigte sich keineswegs, kroch weder gekränkt in ihren Korb, noch warf sie sich demütig vor ihrem Herrn in den Staub und bot ihm Bauch und Kehle dar. Fast schien sie sich über unseren Streit zu amüsieren, ja, ich meinte, sie grinsen

zu sehen. Im Übrigen war sie überzeugt davon, unter meinem Schutz zu stehen. Wir hatten einen neuen Leitwolf, von dessen Existenz Oswald nichts ahnte.
Als wir beide – die Hündin und ich – am nächsten Morgen ins Krankenhaus fuhren, sprach ich auf sie ein. »Das war nicht korrekt, dein Herrchen beißen zu wollen«, sagte ich, »aber ich hätte gelegentlich auch Lust dazu. Gleich treffen wir unsere heimlichen Liebsten, aber du hast genauso gut einen Fehlgriff getan wie ich – bist ja beinahe doppelt so groß wie er.«
Hunde sind großzügiger als wir, dachte ich mir. Weder Rasse noch Hautfarbe, weder Alter noch Größe, weder Bildung noch Besitz und schon gar nicht der soziale Status hindern sie an der Liebe. Man kann viel von ihnen lernen. Oswald war eifersüchtig auf Klara, obgleich er das nie zugegeben hätte. Seit sie erwachsen war, hielt sie mich zwar nicht mehr für ihre Mutter, aber doch für eine Art große Schwester. Wenn wir allein waren, saß sie neben mir auf dem Sofa. Einmal nahm sie sogar in meinem Beisein einen Keks aus der Schale, aber nur einen einzigen, und den auf überaus zierliche Art mit spitzen Zähnen.
»Klara, das geht nicht«, sagte ich, »du bist nun einmal kein Mensch, auch wenn es dir so vorkommt.« Mir schien, sie entdeckte erst durch ihre Freundschaft mit Macho, dass sie ein Hund war.
Mein Mann pflegte, wenn er ärgerlich auf Klara war, zu sagen: »Wie der Herr, so's Gescherr.« Rein äußerlich war da etwas dran: Wir waren beide langbeinig, schlank, dunkelhaarig. Im Charakter waren wir uns vielleicht sogar noch näher – freundlich, aber unbeirrt unsere Ziele verfolgend. Macho dagegen sah seinem Herrn gar nicht ähnlich. Für einen kleinen Hund war er erstaunlich stämmig, die kurzen Haare waren glatt, das Benehmen ließ gelegentlich zu wünschen

übrig. Macho musste im Freien alle drei Meter das Bein heben, zeigte seiner Freundin Klara reichlich penetrant, dass er ein Rüde war, und erwies sich als leidenschaftlicher Mäusejäger. Jens war feiner und sanfter. Er wollte demnächst Psychologie studieren.

Oswalds fade Tochter lud ihren Vater zur Abi-Fete ein. »Komm doch mit«, bat er.

Da seine Exfrau in einer Kurklinik weilte und mit Sicherheit nicht auftauchen konnte, ließ ich mich überreden, obgleich mir nicht ganz wohl dabei war. Zu Oswalds Kindern hatte ich eigentlich kein Verhältnis, und die Eltern der anderen Schüler waren sicher wesentlich älter als ich.

Aus der Aula dröhnte uns Musik entgegen, die Schüler hatten fantasievolle Dekorationen gebastelt, ein besonders begabter junger Mann brillierte als Ansager. Nicht ohne Appetit sah ich, dass es Nudelsalat wie bei meinen ersten Geburtstagsfeiern gab, aber wahrscheinlich war das ein Entgegenkommen an die vielen Gebissträger unter den Gästen. Oswalds Tochter Désirée bestellte einen Walzer und tanzte mit ihrem Papa, weil sich sonst keiner für sie interessierte. Mit dem Nudelteller in der Hand stand ich am Rande der Ereignisse, als ich Jens erspähte. Offensichtlich hatte seine Freundin ebenfalls Abitur gemacht. Zur Feier hatte ich mein rotes Carmenkleid angezogen, und plötzlich übermannte mich die dazugehörige südländische Leidenschaft. Ich griff mir meinen Jens, achtete nicht auf die dumme kleine Schnecke an seiner Seite und begann einen wilden Tanz, den mir wahrscheinlich weder Désirée noch Oswald oder Jens zugetraut hätten. Meine dunklen Haare klatschten uns um die Ohren, und wir gerieten dank meiner athletischen Arme sehr eng aneinander. Irgendwann standen wir zwischen knutschenden Schülern im Pausenhof und küssten uns. Oswald war wahrscheinlich längst heimgefahren.

Als ich endlich zu Hause war, schnupperte Klara mit Interesse an mir herum. Dann zeigte sie mir durch Kratzen an Oswalds Arbeitszimmer, dass er dort schlief. »Okay«, sagte ich, »dann darfst du in sein Bett, aber bitte in aller Diskretion.« Klara ließ es sich nicht zweimal sagen. Mich beschäftigte in jener Nacht weniger die Reaktion meines Ehemannes als die nächste berufliche Begegnung mit Jens. Im weißen Hosenanzug, mit strengem Zopf und Hornbrille war ich dann wieder die Frau Doktor – sollte ich mich auch als solche benehmen?

Aber erst einmal war Sonntagmorgen, und Oswald war sauer: »Wie kannst du mich vor meiner Tochter so bloßstellen.«

»Mein Gott«, sagte ich, »wann hast du das letzte Mal mit mir getanzt? Schließlich bin ich noch zu jung, um mit den Müttern dieser Kids übers Abspecken zu plaudern.« Die Anspielung auf sein Alter und meine Jugend war ihm verhasst. Mir fiel dabei ein, dass ich rein rechnerisch genau zwischen Oswald und Jens stand.

»Wer war überhaupt dieser abstoßende Mohrenknabe?«, wollte mein Ehemann wissen, »Désirée kannte ihn nicht.«

Ich war beleidigt. Jens war mindestens so schön wie der junge Nelson Mandela. Mir fiel als Antwort nur ein: »Er ist der Besitzer von Klaras Freund Macho.«

Die Animositäten zwischen Klara und Oswald nahmen zu. Sie verweigerte ihm den Gehorsam. Ganz ungeniert saß sie jetzt auf dem Sofa, wenn er heimkam. Auf sein empörtes »Runter da!«, reagierte sie mit Knurren und Zähnefletschen. Obgleich ich – etwas lasch – meinen Hund zur Ordnung rief, sah ich doch mit heimlicher Freude, dass Oswald Angst vor ihr hatte. Ein gebleckteres Hundegebiss hat schon etwas Furchterregendes. Dabei war mir klar, dass ich für meinen Teil vertrauensvoll Hände, Kopf und Herz in Klaras Rachen legen konnte.

Jens spielte kein Theater. Vor allen Kollegen duzte er mich, während ich durch komplizierte Satzkonstruktionen diesen Punkt vermeiden wollte. Auf dem nächsten Spaziergang nahm er ganz unbefangen meine Hand. Wir wurden aber von unseren eigenen Angelegenheiten durch die Hunde abgelenkt. Macho trieb Klara vor sich her, schnüffelte ziemlich schamlos an ihrem Hinterteil und versuchte, sie zu bespringen. Klara biss zu, sie wollte nicht. Selbst wenn ich Sexualtherapeutin und nicht Internistin wäre, hätte mich die ganze hektisch-geile Aufgeregtheit der Tiere äußerst verlegen gemacht.

»Ach, du liebe Zeit«, sagte ich, »auch das noch! Sie wird läufig.« Wir mussten beide Hunde an die Leine nehmen, aber Machos Hecheln und Zerren, Klaras Knurren und Schnappen ging uns ganz schön auf die Nerven. Natürlich konnten wir sie nicht wie gewohnt zusammen in einen Wagen sperren. Aber die vorläufige Trennung war auch nicht richtig, denn der Hausmeister beschwerte sich, dass Macho auf dem Parkplatz wie ein Kojote heule. Jens solle seinen Wagen eine Straße weiter parken.

Obgleich es mir gar nicht recht war, musste ich Klara am nächsten Tag zu Hause lassen. Wir nahmen es uns gegenseitig übel. Ich, weil die Hunde den klatschsüchtigen Krankenschwestern gegenüber als Alibi für unsere gemeinsamen Spaziergänge dienten; sie, weil sie es inzwischen für ihr gutes Recht hielt, mich zu begleiten.

Als ich abends heimkam, saßen ein Bernhardiner, zwei Dackel und ein grau meliertes Hinkebein in unserem Vorgarten. Sie waren unverschämt genug, hinter mir ins Haus hineindrängeln zu wollen. Auch Oswald hatte es schwer, an den Belagerern vorbeizukommen. Klara thronte wie die Kaiserin von China auf seinem Fernsehsessel. Als mein Mann sie anherrschte, schlug sie die Augen zu mir auf und seufzte wie

ein Mensch. Ich kann doch nichts dafür! schien sie zu sagen und bequemte sich dann doch, den Sessel zu räumen.
Am nächsten Tag hatte sich Jens krankgemeldet. Die Sommergrippe grassierte.
Es war eine öde Zeit ohne ihn, aber zum Glück kam ich vor lauter Arbeit kaum zum Schnaufen, geschweige denn zum Grübeln. Mittagspausen fanden überhaupt nicht statt, mehrere Kollegen fehlten. Ich kam ziemlich geschafft nach Hause und hatte wenig Lust, die einsame Klara zu bedauern. Unsere Spaziergänge fielen sehr kurz aus – erstens, weil ich zu müde war, zweitens, weil uns meist mehrere zudringliche Rüden verfolgten. Für meine Begriffe hätte Klaras Läufigkeit nach zwei Wochen eigentlich zu Ende gehen müssen, aber so genau wusste ich es nicht.
Schließlich wurde ich selber krank, wahrscheinlich hatte ich mich bei einem hustenden Opa angesteckt. Jens war gerade wieder im Dienst erschienen, anscheinend war es unser Schicksal, uns zu verpassen. Ich blieb im Bett, Klara lag im Korb daneben. Gelegentlich stieg sie auf die Eichentruhe und schaute zum Fenster hinaus, ob einer ihrer Freier den Sprung über den Gartenzaun schaffte. Im Grunde hatten wir es ganz gemütlich, denn es ging mir – abgesehen von einer unbestimmten kribbeligen Ahnung – nicht schlecht. Wir waren ungestört, denn ich hatte es Maria gern gestattet, ihren Freund auf den Kanaren zu besuchen. Ich sah dauernd auf die Uhr. Kurz vor eins lüftete ich das Schlafzimmer, putzte mir die Zähne, kämmte mich auf malerisch-verschlafen, spritzte ein wenig Eau de Toilette ins Gelände und zog ein frisches Spitzenhemd an. Dann wartete ich gemeinsam mit Klara. Vergeblich.
Am nächsten Tag die gleiche Prozedur. Schade, dass das beste Nachthemd nun schon erledigt war. Um zehn nach eins klingelte es, und ich machte die Tür auf. Jens stand mit ei-

nem Sträußchen Krankenhausgeranien und Macho an der Leine vor mir.
»Ich habe gehört, du bist jetzt auch krank …« Fünf Minuten darauf lag das zweitbeste Nachthemd unter Oswalds Bett.
Die Mittagspause war viel zu kurz. Als Jens sich anzog, war klar, dass er zu spät kommen würde. »Bis morgen um die gleiche Zeit«, sagte ich, und wir lachten glücklich. Dann rief er nach Macho; wir hatten die Hunde ganz vergessen. Leider kam Jens diesbezüglich erst recht zu spät, die Tiere trieben es im Wohnzimmer und waren vorerst nicht zu trennen. Macho stand mit den Hinterbeinen auf Oswalds Fußschemel, wodurch er geschickt seine fehlende Höhe ausglich.
Nach einem Monat fiel es selbst Oswald auf, dass Klaras Appetit unersättlich wurde. »Hast du etwa nicht aufgepasst?«, fuhr er mich an. Beim Leben meiner Großmutter beschwor ich unsere Unschuld, aber heimlich gab ich Klara Lebertran, Kalzium und gelegentlich ein Ei ins Futter.
Jens feierte gestern seinen Abschied vom Krankenhaus. Sicher, die Universitätsstadt liegt nicht aus der Welt, aber er will in eine Wohngemeinschaft ziehen und seine Heimat einschließlich der Freundin und der Adoptiveltern verlassen. Klara wird Macho nicht mehr treffen, ich werde keine Mittagspausen auf der Wiese verbringen. Wir sind etwas betrübt, aber nicht allzu sehr, denn wir sehen beide Mutterfreuden entgegen.
Klaras Junge werden niedliche bunte Hündchen werden, vielleicht mit gelben Punkten auf dem dunklen Fell. Beim Anblick meines Babys wird Oswald große Augen machen: Ich rechne mit einem verdammt brünetten Teint.

Brigitte Luciani

Paris

Auf dem Weg ins Hotel beglückwünschte sich Karl, dem nächtlichen Abtrunk mit den Kollegen entgangen zu sein. Er war zum ersten Mal in Paris und wollte es auf seine Art entdecken. Die Kollegen fuhren jetzt in eines dieser Theater am Pigalle, wo sie mit pelziger Zunge auf die federgeschmückten, nackten Mädchen starren und die unterste Schublade der Männerwitze öffnen würden. Karl hatte solche Aufführungen oft genug im Fernsehen gesehen. Er wollte keine Show, sondern an das wahre Leben der Stadt heran. Also hatte er behauptet, Verwandtschaft in Paris zu haben, die ihn selbstverständlich logierte und den Abend mit ihm verbringen wollte. In Wirklichkeit wohnte er in einem kleinen Hotel nahe Les Halles. Nur ein unauffälliges Schild über der Eingangstür wies auf den Verwendungszweck des Hauses hin, dessen Fassade eine Spur grauer als die der übrigen Häuser war.

Der Portier saß mit einem Krimi hinter dem Tresen und reichte Karl den Zimmerschlüssel, ohne sich recht von seinem Buch trennen zu mögen. Karl stieg in den Fahrstuhl. Er fühlte sich trotz des langen Verhandlungstages beschwingt. Eine heiße Dusche, um den Staub der vielen unnützen Worte abzuspülen, und schon gehörte die Stadt ihm.

Die Fahrstuhltür öffnete sich mit viel Lärm, und Karl trat auf den fensterlosen Flur hinaus. Sein Zimmer lag im vierten Stockwerk des Hotels, das pro Etage nur drei Zimmer zählte.

Als Karl seine Tür aufschloss, bemerkte er Licht im Badezimmer, das gleich zu seiner Rechten lag. Er steckte den Kopf in den kleinen Raum und erstarrte. In der Badewanne saß eine Frau, die ihn mit weit aufgerissenen Augen ansah. Karls erster Reflex trieb ihn aus dem Bad, zur Zimmertür hinaus.

Noch immer hielt er den Schlüssel zwischen Zeigefinger und Daumen. Darauf war eine 42 eingraviert. Die erste Ziffer deutete auf das Stockwerk. Karl starrte auf die Zimmertür vor ihm. 42. Es handelte sich um sein Zimmer, er hatte sich nicht geirrt. Ratlos drehte er den Schlüssel in den Fingern. Also hatte sich die Frau getäuscht. Wenn der Schlüssel für mehrere Zimmer passte, war das durchaus möglich. Aber wieso hatte sie nicht seine Sachen im Bad bemerkt? Rasierzeug und Reisenecessaire lagen bereits auf der Ablage über dem Waschbecken.

Gerade beschloss Karl, hinunter zum Portier zu gehen, um den Vorfall zu melden, da öffnete sich die Tür vor ihm einen Spaltbreit. Die Frau, zweifellos nur mit einem Handtuch bedeckt, hielt ihren Körper versteckt. Wasser tropfte auf den Teppich.

»Laufen Sie nicht fort, ich kann Ihnen das erklären! Bitte warten Sie einen Augenblick.«

Sie sprach Französisch, langsam und nachdrücklich, mit einem maghrebinischen Akzent. Karl wurde klar, dass sie nicht wissen konnte, ob er sie überhaupt verstand. Ihre dunklen Augen sahen ihn flehend an. Er nickte ihr beruhigend zu. Sein Schulfranzösisch hatte sich durch seine regelmäßigen Aufenthalte in Straßburg erheblich verbessert.

Die Frau verschwand, und Karl stand wieder allein auf dem Treppenabsatz. Er musste eine ganze Weile warten, bis sich ihm die Tür erneut öffnete.

Vor ihm stand ein verlegenes Zimmermädchen. Sie trug ein schwarzes Kleid mit weißer Schürze davor. Ihre langen

schwarzen Haare, die sie nur kurz abgetrocknet haben konnte, lagen nass und schwer auf ihren Schultern. Hell leuchtete dazwischen der zarte Hals.
Sie ließ ihn herein und schloss hinter ihm die Zimmertür.
»Sie müssen entschuldigen, ich dachte nicht, dass Sie schon so früh zurückkehren würden.«
Karl ließ seinen Blick die schwarzen Seidenstrümpfe hinunterwandern.
»Baden Sie immer in der Wanne Ihrer Kundschaft?«, erkundigte er sich belustigt.
Sie errötete und senkte den Blick.
»Normalerweise wähle ich ein unbelegtes Zimmer, aber dies Wochenende ist das Hotel komplett. Ich und mein Bruder haben nur eine kleine Kammer zum Schlafen unter dem Dach.«
Karl fiel jetzt endlich auf, wie sehr sie dem Portier ähnelte – zweifellos ihr großer Bruder. Sie war jünger, er gab ihr keine zwanzig Jahre. Wie sie ihm so unbeholfen und voller Scham gegenüberstand, überkam ihn ein köstlicher Kitzel. Was für eine reizvolle Situation, in die er da geraten war!
»Ich nehme an, Sie haben ihren Dienst für heute bereits beendet?«, fragte er.
Sie nickte scheu.
»Mein Bruder darf nicht erfahren, dass Sie mich im Bad gesehen haben, Sie werden ihm nichts sagen, nicht wahr?«
Karl griff nach ihrer Hand. Wie aufgeregt sie war!
»Ich werde ihm nichts sagen, machen Sie sich keine Sorgen. Ich konnte vorhin sowieso kaum etwas sehen, Sie lagen ja im Wasser – leider, muss ich sagen, es hätte sich gewiss gelohnt.«
Er nahm auch ihre zweite Hand und hob ihre Arme seitlich in die Höhe, um ihren Körper besser betrachten zu können. Ihr Dekolleté bebte vor Furcht und Aufregung. Er konnte

sich nur zu gut ihre kleinen, festen Brüste unter dem Kleid vorstellen.
»Ich schlage Ihnen einen kleinen Handel vor«, sagte er schließlich, als er ihre Hände, die widerstandslos in den seinen gelegen hatten, losließ. »Sie zeigen mir noch einmal, was ich eigentlich vorhin schon gesehen habe, und ich bewahre dafür eisernes Stillschweigen.«
Er erwartete eine Ohrfeige. Oder zumindest ihren wortlosen Abgang. Die Frechheit, mit der er ihr das Angebot machte, erstaunte ihn selbst. Doch die Frage kostete ihn nichts – was hatte er schon zu verlieren? Zu seiner Überraschung blieb die Frau vor ihm bewegungslos stehen. Nur in ihren Augen sah er, wie sie mit sich kämpfte. Schließlich sagte sie:
»Ich werde mich vorbereiten.«
Sie griff nach ihrer Handtasche, die auf dem Boden stand, und verschwand damit im Badezimmer.
Karl zog sich die Krawatte vom Hals und öffnete die zwei obersten Knöpfe seines Hemdes. Der Abend begann viel versprechend. Er hängte das Jackett auf einen Bügel und trat ans Fenster. Sein Blick fiel auf eine triste Brandmauer, doch als er das Fenster öffnete, hörte er in der Ferne eine Trommel in afrikanischen Rhythmen vibrieren. Die Abendluft war angenehm lau, der Sommer würde nicht mehr lange auf sich warten lassen.
Karl löschte das Deckenlicht und knipste die Leselampe am Bett an. So konnte der nackte Körper besser zur Geltung kommen. Karl setzte sich auf das Fensterbrett und lauschte den exotischen Klängen, in die sich nun das Hupen eines Autos mischte. Paris – was für eine Stadt!
Als das Mädchen schließlich aus dem Badezimmer trat, war er überrascht, es nicht nackt zu sehen. Noch immer trug es seine Zimmermädchenkleidung, doch sein Gesicht war nun geschminkt. Sie hatte die Farben üppig aufgetragen, wie eine

Theaterschauspielerin, die nie nahe an ihr Publikum herankommt. Das volle Rot auf ihren Lippen und die mit Gold bezogenen Lider machten den Ausdruck ihres Gesichts sinnlich träge. Karl suchte vergeblich das schüchterne Kind von vorhin.

Ohne ein Wort zu sagen, begann sie im Rhythmus der fernen Trommel ihre Hüften zu schwingen. Mit beiden Händen griff sie in ihr schweres Haar und stellte es wie eine Löwenmähne in die Höhe. Mit kreisenden Bewegungen drehte sie sich vor Karl, der die Luft anhielt. Ein Striptease! Es war zu schön, um war zu sein!

Das Mädchen entfernte sich tanzend von ihm. Als sie fast an der Zimmertür angelangt war, ließ sie ihr Haar mit Schwung auf die Schultern fallen und warf den Kopf in den Nacken. Den Oberkörper leicht nach hinten geneigt, die Brust vorgeschoben, schritt sie langsam auf ihn zu. Bei jedem Schritt schob sich zuerst die Hüfte nach vorn, der Rest des Körpers folgte in nachlässiger Haltung, wie bei einem Model auf dem Laufsteg.

Sie fixierte Karl mit leicht erhobenen Augenbrauen und gesenkten Lidern. Stolz war in diesem Blick. Während sie auf ihn zukam, löste sie die Schleife ihrer Schürze. Dicht vor ihm blieb sie stehen, zog die Schürze herunter und warf sie Karl über die Schulter. Mit einer schnellen Drehung wandte sie sich von ihm ab und schritt wieder zur Tür zurück, wobei ihre Hand nach dem Reißverschluss im Rücken des schwarzen Kleides tastete.

Betont langsam zog sie ihn herunter. Die Haut blitzte in dem sich öffnenden Spalt.

Unwillkürlich griff Karl nach der Schürze und begann sie um seine Hand zu wickeln. Die Kleine legte ihm tatsächlich eine professionelle Nummer hin! Die Verlegenheit und die Angst, der große Bruder könnte etwas von der Geschichte erfahren, waren wie weggeblasen. Vor sich sah er ein wollüstiges Weib.

Der Spalt in dem Kleid reichte jetzt bis zu ihren Lenden. Ihr schwingender Körper drehte sich um, und sie streifte das Kleid über ihre Schultern, hielt es noch einen Augenblick lang über den Brüsten fest, dann ließ sie es los, und es rutschte in Zeitlupe über ihre Taille, die Hüfte, hinab zum Boden.

Karl schluckte. Die schwarzen Seidenstrümpfe endeten an ihren Schenkeln, der Slip lag hoch auf der Hüfte, und so schimmerten ihm ihre herrlichen Flanken entgegen. Ein weich geschwungener, flacher Bauch, darüber die in einem schwarzen BH verpackten Jungmädchenbrüste.

Karl presste seinen Rücken gegen den harten Fensterrahmen, um ihr nicht entgegenzuspringen. Der hämmernde Rhythmus in der milden Abendluft hinter ihm war lauter und drängender geworden, ihm schien, als sei eine zweite Trommel eingefallen, und irgendwo sah Karl zwei schwitzende Männer mit nackten Oberkörpern, die ihre muskulösen Arme über die gespannten Felle schwangen. Er sah auch seine Kollegen, die jetzt mit Hunderten anderer Touristen durch Pigalle zogen und sich einbildeten, das typische Paris zu sehen. Narren! Hier war es, hier bei ihm, in seinem Hotelzimmer!

Das Mädchen ließ sich Zeit, auf ihn zuzugehen. Es schritt im Zickzack von links nach rechts und ließ ihn dabei keinen Augenblick aus den Augen. Ihre Haut leuchtete in dem sanften Licht wie heller Nougat. Karl wollte über ihre Arme streichen, die Schultern, er wollte seine Hände auf ihre nackten Flanken pressen und sie mit aller Kraft an sich drücken.

Endlich stand sie vor ihm. Sie war so nahe gekommen, dass er ihren warmen Atem spüren konnte. Er wollte vom Fensterbrett herunterrutschen, doch ihre Hände drängten ihn

sanft zurück, sodass er seinen Rücken wieder an den Rahmen des offen stehenden Fensters lehnte.
Sie ging vor ihm zu Boden. Ein wohliger Schauder durchlief ihn, als er sie zu seinen Füßen liegen sah. Die Arme weit von sich gestreckt, räkelte sie sich auf dem Teppich und streckte ihm ein Bein entgegen. Ihm schwindelte, als er die glatten Seidenstrümpfe auf seinen Fingern spürte. Er hielt ihren Fuß wie einen Vogel mit beiden Händen.
Vorsichtig begann sie, den Strumpf vom Schenkel her aufzurollen. Karl sah ihr atemlos zu. Seine Hände glitten ihren Knöchel hinab und lösten ihre Hände in Kniehöhe bei der Arbeit ab. Bedächtig rollte er den hauchdünnen Stoff um sich selbst, höher, immer höher, bis er den Spann des Fußes erreichte, dann lag der Strumpf wie ein Nest in seiner Hand. Karl führte ihn an seinen Mund, küsste ihn und vergrub sein Gesicht darin. Ihn überkam ein heißes Glücksgefühl. Mit einem Mal fühlte er sich zu allem fähig. Er fühlte sich stark und männlich, und es war diese Stadt, die ihm verheißungsvoller denn je erschien. Alles war möglich in Paris.
Dann spürte er plötzlich den Schlag hinter seinen Knien. Er riss die Augen auf, griff nach etwas, um das Gleichgewicht zu halten, verfehlte den Fensterrahmen, fand nichts anderes, an dem er sich festhalten konnte, sah dafür seine Beine nach oben kommen, hinter sich die vom Trommelwirbel vibrierende Leere, dann verstand er endlich, dass es das Mädchen war, das seine Beine immer höher stemmte, das Gewicht seines Oberkörpers, der ihn nach hinten zog und endlich, er begriff zu spät, kippte er vollends in den vierstöckigen Abgrund; er sah einen seiner Füße ohne Schuh über sich und gleich daneben, schon kleiner werdend, das Gesicht des Mädchens, ihre stolzen goldüberzogenen Augen und ihren Mund, den er jetzt zum ersten Mal lächeln sah.

Heribert Bauer

Vier Herren in Schwarz

Sie wirkte zart und zerbrechlich. Aber sie war hübsch. Ihr schmales, madonnenhaftes Gesicht war noch etwas blass, doch gerade die Blässe betonte ihr dunkles Haar und die ebenso dunklen Augen. Und es ging wieder aufwärts mit ihr, seit sie mit Henry, ihrem Mann, in diese kleine Stadt gezogen war.

Eigentlich handelte es sich nur um ein größeres Dorf, aber es gab fast alles, was sie brauchten, um den gewohnten Lebensstandard aufrechtzuerhalten. Für die wenigen Dinge, die es nicht gab, entschädigte die reizvolle Landschaft, in der es im Sommer nach frischem Heu duftete und im Herbst die Kartoffelfeuer rauchten.

Vor allem tat ihr die Stille dieser Landschaft gut – und die saubere Luft, die sie, im Gegensatz zum Großstadtsmog, wieder richtig durchatmen ließ. Nach all den Monaten im Sanatorium, in dessen steriler Atmosphäre sie sich zeitweise wie eine Gefangene gefühlt hatte, empfand sie das als besonders wohltuend.

Es war früh am Morgen. Wie häufig um diese Zeit begleitete sie Henry auf den Hof. Er holte den Wagen aus der Garage, um in die fünfzig Kilometer entfernte Mainmetropole zu fahren. Das gemeinsame Unternehmen musste ja weiterlaufen. Und da ein ganzer Produktionszweig in den ostdeutschen Raum verlegt werden sollte, standen wichtige Verhandlungen auf dem Programm. Einer von ihnen musste diese Verhandlungen leiten. Sie war froh, dass Henry die Sache übernommen hatte.

»Mach's gut, Isabella«, sagte er. »Und vergiss nicht, am Nachmittag, so gegen fünfzehn Uhr, Charly noch einmal auszuführen. Du kennst ja den Weg, den er so gerne mag.«
Charly, der gutmütige Basset, stand schwanzwedelnd neben ihr und blickte sie an, als habe er jedes einzelne Wort verstanden.
Henry gab ihr durch das geöffnete Wagenfenster einen Kuss auf die Nasenspitze. Minuten später verschwand das Fahrzeug hinter den Hügeln.
Ja, so war er – ihr Henry. Immer um alles besorgt, trotz der vielen Arbeit, die ein Großunternehmen nun einmal für sein Management mit sich brachte. Dabei war er auch nicht mehr der Jüngste. Sein Haar wurde schütter und wies längst die ersten grauen Strähnen auf. Trotzdem sah Henry gut aus. Und er war erfolgreich. Er nahm ihr viel Arbeit ab, schonte sie fürsorglich und schirmte sie vor allen Belastungen ab, die von außen an sie herangetragen wurden.
Isabella fröstelte, als sie ins Haus zurückkehrte. Sie trank ihren Kaffee aus, der nur noch lauwarm war, und räumte dann das Frühstücksgeschirr in die Spülmaschine. Nachdem sie in der Küche fertig war, zog sie sich in den holzgetäfelten Wohnraum zurück, blätterte in den neuesten Modezeitschriften und telefonierte mit einigen Freundinnen. Zwischendurch ging sie mehrmals mit Charly hinaus auf den Hof, und das nicht nur, um frische Luft zu tanken. Sie suchte trotz der idyllischen Landschaft, die sie in vollen Zügen genoss, immer wieder nach Gelegenheiten, das Haus für kurze Zeit zu verlassen, denn sie hatte es immer noch nicht ganz geschafft, sich an das zwar aufwendig renovierte, aber uralte Bauernhaus zu gewöhnen. Aber das war auch der einzige Wermutstropfen, der ihre Abwanderung aus der Großstadt ein wenig trübte.
Immer, wenn Henry nicht zu Hause war, fühlte sie sich al-

lein hier und auch ein wenig einsam. Sie saß dann oft bei einer Tasse Tee oder einem Gläschen Sherry vor dem Kamin und lauschte der Sprache des Hauses – jenem leisen Ächzen, Stöhnen und Knacken im jahrhundertealten Gebälk, das ihr einerseits vertraut war, andererseits aber auch etwas unheimlich erschien.

Ganz anders Henry – er fühlte sich pudelwohl in diesem Haus und war überzeugt, hier sein ganz privates Paradies gefunden zu haben. Und sie – sie liebte Henry, und sie hätte nie darauf verzichten wollen, mit ihm in diesem Paradies zu leben.

Als Isabella am Nachmittag einen Blick auf die alte Pendeluhr warf, die neben dem Kamin hing, war es kurz vor fünfzehn Uhr. Auch Charlie schien sich mit Uhren auszukennen. Er hob den Kopf und sah sie aus seinen Kulleraugen auffordernd an.

»Mir scheint, du hast nichts dagegen, wenn wir einen kleinen Spaziergang machen, Charly«, sagte sie, legte die Zeitschrift zur Seite und erhob sich. Während der Hund schon aufgeregt vor der Tür auf und ab lief, warf sie noch einen flüchtigen Blick in den Spiegel und strich ihr neues Herbstkostüm glatt. Sie war mit sich zufrieden. Das Gesicht, das ihr entgegenblickte, sah wesentlich besser aus als noch vor einigen Wochen. Und was mindestens ebenso wichtig war: Die Ärzte waren bei ihrer Entlassung aus der Klinik sehr zuversichtlich gewesen.

»Komm Charly«, sagte sie und nahm die Leine vom Haken. Kaum hatte sie die Haustür geöffnet, sprang der Hund freudig bellend die Treppe hinunter, lief über den Hof und hielt auf den schmalen, unasphaltierten Weg zu, der durch eine Wiese führte und dann in die Felder mündete.

Es war ein ganz normaler Herbsttag. Er war weder sonnig noch besonders trüb und dunstig. Die Erde war trocken, denn es hatte seit Tagen nicht mehr geregnet. Das Laub fiel von den Bäumen und wurde vom Wind über die Landschaft verteilt. Wo sonst sattes Grün dominierte, ragten kahle Äste in das Grau des Himmels – Herbstmelancholie, wohin man auch blickte.

Isabella schlug ebenfalls den Weg durch die Felder ein, die sich unterhalb einer lang gestreckten, von dichtem Mischwald bewachsenen Anhöhe hinzogen. Sie genoss den Ausblick auf die riesigen, bereits abgeernteten Kartoffeläcker und freute sich über das leise Rascheln, mit dem der Herbstwind durch die Maisfelder strich. Sie fühlte sich frei. So frei wie der Bussard, der hoch über ihr seine Kreise zog.

Sie beobachtete den Vogel eine ganze Weile und senkte den Blick erst wieder, als Charly, der in ihrer Nähe nach Mäusen grub, zu knurren begann.

»Was ist, Charly?«, fragte sie. »Komm her an die Leine. Ich mag es nicht, wenn du dich mit anderen Hunden herumbalgst. Na, komm schon!«

Der Basset gehorchte und ließ sich an die Leine nehmen. Aber er winselte leise und zeigte sich beunruhigt. Vor allem hob er immer wieder schnuppernd die Nase.

»Vielleicht hat sich nur ein Hase im Maisfeld versteckt«, sagte Isabella beruhigend und tätschelte Charly den Nacken.

Doch es war nirgends ein Hase zu entdecken. auch ein fremder Hund war nicht in der Nähe. Das begriff sie erst, als sie sich aufrichtete und ihre Blicke über das Maisfeld schweifen ließ. Ihren Augen bot sich ein merkwürdiges Bild. Ein erschreckendes Bild!

Die Idylle des Herbsttages zerriss jäh wie ein Spinnennetz.

Isabella starrte wie gebannt auf die abgeernteten Kartoffeläcker jenseits des Maisfeldes. Auf dem schmalen Weg, der

schnurgerade durch diese Felder führte und ungefähr hundert Schritte von ihr entfernt ihren eigenen Weg kreuzte, bewegte sich ein geradezu unheimlich anmutende Prozession auf die bewaldete Anhöhe zu.
Vier Männergestalten, die durch ihr altertümliches Aussehen an das vergangene Jahrhundert erinnerten, schritten mit hoch erhobenen Häuptern langsam und würdevoll voran. Sie waren – wenn man von ihren weißen Hemden mit Stehkrägen absah – völlig in Schwarz gekleidet. Lange Rockschöße bedeckten weitgehend ihre Körper, auf den Köpfen prangten hohe Zylinderhüte.
Und sie trugen, wie Isabella mit eisigem Entsetzen feststellt, einen Sarg in ihrer Mitte. Einen schwarzen Sarg.
Isabella spürte, wie sich die Starre, die sie ergriffen hatte, zu lösen begann und einer seltsamen Beklemmung wich. Ein Zittern lief durch ihren Körper. War das alles nur ein böser Traum? Eine Fata Morgana vielleicht, wie sie in afrikanischen Wüsten vorkam? Oder eine Halluzination? Ein Leichenzug hier draußen, in der Weite der Felder, nein – so etwas gab es nicht. Sie schloss verwirrt die Augen und zwang sich, tief durchzuatmen. Da musst du durch, Isabella, sagte sie sich. Du musst stärker sein als deine schwachen Nerven, und du musst Täuschungen, gleich welcher Art, die Stirn bieten. Du darfst dich nicht verunsichern lassen – gerade jetzt nicht, nachdem sich dein Krankheitsbild gebessert hat …
Als sie die Augen wieder öffnete, waren die mysteriösen Sargträger verschwunden. Wie vom Erdboden verschluckt. Vor ihr lagen die Felder, so, als sei überhaupt nichts geschehen. Nur der Bussard kreiste nicht mehr über ihr, er hatte wohl längst seine Beute geschlagen.
Auch Charly hatte sich wieder beruhigt. Er zog kräftig an der Leine, weil er in der Nähe ein Mauseloch entdeckt hatte.

Es war nichts, sagte sich Isabella. Gar nichts. Sie strich sich über die Augen, als könne sie mit dieser Geste auch noch die letzten Reste von Verwirrung, Beklemmung und Zweifel beseitigen. Und sie beschloss, Henry nichts davon zu erzählen. Er würde nur seine starken Arme um ihre Schultern legen und sagen: »Vergiss es, Liebling. Deine Nerven sind noch ein wenig angegriffen. Vergiss es einfach. Jeder kann sich einmal täuschen.«

Aber – hatte Henry nicht einmal erzählt, dass es oben im Wald einen uralten und längst vergessenen Friedhof gab? Er sollte noch aus der Pestzeit stammen, als man die Toten möglichst weit abseits der Dörfer und Städte begrub. Merkwürdig. Der altertümlich aussehende Leichenzug hatte sich geradewegs auf die bewaldete Anhöhe zubewegt. Und dann dieser grässliche schwarze Sarg. Zimmerte man Särge in der Regel nicht aus hellerem Holz? Oder sollte die Schwärze gar ein Symbol sein – ein Symbol für den so genannten schwarzen Tod?

Isabella schauderte. Sie begann plötzlich zu frieren und verspürte nur noch den Wunsch, so rasch wie möglich wieder in die warme, schützende Atmosphäre des Hauses zurückzukehren.

Dort angekommen, legte sie einige Holzscheite in das Kaminfeuer und goss einen heißen Tee auf. Danach ließ sie sich in ihren Lieblingssessel sinken und hing ihren Gedanken nach. Quälenden Gedanken. Aber sie schwieg. Sie schwieg auch noch, als Henry am Abend mit einem Blumenstrauß nach Hause kam. Schließlich war sie fast wieder gesund und fühlte sich stark genug, ganz allein mit dieser Sache fertig zu werden.

Kaum hatte Henry am nächsten Morgen das Haus verlassen und den Weg zum Büro eingeschlagen, griff Isabella nach der Hundeleine.

»Es muss sein, Charly«, sagte sie. »Es führt kein Weg dran vorbei. Ich will es jetzt genau wissen. Du begleitest mich doch?«
Der behäbige Basset lief jaulend zur Tür.
Kurz danach war Isabella bereits unterwegs zum Wald. Normalerweise mied sie Friedhöfe. Doch wenn es sich schon nicht vermeiden ließ, eine solche Stätte zu betreten, tat sie es nur zu Zeiten, in denen sich auch andere Besucher dort aufhielten. Diesmal war es anders. Sie würde all ihre Kraft zusammennehmen, um sich selbst davon zu überzeugen, dass die einsame und entlegene Ruhestätte seit Generationen nicht mehr für Begräbnisse benutzt wurde. Infolgedessen konnte es auch keine Leichenzüge mehr dorthin geben. O ja, sie hatte sich während der vergangenen Nacht, die schlaflos geblieben war, dazu durchgerungen, diesen Friedhof aufzusuchen. Sie würde sich selbst den Beweis dafür erbringen, dass sie gestern einer optischen Täuschung erlegen war. Und dann würde sie die Sache ganz einfach vergessen.
Der Fußmarsch hinauf zum Wald dauerte eine knappe halbe Stunde. Das Wetter schlug um, ein leichter Nieselregen überzog die Felder mit einem zarten Grau. Isabella ließ sich dadurch nicht beirren. Als der Wind kälter wurde, klappte sie den Kragen ihres Mantels hoch.
»Ein bisschen Regen kann uns nicht abhalten, nicht wahr, Charly?«
Der treue Blick aus Charlys Hundeaugen vermittelte ihr das Gefühl, nicht völlig allein zu sein.
Sie fand den Friedhof. Er erstreckte sich, nicht weit vom Waldrand entfernt, über eine kleine Lichtung. Und er sah tatsächlich aus, als sei die Zeit hier schon vor Jahrhunderten stehen geblieben.
Ein uralter, verrosteter Eisenzaun mit vielen kunstvollen Schnörkeln umschloss das verwilderte Gelände. Gras und

Unkraut standen so hoch, dass die von Moos überwucherten Grabkreuze nur wenig darüber hinausragten. Man sah auf den ersten Blick, dass sich hier seit Jahrzehnten keine ordnende Hand mehr nützlich gemacht hatte. Es war den Lebenden unten in der Stadt offenbar nicht schwer gefallen, diese Stätte des Todes die in eine längst vergessene finstere Zeit zurückreichte, zu vergessen.
Isabella fröstelte, als die schmiedeeiserne Tür, die sich nur mit einiger Kraftanstrengung bewegen ließ, laut in den Angeln quietschte. Der schrille, fast schreiende Ton tat körperlich weh, und sie blickte sich schuldbewusst um, so, als habe sie jemanden empfindlich in seiner Ruhe gestört.
Sie ging dicht neben Charly, als sie den kleinen Friedhof überquerte. Ihre rechte Hand schloss sich fest um die Leine. Es war kein schöner oder gar anheimelnder Ort, an dem sie sich befand. Auf den Gräbern gab es längst keine frischen Blumen und grünen Kränze mehr, und die in Stein gemeißelten Namen und Inschriften waren nur noch teilweise zu entziffern.
Isabella fühlte sich rasch in ihrer Überzeugung bestätigt, dass die letzte Beerdigung an dieser einsamen Stätte mindestens in das vergangene Jahrhundert zu datieren war. Das verwitterte Steinkreuz, vor dem sie gerade stand, kündete sogar von einer Beisetzung »im Jahre des Herrn 1797«.
Als Charly an der Leine zog, folgte sie ihm um das Steinkreuz und das hoch gewachsene Unkraut herum, weil dahinter offenbar eine weitere Grabreihe begann. Und hier roch es plötzlich nicht mehr nach nassem Gras und Moos, sondern nach frischer Erde.
Isabella blieb abrupt stehen.
Etwas anderes blieb ihr auch gar nicht übrig, denn sie befand sich unmittelbar vor einem frisch ausgehobenen Grab, dessen Erde fein säuberlich an den beiden Längsseiten aufge-

häuft worden war. Und auf dem Grund des Grabes stand ein Sarg. Er war schwarz. Pechschwarz. Auf dem Deckel lag ein Strauß weißer Herbstastern.
Isabellas Körper erstarrte, und eine Sekunde lang glaubte sie, ohnmächtig zu werden. Dann aber verliehen ihr Angst und Panik neue Kräfte. Sie wirbelte herum und lief auf die eiserne Tür zu. Sie blieb hängen, riss sich noch ein Stück Stoff aus dem Ärmel ihres Mantels und rannte, Charly halb hinter sich herziehend, zu dem Weg hinüber, der durch die Wiesen und Felder heimwärts führte.
Ihr Atem ging keuchend, und hinter ihren Schläfen pochte das Blut, als sie ins Haus stürzte und die schwere Eingangstür hinter sich abschloss. Sie war vom Regen völlig durchnässt, das dunkle Haar hing ihr wirr ins Gesicht.
Es dauerte eine Weile, bis sie sich einigermaßen beruhigt und ihre Gedanken neu geordnet hatte. Sie atmete immer noch schwer, und ihre Hände waren trotz der Nähe des Kamins eiskalt.
Heute musste sie mit Henry reden, darüber war sie sich im Klaren. Sie konnte das alles nicht länger für sich behalten. Das durfte sie auch gar nicht. Die Ärzte hatten immer gesagt, sie müsse sich mitteilen und dürfe nichts in sich aufstauen oder gar verdrängen.
Es erleichterte sie deshalb ungemein, dass Henry diesmal schon am frühen Nachmittag nach Hause kam. Sie erzählte ihm alles. Wirklich alles.
Und sie klammerte auch ihre persönlichen Empfindungen nicht aus.
Henry legte den Arm um ihre Schultern. »Beruhige dich, Isabella. Sei ganz ruhig. Das waren nur Sinnestäuschungen, nichts weiter. Du musst keine Angst davor haben. Und weißt du was? Ich werde dir das sogar beweisen. Ich sehe jetzt sofort auf dem Friedhof nach, und wenn es dort tatsächlich ein

frisch ausgehobenes Grab gibt, muss ich es ja auch sehen, nicht wahr?«
Sie nickte stumm.
Als Henry nach mehr als einer Stunde zurückkehrte, lächelte er. »Siehst du, Liebling«, sagte er, »es ist nichts zu sehen. Gar nichts. Ich habe mich selbst davon überzeugt. Am besten, du meidest zukünftig diesen gottverlassenen Ort und vergisst das Ganze.«

Isabella bemühte sich seit Tagen darum, den Rat Henrys zu befolgen und die grausigen Sinnestäuschungen zu vergessen. Aber es gelang ihr nicht.
Außerdem hatte sich ihr Gesundheitszustand erheblich verschlechtert, das hatten Nachuntersuchungen ergeben. Es stand sogar ein neuer Sanatoriumsaufenthalt zur Debatte, aber Henry hatte – zu ihrer großen Erleichterung – abgelehnt. Er wollte sie bei sich haben, in seinem kleinen Paradies. O ja, Henry liebte sie sehr, und seine Liebe und Fürsorge gaben ihr immer wieder neuen Halt.
Hinzu kam, dass ihr das innige Verhältnis zu Henry den Umgang mit ihrer Krankheit erleichterte. Und immer, wenn das ganze Geschehen, sei es bei Tag oder Nacht, albtraumhaft zurückkehrte und bewirkte, dass sie schweißgebadet hochschreckte, brauchte sie nur die Nähe Henrys zu suchen oder sich seine beruhigenden Worte in Erinnerung zu rufen, um alles viel leichter zu verkraften.
Rührend von Henry war es auch, wie sehr er sich darum bemühte, etwas Abwechslung in ihren Alltag zu bringen.
So auch heute.
Henry hatte zwei Theaterkarten mitgebracht. »Das wird dich ein bisschen ablenken und zerstreuen«, meinte er. »Das Städtchen hat zwar keine berühmte Bühne zu bieten, aber ich bin davon überzeugt, dass uns das Stück gefallen wird.

Außerdem sollten wir uns als Neubürger ruhig einmal dort sehen lassen.«

Isabella lächelte dankbar. Vielleicht tat es ihr wirklich gut, wieder einmal ein hübsches Abendkleid anzuziehen, unter Menschen zu gehen und danach mit Henry irgendwo ein Glas Wein zu trinken.

Während Henry noch einen kurzen Rundgang mit Charly machte, schlüpfte sie ins Bad, um sich für den Theaterabend hübsch zu machen. Und das gelang ihr offensichtlich ganz hervorragend. Zwei Stunden später, im Theater, genoss sie jedenfalls die bewundernden Blicke, mit denen sie von den männlichen Besuchern bedacht wurde, und Henry war ohne Zweifel stolz darauf, eine so hübsche junge Frau zu haben.

Das Stück war von der Thematik her etwas schwermütig, aber dennoch interessant. Vor allem spiegelte es ein Stück Heimatgeschichte wider, und Isabella war ebenso erstaunt wie Henry, welch bewegte historische Vergangenheit das Städtchen aufzuweisen hatte. Die Darsteller spielten ihre Rollen mit einer erstaunlichen Perfektion und heimsten eine Menge Applaus ein. Die Zuschauer schienen Zeit und Raum zu vergessen und sich mit dem Stück zu identifizieren. Als – beispielsweise – die hübsche Bürgermeisterstochter Katharina an einer heimtückischen Krankheit verstarb, holte so mancher Besucher ein Taschentuch hervor, um sich damit verstohlen über die Augen zu wischen.

Der Vorhang fiel – der Vorhang öffnete sich. Der letzte Akt stand auf dem Programm.

Isabellas Gesicht wurde plötzlich kalkweiß. Sie griff sich ans Herz und rang nach Luft.

»Was ist mit dir, Isabella? Bekommt dir die Luft in diesem Saal nicht?«, fragte Henry besorgt und legte nach alter Gewohnheit einen Arm um ihre Schultern. Er hatte nur noch Augen für sie, deshalb entging ihm der Beginn des letzten

Aktes: Vier Männer, ganz in Schwarz, mit altertümlichen Rockschößen und Zylindern, schritten würdevoll über die Bühne, um die hübsche Bürgermeisterstochter in einem schwarzen Sarg zur letzten Ruhestätte zu tragen.
Henry konnte seine Frau gerade noch auffangen, als sie ohnmächtig zusammensank.

Isabella lag wieder im Sanatorium. Seit Tagen schon. Das alte Leiden war erneut aufgebrochen. Manchmal war sie auf Grund der vielen Beruhigungsmittel, die man ihr verabreichte, völlig apathisch. Doch Henry besuchte sie, so oft es nur ging. Und immer brachte er ihr Blumen mit.
Nur heute ging es nicht, denn sie war verschwunden.
Vor einer Stunde schon hatte man Henry angerufen. Man suchte fieberhaft nach ihr, aber bis jetzt ohne Erfolg. Und natürlich hatte man ihm versichert, dass man vor einem Rätsel stehe und sich ihre »Flucht« nicht erklären könne. Schließlich sei sie doch von hervorragenden Ärzten behandelt und von ausgesuchtem Fachpersonal betreut worden.
Henry konnte auch keine einleuchtende Erklärung anbieten, brachte aber seine Hoffnung zum Ausdruck, dass man seine Frau schnellstens finden möge.
Zunächst aber war er dabei, die Briefe zu öffnen, die ihm der Postbote mit dem Fahrrad in sein kleines ländliches Paradies gebracht hatte. Es war ein Brief von seinem Anwalt dabei. Nachdem er ihn gelesen hatte, huschte ein zufriedener Ausdruck über sein Gesicht. Er legte ihn auf den Tisch, holte den Wagen aus der Garage und fuhr ins Städtchen hinüber – zum Theater, denn dort liefen gerade die Proben.
»Ihr habt erstklassige Arbeit geleistet«, sagte er zu einem der Sargträger und steckte ihm einen prall gefüllten Umschlag zu.
Wieder zu Hause, schenkte er sich einen Cognac ein und

ließ sich in einen Sessel sinken. Dann griff er abermals nach dem Brief, zog den Telefonapparat zu sich heran und tippte eine Nummer ein.

»Hallo, mein Schätzchen, wie geht es dir?«, fragte er, als sich eine Frauenstimme meldete. Und ohne eine Antwort abzuwarten, fuhr er fort: »Ich hab's jetzt endlich schriftlich. Jawohl, heute war der Brief in der Post. Und weißt du, was drinsteht? Ich lese es dir vor: ›Nach erneuter Prüfung der Sachlage steht meines Erachtens einem Pflegschaftsantrag und einem ständigen Heimaufenthalt Ihrer Frau nichts mehr im Wege.‹ Na, was sagst du jetzt, mein Liebling? Ich habe ja schon immer die Meinung vertreten, dass die Leitung eines so gewinnträchtigen und expandierenden Unternehmens nur in eine einzige Hand gehört, nämlich in meine.« Er lachte zynisch.

Nachdem Henry den Hörer aufgelegt hatte, ließ ihn ein leises Geräusch herumfahren. Er blickte in die Mündung eines Revolvers – eines Revolvers, der aus seiner eigenen Sammlung stammte.

»Du – Isabella? Mein Gott, wie bist du hierher gekommen? Man sucht dich bereits verzweifelt.«

Isabellas Gesicht war blass und von einer Härte – wie aus Stein gemeißelt. »Ich weiß alles«, sagte sie mit zitternder Stimme. »Ich habe diesen Brief gelesen, während du weg warst. Er lag ja auf dem Tisch. Und ich habe dein Telefongespräch mit – mit einer anderen Frau gehört ...«

»Aber Isabella, lass dir doch erklären«, versuchte Henry sie zu unterbrechen und wollte sich aus dem Sessel erheben.

»Bleib sitzen!«, befahl Isabella. »Ich brauche deine Erklärungen nicht mehr. Ich habe alles begriffen. Nur eines kann ich nicht mehr verstehen: dass ich einen Menschen wie dich so sehr geliebt habe, dass ich – dass ich seinetwegen sogar das Sanatorium verlassen habe ...«

Henry konnte in ihren Augen nur noch Hass entdecken. Blanken Hass. Und gerade der machte die Waffe in ihrer Hand zu einer absolut tödlichen Gefahr.
»Was – was wirst du tun, Isabella?«, fragte er.
»Ich werde dich zu einem kleinen Spaziergang einladen«, sagte sie. »Ja, genau das werde ich tun, Henry.«
»Und wenn ich das nicht möchte?«
»Du wirst müssen, Henry«, antwortete sie, »du wirst müssen …«

Noch am selben Tag kehrte Isabella ins Sanatorium zurück. Freiwillig. Und sie sagte niemandem, wo sie gewesen war. Sie redete von diesem Tag an überhaupt nicht mehr. Kein einziges Wort. Sie saß von früh bis spät vor dem Fenster und blickte mit unbeweglichem Gesicht hinaus in den Park.
Auf Henry wartete sich nicht. Er kam nicht mehr.
Und hätte es Charly, jene treue Hundeseele, nicht gegeben, wäre der frische Erdhügel, oben, auf dem kleinen, vergessenen Friedhof, in diesem Jahrhundert sicherlich nicht mehr entdeckt worden …

Evelyn Holst

Bei Anruf Mord

Ich bins.«

»Wer ist da?«

»ICH. Erinnerst du dich?«

»Ohhh, hallo ...«

»Störe ich?«

»Nicht direkt.«

»Aber indirekt?«

»Ich hab nur gerade ... ich bin unheimlich kaputt ...«

»Ich hatte Sehnsucht nach dir.«

»Hmmm.«

»Stört es dich, dass ich das so offen sage?«

»Nein, natürlich nicht, obwohl ...«

»Obwohl was?«

»Wir kennen uns doch kaum.«

»Ich finde, wir kennen uns gut genug.«

»Hmmm.«

»Aber ich hätte nichts dagegen, wenn wir uns noch besser kennen lernen würden. Viel besser.«

»Du bist ... na ja ...«

»Aufdringlich? Findest du mich aufdringlich? Dann sags, und ich leg sofort auf.«

»Na ja ... direkt. Ich finde dich ziemlich direkt.«

»Soll ich lieber sanft und zahm sein? Kein Problem. Ich bin alles für dich.«

»Du sollst gar nichts für mich sein, ich ... mein Gott ... ich fühl mich mal wieder wie mit dem Rücken an der Wand ...«

»Zu Beginn unserer ersten Nacht war ich auch mit dem Rücken an der Wand, erinnerst du dich?«
»Hhmmm.«
»Erinnerst du dich?«
»Ja, ich erinnere mich.«
»Und – hat es dir gefallen?«
»Ja, es hat mir gefallen.«
»Und hat es dir auch gefallen, wie ich dann mein Höschen heruntergezogen habe und du ...«
»JA, verdammt, es hat mir gefallen.«
»Du warst so scharf auf mich, du konntest nicht genug von mir kriegen. Erinnerst du dich?«
»Was willst du von mir? Ich bin todmüde.«
»Ich möchte zu dir kommen und dich wach machen. Du weißt, wie gut ich das kann.«
»Und du weißt, dass ich nicht allein lebe.«
»Das hat dich damals auch nicht gestört.«
»Aber jetzt stört es mich. Bitte ruf mich nicht mehr an.«
»Soll ich dich lieber auf dem Handy anrufen, damit wir ungestört sind?«
»Mach es mir doch nicht so schwer.«
»Ich wills dir gar nicht schwer machen. Im Gegenteil. Ich würde es dir gern leicht machen. Ganz leicht. Ich hab übrigens kein Höschen an.«
»Das interessiert mich nicht mehr. Ich muss jetzt auflegen. Meine Freundin kommt gleich.«
»Ich hab auch sonst nichts an. Ich bin ganz nackt.«
»Das freut mich für dich.«
»Hallo? Bist du noch dran? Hast du aufgelegt?«

Drei Sekunden später.
»Warum hast du aufgelegt?«
»Weil ich dich nicht mehr sprechen will.«

»Ich will auch nicht mehr reden. Ich will nur noch fühlen. Dich fühlen. In mir drin. Erinnerst du dich noch, wie sich das anfühlte für dich?«

»O Gott.«

»Es war der schönste Orgasmus meines Lebens.«

»Ich muss jetzt wirklich auflegen. Mei …«

»Ich bin sicher, dass sie nie so wahnsinnige Orgasmen hatte wie ich.«

»Können wir bitte das Thema wechseln? Sie hat nichts mit uns zu tun.«

»Du hast völlig Recht. Ich will sie auch nicht dabeihaben. Ich will nur dich … Ich will nur ihn … in mir drin … ganz tief … schon der Gedanke macht mich ganz unruhig …«

»Mann, du schaffst mich.«

»Ja? Das ist gut, ich schaff dich gern. Willst du nicht vorbeikommen? Nur für eine Stunde.«

»Ich kann wirklich nicht. Mei …«

»Ich bin nackt. Erinnerst du dich noch an meinen Körper? Ich streichle ihn für dich … nur für dich …«

»Hör auf. Es geht nicht. Ich hab mich entschieden.«

»Nur einmal. Ein einziges Mal. Dann siehst du mich nie wieder.«

»Du machst es mir wirklich schwer.«

»Weißt du, wo meine Hand gerade ist? Da könnte deine Hand jetzt sein. Wenn du dich beeilst, bist du in zwanzig Minuten bei mir. In mir …«

»Sie kommt gleich.«

»Ich komme auch gleich … ich fühl mich gut an. Erinnerst du dich noch? Ganz weich, ganz feucht …«

»Aber nur noch dieses eine Mal.«

»Ich warte auf dich.«

Sie legte den Hörer auf und lächelte. Ihr Blick fiel auf ihren Nachttisch, auf dem die Flasche Wein bereits geöffnet war. Daneben lag ein Brief. Von ihrem Arzt. »... müssen wir Ihnen leider mitteilen, dass der Test ...« Sie zerknüllte den Brief, warf ihn in den Papierkorb.
Und wartete auf ihn.
Nur noch dieses eine Mal.

Jutta Mülich

Zurück von der Insel

Ich folge Elsbeths Rat und suche mir einen Deckstuhl an einem windgeschützten Platz, anstatt auf Mutter zu hören, die mich mit ihrer Empfehlung, mir sofort einen netten übersichtlichen Standort im Restaurant zu sichern, glatt wieder ins Verderben geschickt hätte.
Sie hat nach Elsbeths Auffassung entschieden zu wenig Fantasie, um seekrank zu werden. Derselbe Mangel sei auch für das rastlose Bemühen ihrer Schwester verantwortlich, mich um jeden Preis doch noch unter die Haube zu bringen. Dabei habe doch gerade Mutter wahrhaftig genügend einschlägige Erfahrungen in ihrer eigenen Ehe gesammelt, um für alle Zeiten von dem Irrglauben geheilt zu sein, im Zusammenleben mit einem Mann sei auch nur ein einziger Vorteil zu entdecken. Über Männer gehen die Ansichten der Schwestern meilenweit auseinander. Über andere Dinge auch. Die Reise ist daher ein in seltener Eintracht ersonnenes Geschenk, wobei die Motive der beiden unterschiedlicher nicht sein könnten. Elsbeth will mich darin unterstützen, das feindliche Element Wasser nach jener dramatischen, aber viel versprechenden Annäherung vor einigen Wochen nun endgültig beherrschen zu lernen, während Mutter unter dem angekratzten Image ihrer Tochter leidet, das einer betrogenen Frau nun einmal anhaftet. Schon besser, man ist verwitwet, sagte sie kürzlich und warf einen dankbaren Blick auf Vaters Foto.
Ihr Ziel ist es, mich wieder auf die Piste zu schicken, und da erscheint ihr eine Ansammlung vieler solcher Pechvögel, wie

ich einer bin, wahrscheinlich gerade richtig. Gleich und Gleich gesellt sich gern.

Noch vor ein paar Wochen hätte diese Inselreise absolut außerhalb meiner Möglichkeiten gelegen. Seit frühester Kindheit wurde mir übel, wenn ich nur an Schiffe dachte. Wasser war mir unheimlich, gleichgültig, ob es sich um den Fischteich in Nachbars Garten, um die Abzugsgräben am Rande unserer Straßen oder gar um jenen Badesee mit seinen steil abfallenden Ufern handelte. Freiwillig bin ich nie ans Wasser gegangen, und ohne Elsbeths Schocktherapie säße ich heute nicht hier auf dem Schiff, um über die Nordsee zu schippern, als sei das gar nichts. Bei den wenigen Schritten über die tief unter der Gangway lauernde Wasserschlucht vorhin kamen mir auch schon wieder erhebliche Zweifel. Allerdings ging ich auch etwas unsicher auf meinen hohen Blockabsätzen. Elsbeth hatte gefragt, wen ich denn damit tottreten wolle. Sie würde wahrscheinlich nicht verstehen, dass einem daran liegen kann, größer zu wirken, als man in Wirklichkeit ist.
Vorsichtig horche ich in den Schiffsrumpf und dann in mich selbst hinein. Noch bewegt sich nichts, nur mein banges Hasenherz klopft bis zum Hals, denn gleich werden die Leinen losgemacht, die mich im Augenblick noch mit dem sicheren Festland verbinden. Und dann? Eigentlich sollte ich mich freuen. Das optimistisch bunt gedruckte Seminarprogramm weist ausdrücklich auf ein herrliches Insel-Ambiente hin, das dazu anrege, der Seele Flügel zu verleihen. Elsbeth warb, Tucholsky hätte in »Schloß Gripsholm« ganz meisterlich beschrieben, wie er dort mit seiner Seele baumelte, und bei ihr stelle sich augenblicklich dieses Gefühl ein, sobald sie an der See sei und Wellen und Sturm lausche.
Mir machen Wellen und Sturm Angst, und bei Mutter bau-

melt gar nichts. Ihr geht es nicht um meine Seele, sondern um adäquaten Ersatz für den verloren gegangenen Schwiegersohn. Wahrscheinlich hat sie tatsächlich die stille Hoffnung, ich brächte ihr gleich einen neuen von der Insel mit. Für überflüssige Maßnahmen wird nämlich kein Geld verschleudert, deshalb schenkt sie sonst auch grundsätzlich Aussteuer.

Elsbeth sind Schwiegersöhne ziemlich schnuppe, sie selbst hat keinen, weil sie gar keine Kinder hat, und den ihrer Schwester befand sie schon nach der ersten Besichtigung für untauglich und hätte ihn am liebsten auf und davon gejagt. Sicher, hin und wieder mal ein Mann, das ist schon in Ordnung, nur muss der gleich bei dir wohnen?

Aber sieht er nicht sehr gut aus? hatte Mutter ihre Bekanntschaftsanzeige verteidigt, die sie unter Chiffre für mich aufgegeben hatte. Er könnte doch glatt einer dieser Schauspieler sein, du weißt schon, einer von diesen Rettungsschwimmern.

Elsbeth antwortete: Ja, eben! – Und ihr mitleidiger Blick flog über meine Erscheinung, die in gar keiner Weise den braun gebrannten vollbusigen Partnerinnen dieser Baywatcher auch nur annähernd ähnelt. Aber sie sagte nur, ihr wäre es lieber, Mutter würde das Geld in ein Inserat für einen Gärtner für mich investieren.

Der hätte mich am Ende tatsächlich weniger gekostet, aber als alles kaputt war, hat Elsbeth mich zwar mit der Nase drauf gestoßen, aber sich jeden Triumph verkniffen. Mutter indessen liebt es, Schuldzuweisungen zu formulieren, und das ununterbrochen. Aber da sie ihn immer so sehr über den grünen Klee gelobt und gegen jede Kritik verteidigt hatte, konnte sie nun nichts gegen ihn ins Feld führen. Ihre Vorwürfe konzentrieren sich daher, wie üblich, auf mein Fehlverhalten. Frauen müssen doch nachgeben, Kind!

Solange es möglich war, habe ich das getan! Am Anfang lief auch alles einigermaßen nach Wunsch. – Ja gut, nach seinem. Aber dann ging es los. Zuerst war da die Geschichte mit den albernen Dessous, die jetzt in zahllosen Farben und peinlichster Aufmachung in meinem Schrank lagen, dort, wo vorher die kochfeste Feinrippwäsche ihren Platz hatte.
Er fand einmal ein Hemd davon im Altkleidersack, als er fürs Auto etwas zum Polieren der Chromteile brauchte. Seine Freunde lachten sich halb tot. Einer hielt es hoch und tanzte damit durch die Gegend. Er kam, bevor er mit ihnen verschwand, ins Haus und drehte mir so heftig meinen Arm um, dass er auskugelte. Nie wieder sollte ich es wagen, ihn so bloßzustellen. Ich war fassungslos und habe, wenn ich genauer darüber nachdenke, meine Fassung bis heute nicht wiedererlangt.
Als er in der Nacht zurückkam, hatte die Ärztin mein Gelenk wieder eingerenkt und die blauen Flecken an meinem Handgelenk übersah er. Natürlich kaufte ich neue Unterwäsche, denn er hatte ja Recht. Seine war hochaktuell und absolut sexy. Das Material wäre zum Putzen ganz ungeeignet, aber er konnte sich darin wirklich sehen lassen. Beim Autowaschen trug er über den schmalen Hüften enge Badeshorts, und sein Oberkörper war nur von diesen dünnen, fast durchsichtigen Shirts bedeckt, die das kraftvolle Spiel seiner Muskeln erkennen ließen, wenn er zum Beispiel die Poliermasse auf dem Lack verteilte. Er mochte es, wenn ich behauptete, sie seien noch stärker geworden, und forderte mich auf, mit dem Zentimetermaß nachzumessen. Als ich einmal zu seinen Gunsten schummelte, warf er seinen Lappen in den Eimer und zog mich ins Schlafzimmer.
Das kam selten genug vor, und ganz vorbei war es, als er mir bei der nächsten Messung auf die Schliche kam. Er kaufte sich eine Jahreskarte fürs Fitnessstudio. Dort verbrachte er

den Rest seiner Freizeit, nachdem er das Auto unter meinen neidischen Blicken stundenlang bearbeitet hatte.
Vermutlich hat er sie dann beim Sport kennen gelernt. Natürlich ist sie jünger als ich, und ihr steht dieser modische Schnickschnack sicher gut, wie ich ihre Figur nach dieser ungewöhnlichen Inaugenscheinnahme beurteile. Ich gebe zu, bei mir sieht alles aus, als hinge es an einem ziemlich traurigen Kleiderbügel.
Dass ich drei Jahre älter bin als er, wusste er allerdings schon aus Mutters Anzeige. Er warf es mir trotzdem ständig vor. »Eigenheim und Auto vorhanden«, hatte das Manko meines Alters und meines nicht sehr vorteilhaften Äußeren wohl anfangs kaschiert. Und »nicht unvermögend«, hatte Mutter zur Sicherheit auch dazugeschrieben. Gut, mein Eigenheim habe ich noch, weil Elsbeth mir rechtzeitig die Augen öffnete. Vermögen und Auto bin ich los. Wenn es nach Elsbeth geht und danach, wer es bezahlt hat, müsste er es mir zurückgeben, wenn sich die Besitzverhältnisse an den unendlichen Stunden fürsorglicher Pflege, an der hingebungsvollen Zuwendung und der ausschließlichen Nutzung orientiert, würde es eindeutig ihm zustehen. Tut es aber nicht, sagte Elsbeth und versuchte, mich aufzustacheln. Ich habe *sie* in *deinem* Wagen fahren gesehen. – *Sie* saß am Steuer! Das war wirklich hart.

Eine Frau ist keine Frau ohne Mann, meint Mutter und glaubt tatsächlich, ich würde mich freuen, wenn er zurückkäme. Das stimmt aber nicht. Ich würde mich nur über eine Gelegenheit freuen, vollständig mit ihm abzurechnen, und mich überkommen diesbezüglich ganz erstaunliche Vorstellungen. Vielleicht träume ich nur wegen dieser unbeabsichtigt gewalttätigen Gedanken dauernd von der ekelhaften Blutfratze.

Mit deinem missmutigen Gesicht wirst du ihn gewiss nicht veranlassen, zurückzukommen. Überhaupt würde ich den gutwilligsten Anwärter vertreiben, ganz gleich, wo ich mich aufhielte. Das Inselgeschenk sei daher eigentlich rausgeschmissenes Geld. Verschwendung, das ist für Mutter beinahe so schlimm wie weggelaufene, oder besser, weggefahrene Schwiegersöhne. Trotzdem versuchte sie, mich zu motivieren. Habe ich dir nie von meiner Helgolandfahrt mit deinem Vater erzählt?
Doch, hatte sie, aber ich hörte mir die Geschichte auch zum tausendsten Mal an. Bemerkenswert, dass sie das Detail von Vaters furchtbarer Seekrankheit diesmal ausließ, das sie bei anderer Gelegenheit so eindringlich zu schildern verstand. Vielleicht konnte sie auf diese Weise meine Panik besser ignorieren. Schon als Kind hat man mich nur mit Gewalt auf eine Fähre bringen können, ich streikte grundsätzlich beim Schwimmunterricht, und Deichspaziergänge verliefen seit jeher so, dass ich den Weg hinter dem Deich nehmen musste.
Ach, so eine Schiffsreise ist doch herrlich! In ihrer Stimme schwang der Stolz alter Seefahrerdynastien, die mindestens in den tapferen Männern der spanischen Armada wurzelten. Mein Vater hatte jedoch nicht gegen die Engländer, sondern zeitlebens siegreich gegen meine Mutter gekämpft. Jetzt steht sein Bild auf der Anrichte, und sie poliert es im Vorübergehen, indem sie zart auf das Glas haucht und mit ihrem sorgfältig gebügelten lilienweißen Spitzentaschentuch darüber fährt, als schwenke sie immer noch die Parlamentärfahne.

Am Kai geschieht etwas. Die Gangway wird laut ratternd eingeholt, Leinen fliegen an Bord, und im Bauch des Schiffes beginnt es unheimlich zu vibrieren. In meinem Bauch auch!

Ich hätte diesem Geburtstagsgeschenk, einem Seminar für sitzen gelassene Bräute, doch lieber widerstehen sollen.
Du musst dich mit deiner Situation auseinander setzen, argumentierte Elsbeth, die in der Anwaltskanzlei angeblich dauernd mit Opfern meiner Spezies zu tun hat und weiß, worum es geht.
Womit soll ich mich auseinander setzen, damit, dass mein Verlobter mich versetzt und sich abgesetzt hat, sodass ich sitzen geblieben bin?
Haha, sehr komisch. Schön, dass du langsam zu deinem alten Humor zurückfindest. – Wird allerdings auch Zeit.
Mutter fand daran überhaupt nichts komisch. Hättest ihn ja nicht gleich hinauswerfen müssen!
Elsbeth blätterte in dem Prospekt. Hier, guck doch mal. Mit psychologischer Betreuung, und mitten in der Nordsee, ist das nichts?
Doch, eine Horrorvorstellung!
Ich, zusammengesperrt mit einem Psychologen, mit meinen Erinnerungen und diesem wiederkehrenden Albtraumsturz? – Und mit ähnlichen Versagern wie mir? Furchtbar! Grauenvoll! Unmöglich! Partner futsch – was nun? Oder so ähnlich lautet das Thema. Sport würde getrieben – das auch noch! Außerdem gäbe es Entspannungsübungen und viele nette Anregungen für den Freizeitbereich.
Vielleicht Stricken statt ...?
Elsbeth stieß einen erstaunten, aber wohlwollenden Pfiff aus und Mutter hielt sich entsetzt ihr Taschentuch vors Gesicht, das lilienweiße mit den Spitzen.

Das Schiff dreht sich von seinem Liegeplatz fort, und die Schraube verursacht dabei ein ziemliches Getöse.
Wäre ich nicht total meschugge vor Einsamkeit und Frustration gewesen, hätte ich mich nie darauf eingelassen. Vor mir

liegt eine riesige Wasserfläche, bis zum Horizont nichts anderes als Wasser. Meine schweißnassen Hände umklammern die Holzlehnen. Wer rettet mich vor diesem Wasser? Mein Rettungsschwimmer gewiss nicht. Der hat mich ja hineingestoßen, und jeder Atemzug, der mir seitdem wie ein kleines Wunder erscheint, nährt dieses früher nie gekannte Hassgefühl.

Mutter war in Schwarz und mit total verheulten Augen erschienen, sobald sie Wind von seiner Vertreibung aus meinem Paradies bekommen hatte. Vorher noch musste sie Elsbeth verständigt haben, denn die brach nach der Arbeit jubelnd in unsere triste Zweisamkeit ein und ließ den Korken ihres mitgebrachten Champagners euphorisch gegen die Zimmerdecke knallen.
Du hast ihn wirklich endgültig in die Wüste geschickt? Bravo!
Warum nicht gleich über den Hades, fragte ich mich. Aber über meine Fantasien sprach ich nicht einmal mit Elsbeth, deren Freude überhaupt kein Ende kannte.
Meine Heulerei missverstanden beide gründlich. Mutter hoffte und Elsbeth fürchtete, dass ich ihn zurückhaben wollte. Gott bewahre!
Es gibt nicht nur ne Hand voll, es gibt nen ganzen Strand voll, tröstete Elsbeth.
Wen interessiert das?
Noch gleitet das Schiff ruhig dahin, und diese wenigen Wolken verheißen doch wohl nichts Übles?
Mutter würde das beantworten können. Sie sieht immer hellsichtig in die meist düstere Zukunft. Nur bei ihm hat ihr Instinkt komplett versagt. Meiner auch, ich hätte es wissen müssen. Nicht von mir war er begeistert, sondern davon, dass ich schon einen eigenen kleinen Bungalow besaß. Miet-

frei wohnen, das ist etwas in der heutigen Zeit. Er war sofort eingezogen.

Elsbeth äußerte sich damals hoch alarmiert, weil wir von meinem Gehalt lebten, denn er arbeitete nur manchmal in den Semesterferien ein bisschen. Aber Mutter sagte, er würde später einmal viel bessere Aussichten haben als ich, und Elsbeth solle nicht so unmodern sein. Sie war glücklich, dass endlich, wenn auch spät, ein ernsthafter Bewerber auftauchte. Ich war auch glücklich, am Anfang sogar sehr glücklich. Wenn ich mich recht erinnere, war die Zeit, als er noch keine Kreditkarte für mein Konto besaß, sogar die allerschönste in meinem Leben.

Er fuhr zunächst meinen alten Golf, der seinen Ansprüchen jedoch in keiner Weise genügte. Immer häufiger sprach er von seinem Wunschauto. Natürlich mussten wir noch darauf sparen, aber er drängte mich so überzeugend, dass ich mir alle Mühe gab, ihm seinen Wunsch so schnell wie möglich zu erfüllen. Ich gab das Tennisspielen auf, machte Überstunden und kündigte das Abonnement meiner Frauenzeitschrift. Dumm von mir, denn in erotischer Hinsicht folgte der Erfüllung seines Traums die absolute Flaute. Hatte er vorher mich geliebt, so liebte er jetzt sein Auto. Er kaufte dazu jeden möglichen Firlefanz und baute ihn ein. Anschließend war er beleidigt, weil ich die neuen Radkappen nicht sofort bemerkte. Er pflegte den Wagen mit Hingabe – wie seinen eigenen Körper. Nie vergaß er sein Krafttraining, und dann verbrachte er die Abende mit seinen Freunden am Billardtisch.

Es ist nun einmal so, dass ein Mann auch einmal seine eigenen Wege geht, sagte Mutter, die es wissen musste.

Sie schenkte mir ihr altes Fahrrad, damit er den Wagen nehmen konnte. Elsbeth schimpfte, ich solle gefälligst selbst das Auto fahren, da ich es schließlich finanziert hätte. Das sah

Mutter anders. Jeder Mann hat irgendeine Marotte. Und solange es das Auto ist …!
Anfangs hatte ich enormen Muskelkater, aber inzwischen ist meine Beinmuskulatur so kräftig, als hätte ich mich nie anders fortbewegt. Der Wagen war mittlerweile so hochwertig veredelt, dass es auch einfach zu schade war, um damit zum Einkaufen zu fahren und mit den schweren Kisten möglicherweise den Lack zu zerkratzen. Das meiste erledigte ich inzwischen mühelos mit dem Fahrrad. Elsbeth war entsetzt und sagte, dass sie dazu nichts mehr sagen würde. Sie hielt sich dran, bot aber am Wochenende Mutter und mir oft an, uns zum Supermarkt mitzunehmen. Das klappte ganz gut.
Männer sind nun mal so, erklärte Mutter, aber Elsbeth zog die Augenbrauen in die Höhe, und sogar mir kamen leise Zweifel, als er mir nicht einmal half, die Sachen ins Haus zu tragen.

Die Seefahrerei ist, wenn man nicht gerade aufs Wasser sieht, eigentlich gar nicht so schrecklich. Sanfte und recht gleichmäßige Schiffsbewegungen wiegen mich angenehm, und ich komme ins Träumen. Manchmal allerdings schiebt sich eine Wolke vor die Sonne, dann wird es sofort kühler.
Plötzlich fällt mir nicht mehr ein, wie er normalerweise aussieht, wie sein Gesicht aussah, bevor es anfing, als blutige Grimasse durch meine Träume zu toben. Ich kriege es einfach nicht zusammen, sosehr ich mich auch abmühe, und das macht mich irgendwie unruhig. Wenn ich ein Detail hervorzaubere, zum Beispiel den kräftigen Hals, wie er aus dem von mir sorgsam gebügelten Hemdkragen herausragt, passt es irgendwie nicht zu den anderen. Drei Wochen, und ich habe vergessen, wie er aussieht. Das ist direkt zum Lachen. Andere Bilder aus dem Alltag sind mir deutlich vor Augen. Den verbrachte er, sobald er zu Hause war, beim Auto.

Seine Sonntage auch – und meine. Ich sehe ihn vor mir, wie er entweder drunterliegt und nur seine langen braunen Beine hervorschauen oder wie er drüber gebeugt dasteht und sich die enge Badehose über seine straffen muskulösen Pobacken spannt, wenn er hingebungsvoll und mit rhythmischen Bewegungen den Kühler poliert.
Alles, nur sein Gesicht erkenne ich nicht.
Als die Sache mit dem Muskelmessen nicht mehr funktionierte, habe ich auf andere Weise versucht, ihn ins Haus zu locken, ins Bett, um genauer zu sein. Aber er ließ sich nicht erweichen. Nicht für gute Worte, allenfalls für Geld. Einmal zum Beispiel fragte ich, ob wir uns den Katalog mit den Trimmgeräten ansehen wollten, der auf meinem Nachtschrank lag. Wir kauften das Gerät, aber er fuhr trotzdem dauernd ins Fitnessstudio.
Ich ließ mir noch einiges einfallen, aber mein Sparkonto schmolz, und damit verringerten sich meine Möglichkeiten rapide.
Mutter und Elsbeth besuchten uns manchmal. Wir Frauen tranken Kaffee und sahen ihm von der Terrasse aus zu, wenn er den Lack polierte, bis er in der Sonne glänzte, oder den Kofferraum saugte, der ohnehin längst staubfrei war.
Das Geräusch der ins Schloss fallenden Türen schien er besonders zu lieben. Er wiederholte es unzählige Male. »Klack«, machte es, und er fragte hingerissen, ob das nicht ein wirklich edles Geräusch sei, so sanft, aber doch verlässlich.
Er holte sich eine Flasche Bier und erzählte Mutter, dass ich mit dem Arbeiten aufhören sollte, wenn wir erst verheiratet wären und er einen guten Posten als Ingenieur hätte. Mutter lächelte dann, weil sie sich auf Enkelkinder freute. Es wird aber auch langsam Zeit! Und dann holte sie ihm noch ein Bier aus dem Keller, fuhr zart mit ihrem Taschentuch über den Lack und lobte ihn. Von Autos versteht er etwas, das

muss man schon sagen. Elsbeth saß daneben mit verbissenem Gesichtsausdruck. Sie sagte ja nichts mehr.
Ich wartete.
An den Wochenenden war er meistens mit seinen Freunden unterwegs. Hockenheim, Nürburgring. Ich konnte nicht von ihm erwarten, dass er im Wagen übernachtete. So bequem waren die Liegesitze schließlich nicht. Dabei ging unser Urlaubsgeld vollständig drauf.
Für sie ist das nichts! Sie macht ja lieber Gartenarbeit, das ist ihr Hobby, da mische ich mich auch nicht ein. Bei uns herrscht Gleichberechtigung.
Elsbeth bekam einen Hustenanfall.
Er hatte mehr davon auf Lager: Wir teilen uns die ganze Arbeit, sagte er. Ich putze mein Auto und sie unser Haus. Haha, haha!
Es ist ja wohl eher *ihr* Auto und auch *ihr* Haus, knurrte Elsbeth, die damit ihr Schweigegelöbnis brach. Aber er beachtete sie gar nicht. Elsbeth ist keine richtige Frau, deshalb hat sie auch keinen Mann abgekriegt, sagte er.
Das stimmte nicht. Sie hat sogar eine ganze Reihe von Männern in ihrem Leben gehabt, aber sie sagt: Ich war klug genug, keinen von ihnen zu heiraten. Wenn ich ehrlich bin, habe ich sie um ihre Konsequenz beneidet, als mir deutlich wurde, wie sich unser Zusammenleben gestalten würde. Mutter aber fand, ich sei zu beneiden. Die jungen Frauen haben es heute besser als wir, mit all diesen modernen Geräten, sagte sie, als er den Aufsitzrasenmäher vorführte. Er hatte ihn von der Restsumme meines ausgezahlten Sparvertrages bezahlt, den er für das neue Trimmgerät in Anspruch genommen hatte.
So hat sie es leichter, sagte er, und Mutter seufzte gerührt und schüttelte den Kopf über so viel Großherzigkeit.
Elsbeth sandte einen entgeisterten Blick zum Himmel.

Am Tag vor seinem Geburtstag machte ich diesen dummen Fehler!
Das Bier würde nicht reichen, weil er mehr Leute eingeladen hatte als ursprünglich geplant. Nimm das Rad und fahr zur Tankstelle.
Ich nahm das Auto.
Ob es geschehen war, als ich dort parkte oder möglicherweise später vor unserer Haustür, weiß ich nicht. Jedenfalls war am nächsten Morgen ein tiefer langer Kratzer im Lack. Er begann am hinteren Kotflügel, zog sich über die Seite zur Fahrertür und endete kurz vor dem linken Scheinwerfer.

Ich kühlte mein Auge, so gut es ging, aber natürlich glaubte keiner unserer Kaffeegäste am nächsten Tag meine Geschichte, ich sei gegen eine Tür gelaufen. Keiner, außer meiner Mutter, die mich vor den verstummten Gästen tadelte. Du bist schon als Kind fortwährend so unvorsichtig gewesen.
Allerdings war sie besser im Bilde, als sie eingestanden hatte, und sagte beim Abwasch: Man neigt in deinem Alter dazu, solche Dinge zu ernst zu nehmen. Ein bisschen kühlen, das hilft. Ein Mann mag das nicht, ein jammerndes Frauenzimmer. Und wenn wirklich einmal etwas ist, Zähne zusammenbeißen!
Ich hatte schon Schmerzen in den Kiefergelenken, weil ich die Zähne zu fest zusammenbiss. Das sagte mein Zahnarzt, aber Mutter erzählte ich davon nichts.
Elsbeth war sehr blass, als sie ging, und sie gab ihm nicht die Hand. Das ist ja wohl das Letzte, zischte sie bitterernst und sah mich an, als sei ich nicht mehr zu retten. War ich auch nicht. Ich überzog mein Konto und ließ das Auto neu lackieren, aber er klagte missmutig, ihm sei die Freude an der Kiste vergangen.

Die Wellen leisten inzwischen mehr Widerstand, aber das Schiff gleitet unermüdlich, wenn auch nicht mehr ganz so mühelos dahin. Am Himmel türmen sich Wolken auf und lassen kaum noch einen Sonnenstrahl hindurchdringen.
Nachdem an einem Wochenende einer seiner Freunde mein Fahrrad ausgeliehen und nicht zurückgebracht hatte, musste er mich täglich mit dem Wagen zur Arbeit fahren. Für den Motor sind diese kurzen Strecken Gift, sagte er. Und Mutter meinte, ich könnte ja vielleicht auch den Bus nehmen.
Nein, sagte ich. Einfach: Nein! Ich zitterte noch Stunden später.
Du, das kann aber nicht ewig so weitergehen, dass ich dich dauernd kutschiere. Sie sagen, du hättest mich ganz schön an der kurzen Leine.
Du hast ihn überhaupt nicht an der Leine, knurrte Elsbeth, aber das brauchst du auch nicht. Solange man sie füttert, bleiben sie. Leider!
Sie verweigerte mir ihr Rad, das ungenutzt im Keller stand, und es blieb dabei, dass er mich fahren musste.

Soll ich vielleicht doch noch eine von Elsbeths Tabletten nehmen? Mein Magen rebelliert plötzlich gegen die stärker und jetzt auch unregelmäßig werdenden Schiffsbewegungen.
Weit hinten am Horizont tanzt ein Segelboot auf den Wellen, taucht auf und entschwindet meinen Blicken. Ich muss natürlich sofort wieder an das kleine Holzschiffchen im Auto denken. Es ähnelte dem, das er sich gern gekauft hätte, wenn ich bereit gewesen wäre, die Hypothek dafür aufzunehmen.
Am Wasser ist er vor dir sicher, was? Elsbeth lachte zynisch und fügte dann etwas versöhnlicher hinzu: Hauptsache, er ist weg. Dann mag man dich auch mal wieder besuchen.

Er war tatsächlich andauernd fort, und ich konnte beruhigt meine Überstunden machen. Da summte sich eine ganze Menge auf, und wenn ich das so durchhielte, könnten wir uns nicht nur eine schöne Hochzeitsfeier leisten, sondern irgendwann vielleicht auch das Boot für ihn. Zum Beispiel als Überraschungsgeschenk zum fünften Hochzeitstag.
Du hast komplett den Verstand verloren, sagte Elsbeth. Weiter kam sie nicht, Mutter unterbrach mit der allgegenwärtigen Frage:
Wann wollt ihr denn endlich heiraten?
Bald, wir müssen noch ein bisschen sparen.
Elsbeth grunzte bösartig: *Du* sparst!
Erst einmal aber musste ein neues Auto her. Er kam einfach nicht darüber hinweg, dass unseres neu lackiert war. Ich willigte schließlich ein, als er es gegen ein weißes Sportcoupé eintauschen wollte, weil er sich genau das als unser Brautauto vorgestellt hatte. Gut, dass mein Bausparvertrag gerade fällig wurde. Und Mutter steuerte auch ein paar Tausender bei.

Blechschäden kann man reparieren, sagte er nach dem Unfall.
Konnte man in diesem Fall aber nicht, und weil er versäumt hatte, eine Vollkaskoversicherung für den nagelneuen Wagen abzuschließen, bekamen wir keinen Pfennig.
Besser, dem Auto ist etwas passiert als ihm, sagte Mutter, Elsbeth aber machte den Eindruck, als sei sie da völlig anderer Ansicht.
Ich plädierte für einen gebrauchten Kleinwagen, während er, wenn schon neu, dann auch richtig, sein wirkliches Traumauto anvisierte. Von einem weißen Brautauto war überhaupt nicht mehr die Rede.
Ich besaß jetzt nur noch mein Extra-Sparkonto. Und selbst

das würde nicht ausreichen. Das Geld hatte ich auf Mutters Anordnung vom ersten Lehrjahr an zu sparen begonnen. Für meine Hochzeit!
Nein, sagte ich daher. Einfach: Nein! Dabei hielt ich meine Hände hinter dem Rücken, damit er ihr Zittern nicht bemerkte.
Was willst du, unser Haus ist schuldenfrei.
Als ich trotzdem ablehnte, ließ er sich von einem seiner Freunde abholen und ich klagte Elsbeth, die ich mit einem Panikanruf herbeordert hatte, mein Leid.
Jag ihn endlich zum Teufel, riet sie.
Aber er liebt mich, wir wollen Kinder.
Es ging tagelang hin und her, die Bank rief mich an, weil er versucht hatte, an dieses Konto zu kommen, zu dem er keinen Zugriff hatte. Er tobte, er schlug mich, aber ich blieb fest.
Plötzlich wechselte seine Stimmung. Er organisierte ein gemeinsames Picknick mit seinen Freunden und deren Freundinnen und wollte mich diesmal unbedingt dabeihaben.
Mit Ausnahme des Fahrers und mir tranken alle schon sehr viel, als sie kamen, um uns mit einem Kleinbus abzuholen. Unablässig musste ich Nachschub aus dem Keller herbeischaffen, und er zwang auch mich, etwas zu trinken. Ich bin Alkohol überhaupt nicht gewohnt und war schon etwas benebelt, als wir endlich aufbrachen. Er kümmerte sich nicht um mich. Ich hielt den schweren Korb, den ich, dankbar, endlich einmal wieder dabei sein zu dürfen, mit vielen seiner Lieblingsspeisen gefüllt hatte, auf dem Schoß und unterhielt mich mit den anderen.
Plötzlich bemerkte ich, wohin wir fuhren.
Obwohl ich mich ganz fest an den Korb klammerte, konnte ich das Zittern meiner Hände nicht unterdrücken, als wir zum See einbogen. Er bat den Fahrer, möglichst dicht ans

Ufer zu fahren, und ich spürte seinen lauernden Blick von der Seite. Niemand außer ihm bemerkte meine Panik. Alle lachten und redeten durcheinander, und beim Aussteigen berührten meine Füße beinahe das Wasser. Ich starb fast vor Angst.

Sie aßen und tranken, sie spielten Beach-Volleyball und tobten irgendwo hinter mir im Wasser herum. Ich saß stocksteif auf meinem Platz und versuchte, meinen Blick landeinwärts zu richten. Dann packte er mich und sagte lachend, aber mit bedrohlichem Unterton: So, und nun unterschreibst du, sonst liegst du gleich im See, und das willst du doch nicht, oder?

Er zog mich ein Stück näher zum Wasser und zwang mich, auf diese glitzernde Fläche zu schauen, die mich verschlingen würde, um sich dann wieder über mir zu schließen, als hätte es mich nie gegeben. Ich kritzelte in allerhöchster Verzweiflung meinen Namen unter das Überweisungsformular. Das war's nun, dachte ich. Ich werfe ihn heute noch raus. Und ich wurde ruhig, weil ich glaubte, es sei endlich alles überstanden. Das war ein Irrtum.

Sie ist noch nie im See gewesen, los, helft mir! Alle lachten und kreischten, und viele Hände packten mich. Mein Schrei erstickte in all dem Lärm, und auf einmal war da nur noch Wasser, über mir und um mich herum. Ich fühlte mich schwerelos und spürte überhaupt keine Angst, nur das Bedauern. Schade, es ist vorbei.

Ich erwachte im Krankenhaus, und als ich entlassen werden sollte, holte er mich mit dem nagelneuen Luxusauto ab.

Mein Konto war leer, und die fehlenden Zwanzigtausend hatte Mutter ihm gegeben, weil er mich aus dem Wasser gezogen hatte.

Wir müssen froh sein, dass er dort war. Wie konntest du nur

in den See gehen, wo du doch gar nicht schwimmen kannst, du weißt doch, wie steil es dort schon am Rand in die Tiefe geht.

Ich fühlte mich in diesen Tagen, als sei ich immer noch unter Wasser, aber eines Tages zwang Elsbeth mich zum Auftauchen. Sie holte mich in der Mittagspause überraschend vom Büro ab und fuhr mit mir zum See. Ich bekam feuchte Hände, und ich glaubte kurzzeitig, die Luft müsste mir wegbleiben. Aber Elsbeth nahm mich fest bei der Hand, als wir zu seinem Wagen gingen. Beide Liegesitze waren heruntergekurbelt, obwohl einer sicher ausgereicht hätte. Er lag mit dem Kopf zum Lenkrad. Über seinem Gesicht wippte ihr Busen auf und ab, und das kleine Holzschiffchen, das sonst mit seiner langen Kordel am Spiegel befestigt war, hing nun an ihrem Hals, schaukelte zwischen ihren festen Brüsten und drohte, zwischen diesen gigantischen Wellenbergen zu versinken.

Grenzenloses Erstaunen zeichnete sich plötzlich auf seinem Gesicht ab, als er mich hinter dem Beifahrerfenster erkannte. Seine gebräunten Hände erstarrten in der Bewegung, aber bis er auch den über ihm knienden weiblichen Körper zu Ruhe gebracht hatte, dauerte es noch einige Sekunden. Das Schiffchen schwang auch dann noch unbeirrt hin und her.

Elsbeth zog mich mit sich fort und wartete staunend, als ich mich für einen Moment an den See hockte, um meine Hände hineinzutauchen.

Tückisch nannte er sie, als er abends nach Hause kam. Und von mir sei er wegen meines krankhaften Misstrauens zutiefst enttäuscht.

Ich bat ihn, seine Sachen zu packen und die Schlüssel in den Briefkasten zu werfen.

Als ich am nächsten Abend nach Hause kam, fehlte der gro-

ße Fernsehapparat mit dem Videorekorder, meine Kamera, die Mikrowelle und sogar das Werkzeug aus dem Keller. Und natürlich fehlte der Wagen.
Ich unternahm, sehr zu Elsbeths Ärger, gar nichts und musste wie paralysiert auf sie gewirkt haben. Hol dir das Auto zurück, schimpfte sie.
Hol ihn zurück, flehte Mutter. Man muss ja nicht gleich alles Porzellan zerschlagen.
Aber genau das tat Elsbeth.
Er hatte angerufen und verlangte das Kaffeeservice, das wir von seiner Familie zur Verlobung bekommen hatten.
Ich wickelte es in Seidenpapier und packte es vorsichtig in einen stabilen Karton.
Nein, er betritt das Haus nicht mehr, sagte Elsbeth, und wickelte das Porzellan wieder aus, bevor sie es in den Karton zurücklegte.
Mutter sprach zwei Tage nicht mit ihr, weil sie ihm den Karton energisch und mit sinnlicher Freude, wie sie sagte, vor die Füße geknallt hatte. Wie das geklirrt und gescheppert hat, ihr macht euch keine Vorstellung. Und mir ging es augenblicklich besser, triumphierte sie mit grimmigem Lachen. Es war fast wie ein Polterabend.
So eine Schande! Mutter meinte Elsbeths Benehmen ebenso wie die Tatsache, dass er mich betrogen hatte, oder besser, dass ich betrogen worden war.
Elsbeth wirkte nach ihrem Manöver wirklich ganz befreit. Vielleicht würden diese irrsinnigen Gräuelbilder nicht ungebeten in meinem Kopf herumsausen, wenn ich die Sache mit dem Porzellan selbst erledigt hätte. Waren das Rachegefühle? Ich mochte nicht einmal Elsbeth davon erzählen. Sie würde sich um mich sorgen. Vielleicht kann mir der Psychologe beim Seminar einen Tipp geben, wie ich in mein traumloses Leben zurückfinde. Es ist lästig, dauernd in sein blut-

überströmtes Gesicht zu sehen, das, wie eigentlich die Insekten von außen, halb zerplatzt von innen an der Windschutzscheibe klebt. Es verfolgt mich, während wir beide, er im brennenden weißen Brautauto, ich frei in den Lüften, über eine Klippe ins Meer fliegen. Ich gewinne an Höhe, je tiefer er fällt. Wenn sich die Wasserfläche über dem Auto schließt, ist endlich Ruhe.

Der Seegang nimmt erschreckend zu, die Wolken ziehen auf einmal viel schneller über den Himmel als noch vor einer Stunde und bilden unablässig neue Formationen. Gischt sprüht über den Bug und hin und wieder erreicht sie mich als feiner feuchter Staub.
In dem Prospekt wird hervorgehoben, dass bereits die Überfahrt nicht nur entspannen und auf die unvergleichliche Inselwelt einstimmen würde, sondern die Seminarteilnehmer sie oft auch schon für einen ersten Erfahrungsaustausch nutzten.
Tatsächlich sitzen eine ganze Reihe Trauerweiden beim gemeinsamen Lamento um einen großen Tisch, als ich nun doch vor dem Wetter ins Restaurant flüchte. Ich ergattere einen Barhocker und lausche der Gesprächsrunde hinter mir.
Da ist von Trauerarbeit die Rede und dass es schön wäre zu lernen, wie man mit seiner Wut umgeht, wie mit der Einsamkeit und wie man verzeihen lernt, damit man einander wieder unbefangen begegnen könne.
Mir wird schlecht, ich muss wieder hinaus an Deck.
Der Seewind jagt mir Tränen in die Augen, und es ist so kalt, dass ich meine Kapuze über den Kopf ziehe.
Vor uns kämpft sich das kleine Schiffchen durch die Wellen. Mein Geschenk – aus Holz geschnitzt, ein Talisman für das neue Auto, und genauso eines trug auch ich an meinem Schlüsselbund. Nein, ich will ihm nicht unbefangen begeg-

nen. Ich lehne mich über die Reling und blicke ins Wasser. Er hatte mich hineingeworfen, das werde ich ihm nie, niemals verzeihen, auch wenn ich mich seitdem mehr und mehr mit diesem Element versöhne, verzeihen werde ich nie! Dass sie mein Schiffchen um ihren Hals trug, auch nicht.

Ich sehe es wieder zwischen ihren schönen Brüsten hüpfen.

Verzeihen soll ich?

Mein Geld hat er mir gestohlen, und das Auto ist auf seinen Namen angemeldet. Wie gehe ich da mit meiner Wut um, die mich dazu treibt, wohl mit Schrecken, aber auch mit einer gewissen Genugtuung in diese blutige Fratze zu blicken, in das Traumgesicht, das ich hoffe, auf der Insel lassen zu können.

Nein, ich brauche keine Entspannungsübungen, ich will überhaupt nicht lernen, mit dem Unrecht zu leben, ich will mein Recht!

Die Wolken reißen plötzlich auf, und die Insel liegt vor mir in der Sonne. Was soll ich da?

Er sieht aus wie der Kapitän, und deshalb frage ich ihn, ob ich gleich wieder mit zurückfahren kann.

Wie bitte, meine Dame?

Ich muss zurück, heute noch.

Wohl noch nicht reif für die Insel? Sie können zurückfahren, wann immer sie wollen. Wir legen aber erst in einigen Stunden ab.

Als die anderen von Bord gehen, bin ich für einen winzigen Moment versucht, ihnen doch noch zu folgen, aber ich bleibe an Deck auf meinem Stuhl in der Sonne. Die Stunden vergehen, und bevor die Tagesgäste zurückkommen, sichere ich mir einen Fensterplatz im Restaurant. Mein Appetit ist grenzenlos.

Beim Bezahlen greife ich nach dem Segelschiffchen an meinem Schlüsselbund.
Ich werde das Auto von ihm zurückfordern. Alles andere auch. Notfalls gerichtlich. Und wie bekomme ich mich selbst zurück? Ganz sicher nicht in einem Seminar! Zufrieden beobachte ich, wie die Insel kleiner wird und sich schließlich am Horizont auflöst.
Zum Bahnhof nehme ich ein Taxi, damit ich eventuell noch den Zug erreiche. – Dort sehe ich ihn, wie er gerade ins Auto steigen will, und er sieht mich, deshalb muss er notgedrungen fragen, ob er mich mitnehmen kann. Um diese Zeit fahren kaum noch Züge. Mein neuer Vorsatz schmilzt dahin. Wie soll ich es ihm sagen?
Ich frage nicht, was er hier tut. Im Wagen riecht es nach fremdem Parfum, und das kleine Holzschiffchen ist vom Spiegel verschwunden. Hängt es etwa noch zwischen ihren Brüsten?
Ich hab mir neue Reifen bestellt, sagt er. Diese sind schon reichlich abgefahren.
Soll ich es ihm jetzt sagen?
Es beginnt aus heiterem Himmel leise zu regnen, und die Scheibenwischer ratschen über das nur feuchte Glas.
Ich möchte, dass du mir das Auto überlässt. Es gehört mir!
Er antwortet nicht und nimmt die nächste Kurve sportlich eng, weil hier kaum Gegenverkehr zu erwarten ist. Nur haarscharf entgehen wir einem Zusammenstoß. Ich denke an die blutrot verschmierte Gesichtsmasse hinter der Windschutzscheibe und halte mich entsetzt mit aller Kraft an meinem Sitz fest. Er hat das Steuer so scharf herumgerissen, dass wir nun in rasendem Tempo ins Gebüsch jagen, das die Straße vom Seeufer trennt. Als wir einen Baum streifen, gibt es einen heftigen Stoß, und schon fegen wir durch das Buschwerk und krachen mit ungeheuerlichem Getöse in den See.

Ich bin völlig benommen, aber mir tut nichts weh. Das Auto ist zur Fahrerseite geneigt, und hinge ich nicht im Gurt, würde ich auf ihn gefallen sein. Es gluckert um mich herum. Die Fahrertür ist im Wasser verschwunden, aber die auf meiner Seite ragt in die Höhe. Ich kriege den Gurt nicht auf. Mein Gurt! Hilf mir bitte!
Aber er löst seinen und drückt mich zurück in den Sitz, um an mir vorüberzuklettern. Allerdings hat er keine Chance. Sein Körper klemmt lächerlich deformiert zwischen dem irgendwie nach vorn geschobenen Sitz und seinem Airbag. Das Wasser dringt immer schneller ein, es steht ihm bereits bis zum Hals, den er unnatürlich in meine Richtung reckt. Sein Gesicht ist unverletzt und mein Traum war, wie Träume sind, absoluter Blödsinn. Als ich endlich den Mechanismus des Gurtes lösen kann, verhindert er, dass ich hinausklettere, indem er an meinem Arm zerrt. Ich stoße mit dem Fuß kräftig nach hinten und versuche, die Tür zu öffnen. Seine Umklammerung zwingt mich, gezielter vorzugehen. Kein Problem angesichts meiner Radfahrerbeine. Er lässt nicht los. Nochmals muss ich zutreten mit dem scharfkantigen Absatz, einmal, zweimal, dreimal. Endlich bin ich frei und kann ungehindert aus dem Wagen klettern. Nachdem ich mir sicheren Halt verschafft habe, lasse ich die Wagentür sofort ins Schloss fallen. Da ist es wieder, dieses betörend leise »Klack«. Wirklich edel und sanft und verlässlich!
Durch die Scheibe betrachte ich sein Gesicht. Blut fließt aus einer Stirnwunde, aus seiner Nase, aus dem Mundwinkel. Ein Auge ist zugequollen. Er schreit aus seinem entstellten Mund, ich solle die Tür öffnen, aber schon wird jeder Laut im Gurgeln erstickt, als das Wasser weiter und weiter in den Wagen vordringt, bis er seitlich wegkippt, sodass auch diese Tür jetzt im Wasser liegt. Sie ließe sich nicht mehr öffnen, selbst wenn ich es versuchen würde. Stattdessen aber schaue

ich unverwandt in mein Traumbild. Das Blut löst sich im moorigen Wasser schließlich von seinem Gesicht, das in einer schauderhaften Grimasse erstarrt ist. Nur seine weit aufgerissenen Augen wirken unter der Wasseroberfläche beinahe lebendig, sind Zeugen seines grenzenlosen Entsetzens. Seltsam reglos treiben seine Arme im Wasser.

Man zieht mich aus dem See und wickelt mir trockene Decken um die Schultern.

Sie lassen die Tür vom Notarztwagen offen, weil ich es so möchte. Drüben glänzt der blanke Lack in den letzten Strahlen der Abendsonne. Nur noch das Dach ist zu sehen. Dann verschwindet auch das, und nachdem die letzten Luftblasen zerplatzt sind, breitet sich Ruhe auf dem Wasser aus.

Siebzigtausend Mark! Dort versinkt mein Hochzeitskleid, meine Hochzeitsfeier und die Hochzeitsreise. Ihn hat man geborgen, tot, wie man mir taktvoll mitteilt. Die Wiederbelebungsversuche waren erfolglos. Na, so was.

Der vernünftige Doktor besteht nicht darauf, dass ich ins Krankenhaus fahre. Nachdem sie meine Aussage aufgenommen haben, bringen mich die Polizisten nach Hause.

Dort löse ich das Holzschiffchen vom Schlüsselbund. Für einen kurzen Moment schwimmt es verträumt im Abfluss der Toilette, bis es in dem gewaltigen Strudel der Spülung untergeht.

Im Spiegel sehe ich mein lächelndes, entspanntes Gesicht, beinahe hübsch. Noch Wind in den Haaren, Salz auf den Lippen. Zurück von der Insel.

Conny Lens

Irenes Schlummertrunk

Noch 48 Stunden

Ihre Hand zittert beim Trinken. Als sie das Glas abstellt, knallt es hart, unkontrolliert auf die Marmorplatte. Noch zwei Kognak und sie hat genug.

Gerd Noack schlägt das *Handelsblatt* um und lässt seinen Blick auf einer unbedeutenden Headline ausruhen. Dreiundzwanzig Uhr. In zwei Tagen, am Freitag, wird sie um diese Zeit bereits tot sein.

Die Geräuschkulisse im Fernsehapparat ändert sich abrupt. Theater statt Tagesthemen. »Ach!« Ihr Zeigefinger hackt auf die Fernbedienung ein. Flimmern und lautes Rauschen, dann Filmmusik. Während der Vorspann über den Bildschirm läuft, nimmt sie mit beiden Händen die Flasche und gießt nach.

Über den Rand der Zeitung behält er sie im Auge. Wie sie auf dem Sofa hockt, träge und nachlässig vom Alkohol. Die Beine an den Leib gezogen, ihre Oberschenkel vom hochgerutschten Rocksaum entblößt. Schlaffe Apfelsinenhaut mit einem feinen Netzwerk bläulicher Adern.

Eine halbe Stunde später ist sie total zu, und er schleppt sie ins Schlafzimmer. Lässt sie aufs Bett fallen, zerrt ihr die Kleidung herunter. Dann löst er das Aspirin in einem Glas Grapefruitsaft auf und führt es an ihren Mund. Wie fast jeden Abend.

»Komm, trink.«

»Was ist … los?«

»Gegen den Kater.«
Benommen trinkt sie, schläft schon beim Trinken ein.
»Austrinken.«

Im Wohnzimmer mixt er einen großen Wodka Lemon und stellt sich damit ans offene Fenster.
Irene. Auf ihrem Konto liegen sechshunderttausend Mark. Plus dieser Bungalow, plus das Mietshaus in Dortmund. Ihr erster Mann, ein Bauunternehmer, war erfolgreich gewesen. Zog nach dem Krieg für eine Wohnungsbaugesellschaft einen Kasten nach dem anderen hoch. Bis er vorzeitig seinen Herzinfarkt bekam.
Das war '86. Ein Jahr später lernte Gerd sie kennen. Auf Ibiza, in der Hotelbar. Sie entsprach dem Typ »reiche Witwe« bis ins Detail. Zwei Wochen spielte er den Hengst und wurde mit einer Einladung nach Essen belohnt. Zehn Monate später waren sie verheiratet. Sie war fünfzig, er neununddreißig. Seine akrobatischen Einlagen im Ehebett ließen achtzigtausend in seine kleine Firma fließen. Dann kam Monika aus dem Internat, ihre Tochter aus erster Ehe. Ein brünettes Luder, vollbusig und volljährig. Gerd hasste sie auf den ersten Blick.
Sie verzichtete auf eine Karriere als arbeitslose Akademikerin. Stattdessen eröffnete sie in Bochum eine Boutique. Von Stund an floss Irenes Geld in die falsche Richtung, auf Monikas Konto.
Nun soll eine zweite Boutique folgen. In Düsseldorfs bester Lage, nahe der Königsallee. Geschätzte Umbaukosten: dreihunderttausend Mark. Irene hat bereits grünes Licht signalisiert. Es wird Zeit, zu handeln.
Wie, hat er sich sorgfältig überlegt. Sie ist keine Frau, bei der man sich einen Fehler erlauben könnte.

Noch 31 Stunden
»Ich bin zum Arzt. Die restliche Post soll Herr Möller unterschreiben. Bis morgen.«
»Bis morgen, Chef.«
Im Hof steht der 7.35er. Ein Auto, dass er sich eigentlich nicht leisten kann. Der Betrieb erwirtschaftet seit einem Jahr rote Zahlen. Von zwölf Leuten musste er zwei entlassen. Deshalb ist es nötig, die Firma in eine GmbH umzuwandeln. Schritt I seines Plans: Abschottung des Privatvermögens. Das sich in wenigen Tagen auf runde zwei Millionen belaufen wird.

Es ist sein zweiter Besuch bei Dr. Schäfer. In dieser Angelegenheit sein letzter.
Der alte Arzt kommt mit ausgestreckter Hand um seinen Schreibtisch herum.
»Nimm Platz, Gerd. Was führt dich zu mir?«
Als er es sagt, runzelt der Alte die Stirn. »Ich mache das ungern. Diese Mittel sind einfach zu stark für einen regelmäßigen Gebrauch.«
»Sobald die Aufregungen in der Firma aufhören ...«
»Ich sage das auch nur der Ordnung halber.« Er greift zum Rezeptblock, wirft ein paar krakelige Wörter darauf. »Was macht Irene?«
»Nun ja.«
»Sie trinkt zu viel, Gerd. Du solltest auf sie aufpassen. Wenn sie so weitermacht, passiert noch ein Unglück.«
»Das werde ich schon verhindern.«
»Sagt sich so leicht. Hier, dein Rezept. Soll die Rechnung wieder an dein Büro gehen?«
»Ja. Das ist praktischer.«

Auf dem Nachhauseweg löst er das Rezept gegen ein Röhrchen mit zwölf Tabletten ein. Drei davon wird er aufbewahren, den Rest morgen im Büro pulverisieren. Damit sie sich schneller auflösen. So, wie er es mit den ersten zwölf gemacht hat. Eines der Röhrchen wird er vernichten. Das zweite bleibt bis Freitagnachmittag im Büro. Die Rechnung wird er von seinem Privatkonto begleichen, dessen Auszüge ebenfalls zum Büro geschickt werden. Das wären die Schritte 2 und 3 des Plans. Irene küsst ihn flüchtig auf die Wange. Ein Ritual, das sie aus besseren Tagen herübergerettet hat. »Wir sind bei den Venhusens zum Abendessen eingeladen.«

»Und das erfahre ich erst jetzt?«

»Doris Venhusen hat erst vor einer Stunde angerufen.«

Er knallt seinen Aktenkoffer auf die Garderobe. »Du hättest mich wenigstens anrufen können.«

»Habe ich. Aber du warst nicht mehr im Büro. Soll das hier liegen bleiben?« Demonstrativ zeigt sie auf den Aktenkoffer.

Genau so ein Moment war es, in dem er beschlossen hat, sie zu töten. Als sie ihm wieder einmal zeigte, dass er bestenfalls Gast in diesem Haus ist. In ihrem Haus.

»Ich ziehe mich um.« Auf der Treppe bleibt er stehen, dreht sich zu ihr. »Ach, ich habe Marlies und Sven für Freitagabend eingeladen. Ist dir das recht?«

»Natürlich. Warum nicht?«

Dann war dies Schritt 4.

Noch 15 Stunden

»Was ist das?« Für eine Sekunde bleibt ihm die Luft weg, starrt er regungslos auf den Löffel in ihrer Hand.

»Traubenzucker. Der ist gesünder als normaler.« Irene rührt das weiße Pulver in ihren Earl Grey, trinkt und blättert die Morgenzeitung um.

Gerds Hände zittern. Er legt das Messer beiseite. Traubenzucker. Und er dachte ... glaubte schon ... Wenn nur dieser Freitag vorbei wäre.

»Wenn du schon nicht mitfährst, dann entschuldige dich wenigstens bei ihr. Das würde vieles ändern.«

»Das muss ja nicht sein.«

Es geht um Monika. Sie hat Irene und ihn für ein paar Tage nach Sylt eingeladen. Macht dort Urlaub mit ihrem Freund. Als wenn er in der Stimmung wäre, sich darüber Gedanken zu machen.

»Und wenn sie im Herbst heiraten? Eine schöne Familie ist das. In der Vater und Tochter nicht miteinander reden.«

»Stiefvater, bitte.«

Irene verdreht genervt die Augen.

Er soll sich bei Monika entschuldigen. Dafür, dass er sie einen Parasiten genannt hat. Sorgen hat die.

»Warum fällt es dir bloß so schwer?«

Ja, warum eigentlich? Sie hat Recht. Eine Aussöhnung mit Monika käme seinem Plan eher entgegen, als ihn zu stören.

»Also gut. Wenn du unbedingt willst. Damit endlich Ruhe ist.«

»Ach, Gerd!« Mit einem Schlag ist sie obenauf. Küsst ihn sogar. »Das werde ich dir nicht vergessen.«

»Ich werde Monika nachher anrufen.«

»Es gibt kein Telefon in dem Ferienhaus. Frank meint, wenn es eines gäbe, könne er gleich zu Hause bleiben.«

Gerd quält sich ein Lächeln ab. Selten ist er sich so hinterhältig, so schmierig vorgekommen. Aber jetzt gibt es kein Zurück.

»Schreibe ihr ein paar Zeilen. Ich nehme sie am Sonntag mit zu ihr.«

Sonntag bist du tot, denkt er. »Na schön.« Zum Beweis seines guten Willens geht er ins Arbeitszimmer, schreibt ein paar Worte auf seinen Privatbriefbogen. »Es tut mir aufrich-

tig Leid. Bitte verzeih mir. Gerd.« Das Wort Vater wäre ja wohl übertrieben.
Irene nickt erleichtert, als sie es liest. »Ich danke dir, Gerd. Jetzt wird alles wie früher.«
Er trinkt seinen Kaffee aus und denkt, wie Unrecht sie hat.

Noch 3 Stunden

Obwohl längst fertig, bleibt er unter der Dusche. Durch das Prasseln der Wasserstrahlen hindurch hört er nebenan Irene hantieren. Sie legt seine Kleidung für den Abend heraus. Zum letzten Mal. Er ist nervös.
Gegen zwanzig Uhr kommen Marlies und Sven. Man wird grillen und eine Menge trinken. Spätestens um dreiundzwanzig Uhr wird Irene genug haben und stark angetrunken ins Bett wanken. Allein. Die beiden werden das bezeugen können. Auch, dass er – Gerd – den ganzen Abend bei ihnen war. Bis auf eine Minute vielleicht. Eine halbe Stunde danach wird er zur Toilette gehen. In die neben dem Schlafzimmer. Dort steht bereits ein Glas Grapefruitsaft bereit. Darin aufgelöst das Pulver von einundzwanzig Schlaftabletten. Er wird Irene wecken und ihr den Schlummertrunk einflößen. Danach wird er das leere Röhrchen auf den Nachttisch zwischen ihren Betten legen und die restlichen drei Tabletten auf dem Boden verstreuen. Niemand wird bezweifeln, dass Irene sein Schlafmittel mit ihrem Aspirin verwechselt hat. Erst recht nicht Dr. Schäfer. »Wenn sie so weitermacht, passiert noch ein Unglück.«
Ein Mord in einer Minute. Alles ist bereit.

Noch 1 Stunde

Geschafft! Er kann es kaum glauben. Es ist geschafft. Alles lief genau wie geplant.
Erleichtert sieht er dem Wagen seiner Gäste nach. Eine Wei-

le bleibt er noch in der kühlen Nachtluft stehen, geht dann zurück auf die Terrasse. Müde vom Alkohol und der Aufregung. In der Lemon-Flasche steht ein schaler Rest. Gerade genug für einen letzten Wodka. Den hat er sich verdient. Mit dem Drink geht er ins Wohnzimmer, legt sich aufs Sofa, genießt die Stille. Er wird heute Nacht hier schlafen. Nicht neben der Toten.

76 Stunden später

Das Wetter passt zu einer Beerdigung. Die graue Wolkenmasse hält die Schwüle wie unter einer Glocke fest. Es ist beklemmend. Am Grab spricht der Pfarrer die letzten Worte. Kommt dann langsam herüber, bekundet sein Beileid. Nach ihm die defilierende Reihe der Trauergäste.

»Frau Noack?« Der Mann trägt einen Regenmantel. »Mein Name ist Terjung. Kriminalpolizei.«

Der Schwindel kommt so plötzlich, dass sie nach seinem Arm greifen muss. »Entschuldigung.«

»Ich bitte Sie.« Er nimmt ihren Ellbogen und führt sie behutsam zum Tor. Ein Polizeiwagen wartet auf der anderen Straßenseite.

»... nur eine Routineangelegenheit. Die Umstände sprechen eindeutig dafür.«

Aus! Irgendein kleiner Fehler ist ihr unterlaufen. Aber welcher? Sie hört nicht, was der Beamte sagt. Spult in Gedanken den Film der letzten Tage zurück. Bleibt dort stehen, wo es begann. Bei Doris Venhusens verspäteter Einladung zum Abendessen. Sie hatte sofort Gerd angerufen, damit er sich darauf einrichten konnte. Er sei beim Arzt, hieß es. Das verstand sie nicht. Auf ihren Anruf dort beruhigte Dr. Schäfer sie. Er habe Gerd nur ein Schlafmittel verschrieben. Das zweite Mal. Ob sie das denn nicht wisse?

»Die Firma Ihres Mannes ist in einer bedrohlichen Lage. Erst vor einer Woche hat er sie in eine GmbH umgewandelt.« Terjungs Griff um ihren Arm wird fester. »Damit die Gläubiger nicht Ihr Vermögen angreifen können. Diese Vorsorge ist typisch in diesen Fällen.«

Sie sieht zur Seite. In Terjungs Gesicht ist nichts zu erkennen.

»Unter einem Vorwand ließ er sich starke Schlaftabletten verschreiben, die er gehortet hat. Der Arzt bestätigt, dass er dies vor Ihnen verheimlichte.«

»Ja, das ist richtig.«

Sie hatte nicht gewusst, dass er sie umbringen wollte. Aber seit diesem Abend hatte sie mit dem Gedanken gespielt. Nicht, warum er es machen würde, sondern wie und wann.

Die Frage nach dem *Wie* war schnell beantwortet: Sein fürsorgliches Aspirin in Grapefruitsaft, das er ihr abends oft gab. Und mit seiner Einladung an Marlies und Sven für Freitagabend hatte er das *Wann* zumindest eingegrenzt.

»Die Arztrechnungen hat er sich in sein Büro schicken lassen. Er hat sie von seinem Privatkonto bezahlt.« Terjung bleibt stehen, die Hand immer noch um ihren Arm.

Sie weiß jetzt, was er sagen will.

Freitagnachmittag, als Gerd duschte, fand sie eine Tüte mit weißem Pulver in seiner Jacke. Sie tauschte es gegen Traubenzucker aus. Dann goss sie eine Flasche Lemon bis auf einen Rest leer. Damit die Konzentration stimmte. In diesen trüben, bitteren Rest rührte sie sein Pulver. Wenn es harmlos war, würde es ihm ja nicht schaden. So konnte sie unbedenklich seinen Schlummertrunk nehmen.

»Es tut mir Leid, Frau Noack.«

Während Gerd nach Mitternacht seine Gäste zum Wagen brachte, tauschte sie sein Lemon gegen ihres aus. Kurz nach zwei schaute sie nach. Aber da war er schon tot.

»Alles in allem ein klassischer Selbstmord.«

Sie nickt nur.
»Hinzu kommt der Abschiedsbrief an Sie.«
»O ja, natürlich.«
Obwohl ihn eigentlich Monika bekommen sollte. Aber Irene hatte es praktischer gefunden, ihn neben Gerds Leiche zu legen.

Edith Kneifl

Kurzes Gastspiel

Wien, Westbahnhof, kurz vor dem Hereinbrechen der Dunkelheit.

Die Stadt schaute ihn von ihrer hässlichsten Seite an: aufgerissene Straßen, heruntergekommene Häuser, leer stehende Geschäfte und geschlossene Lokale. Nicht einmal die großstädtisch anmutenden Leuchtreklamen konnten das eintönige Grau übertönen. Selbst der Himmel über Wien war grau.

Am Bahnhofsvorplatz lungerten ärmlich gekleidete Gestalten. Endlose Autoschlangen krochen in beiden Richtungen über die sechsspurige Fahrbahn.

Ein Blick in seine Brieftasche hielt ihn davon ab, ein Taxi zu nehmen.

Hungrig und erschöpft von der langen Zugfahrt, schlenderte er den Gumpendorfer Gürtel entlang. Arabische Zeitungsverkäufer, ausgemergelte Junkies und minderjährige Strichbubis quatschten ihn an. Auch manch Schöne der Nacht, die am Straßenrand auf Freier wartete, schenkte dem kleinen, dicken Mann mit dem teuren Lederkoffer unterm Arm ein herausforderndes Lächeln und ein kokettes: »Na, Kleiner, wie wär's mit uns beiden?«

Eine dunkle Seitengasse, ein beleuchtetes Schild: »Pension Sissi« – was für ein viel versprechender Name!

Die Pension befand sich im zweiten Stock. Vergeblich sah er sich nach einem Lift um. Mezzanin, Halbstock, erster Stock, die Stiegen wollten kein Ende nehmen.

In der Rezeption thronte eine wohlbeleibte Dame fortgeschrittenen Alters. Sie hieß ihn mit einem charmanten Lächeln willkommen und musterte ihn abschätzend von Kopf bis Fuß. Was sie sah, schien ihr nicht zu missfallen. Sein Anzug wirkte zwar abgetragen, war aber aus gutem Stoff, sein weißes Hemd sauber, die schwarze Krawatte mit den gelben Pünktchen ordentlich gebunden. Und aus der Brusttasche seines Sakkos schaute ein Stecktuch, im selben Muster wie die Krawatte, hervor.

Er fragte nach dem Zimmerpreis.

Sie konnte eine gewisse Enttäuschung nicht verbergen, runzelte die Stirn und griff nach ihrer Brille, die an einem Goldkettchen über ihrem bemerkenswerten Busen baumelte.

Auf den zweiten Blick erschien ihr seine Eleganz mehr als fragwürdig, ja geradezu schmierig. Das Sakko glänzte speckig, sein Kragen war mit Schuppen übersät, außerdem hatte er zu viel Pomade im grau melierten Haar. Sein Schnurrbart dagegen war verdächtig schwarz und sorgfältig gestutzt.

Seufzend reichte sie ihm den Schlüssel von Zimmer Nummer 3.

»Klo und Dusche sind am Gang, gleich gegenüber.«

Sie verlangte keinen Ausweis, bestand jedoch darauf, dass er das Zimmer für eine Nacht im Voraus bezahlte.

Eine zweite Nacht würde er sich keinesfalls mehr leisten können, aber er war zu müde, um weiterzusuchen.

Wie idiotisch, ausgerechnet nach Wien zu fahren! Angesichts der Touristenmassen, die neuerdings in diese ehemalige Metropole strömten, hatte er angenommen, dass die Stadt ein ideales Pflaster für ihn wäre. Konfrontiert mit dieser Tristesse, befürchtete er, eher depressiv als reich zu werden.

Er begab sich sofort aufs Zimmer, obwohl die freundliche Pensionsbesitzerin einer kleinen Plauderei nicht abgeneigt schien. Sie lächelte unentwegt und klimperte nicht nur mit

den Wimpern, sondern auch mit ihren Armreifen, als sie ihm sein Zimmer zeigte.
Eine spärlich möblierte Besenkammer für fünfhundert Schilling. Das schmale, hohe Fenster ging auf einen Hinterhof hinaus. Über dem Stahlrohrbett baumelte eine nackte Glühbirne. Der Raum erweckte unangenehme Erinnerungen an eine Gefängniszelle, die er längere Zeit von innen gesehen hatte.
Er legte sich aufs Bett, verschränkte die Arme unterm Nacken und starrte auf den armen Kerl, der an der Wand gegenüber am Kreuz hing. Der Herr schaute ihn so vorwurfsvoll an. Er hielt dem durchdringlichen Blick nicht lange stand, wandte sich ab und betrachtete gelangweilt die rissige, graugelbe Decke, verfolgte die Risse vom einen Ende zum anderen und versuchte, sich auf den Autolärm, der vom Gürtel herüberschallte, zu konzentrieren. Er hoffte, das monotone Geräusch würde ihn einschläfern. Die Sprungfedern der ausgeleierten Matratze bohrten sich in sein Kreuz, und seine Schuhe drückten ihn. Sie waren ihm um mindestens eine Nummer zu klein.
Es klopfte. Erschrocken sprang er auf, rückte seine Krawatte zurecht und fuhr sich mit den Fingern durchs Haar.
»Herein!«
In der Tür stand die Dame des Hauses, ein Tablett mit einer Schale Kaffee in der Hand.
»Bei uns ist es üblich, den Gästen einen Willkommenstrunk zu kredenzen«, bemerkte sie gespreizt.
Er bedankte sich höflich und bat sie, näher zu treten. Als sie sich an ihm vorbeizwängte, streifte ihr Busen seinen Arm.
Sie stellte das Tablett auf den Tisch neben dem Fenster und schenkte ihm einen koketten Augenaufschlag.
In jeder anderen Situation hätte ihn diese alte Schreckschraube zum Lachen gereizt, doch seine momentane

Lage erlaubte ihm nicht, sich über andere lustig zu machen.
Die Pensionsbesitzerin war fünf bis zehn Jahre älter als er. Sie hatte ein hübsches, beinahe faltenloses Gesicht. Ihre schmalen Brauen hatte sie mit einem Kohlestift nachgezogen, ihre Lippen mit kräftigem Rosa beschmiert. Das lange, pechschwarz gefärbte Haar war mit einem neckischen, roten Mascherl im Nacken zusammengebunden.
Lächelnd erwiderte sie seinen kritischen Blick.
Ihr Lächeln machte ihn nervös. Während er krampfhaft überlegte, wie er sie, ohne unhöflich zu werden, wieder loswerden könnte, taxierte sie ihn erneut. Sie ließ sich viel Zeit dabei, schien seine Verlegenheit zu genießen.
Er besaß eine gewisse Ähnlichkeit mit dem Heurigenmusiker, an den sie ihre besten Jahre verschwendet hatte, und er erinnerte sie auch ein wenig an den Vorstadtcasanova mit guten Bankkontakten, dem sie einen Großteil ihrer Ersparnisse anvertraut hatte.
Doch eine allein stehende Frau in meinem Alter darf nicht mehr allzu wählerisch sein, sagte sie sich und säuselte zuckersüß: »Vielleicht möchten Sie lieber ein Gläschen Wein bei mir drüben trinken?«
Er wollte verneinen, da fiel sein Blick auf ihre lange, doppelreihige Perlenkette und ein kaum hörbares »Ja, sehr gern« schlüpfte ihm über die Lippen.
»Sagen wir in einer halben Stunde?« Aufreizend mit den ausladenden Hüften wackelnd, verließ sie sein Zimmer.
An Abscheu grenzende Unlust war das einzige Gefühl, das ihre fülligen Formen bei ihm hervorriefen.
Das Gescheiteste wäre, einfach nicht hinüberzugehen, dachte er und wusste im selben Augenblick, dass er gehen würde. Für einen Mann wie ihn würde es eine Kleinigkeit sein, an ihren Schmuck heranzukommen. Bestimmt hatte sie auch

Bargeld in der Wohnung versteckt. Diese alten Schachteln trugen ihr Geld nie auf die Bank, lieber vertrauten sie es einem Sparstrumpf an.
Sie hatte sich umgezogen, empfing ihn in einem tief ausgeschnittenen, mit Strass bestickten T-Shirt und in einem eleganten schwarzen Rock, den ihr massiges Hinterteil zu sprengen drohte. Das Haar trug sie jetzt offen auf die Schultern fallend.
Er wurde ins Wohnzimmer komplimentiert. Mit einschmeichelnder Stimme bat sie ihn, auf der Couch Platz zu nehmen.
Während sie sich an der Bar zu schaffen machte, einen Doppler öffnete und den Inhalt der Flasche in eine große Karaffe leerte, blickte er sich in dem sauberen und ordentlich aufgeräumten Zimmer um: Gediegene altdeutsche Kästen und Kredenzen, Biedermeier-Sessel, ein glitzernder Kristallluster, ein echter Perser und an den Wänden kitschige Schinken in Öl. Seine Laune besserte sich zusehends.
Sie stellte Rotwein und Gläser auf den Tisch und setzte sich zu ihm auf die Couch. Ihr Geruch, die seltsame Mischung aus Mottenpulver und schwerem Parfüm, raubte ihm beinahe den Atem.
Nach dem zweiten Viertel rückte sie ein Stück näher. Ihre Brüste quollen aus dem hautengen T-Shirt, und ihr Rock rutschte hoch, entblößte ihre Schenkel.
Sosehr er sich auch bemühte, es wollte ihm einfach nicht gelingen, Lust zu empfinden.
Als sie mit ihren wulstigen, mehrfach beringten Fingern die Innenseite seiner Schenkel streichelte, blieb er zunächst völlig gleichgültig. Beim Anblick der funkelnden Ringe – Gold mit Diamanten besetzt – geriet er schließlich doch in Erregung.
Die Couch war viel zu schmal für den dicken kleinen Mann

und die vollschlanke Dame des Hauses. Irgendwie, er wusste selbst nicht wie, brachte er es hinter sich, mit geschlossenen Augen und verkrampftem Mund. Sein Herz klopfte ihm bis zum Hals. Nach seinem ersten Infarkt hatte ihm der Arzt jede Anstrengung verboten.
Zufrieden seufzend blieb sie auf ihm liegen. Ihr Haar bedeckte seine Wangen, und ihre doppelreihige Perlenkette hatte sich um seinen Hals geschlungen. Er bekam kaum mehr Luft.
Aus der Nähe wirkte ihr Gesicht derb und ordinär. Und ihr drittes Gebiss lachte ihn von alleine an. Auch die weißen Perlen schienen ihm auf einmal verdächtig gleichmäßig und keineswegs handgeknüpft zu sein. Er begann nicht nur an der Echtheit ihres Schmucks zu zweifeln, das ganze Zimmer kam ihm plötzlich wie die drittklassige Imitation eines gutbürgerlichen Haushalts vor. Nicht einmal der Perserteppich konnte ihn vom Gegenteil überzeugen.
»Das war für unser Alter gar nicht mal so schlecht«, konstatierte sie und drückte ihm lachend einen herzhaften Schmatz auf die Lippen.
Stöhnend versuchte er, sich aus ihrer Umklammerung zu befreien. Sie blies ihm ihren nach Wein stinkenden Atem ins Gesicht. Ihm wurde übel. Er befürchtete, sich jeden Augenblick übergeben zu müssen. Sex und Alkohol, noch dazu Rotwein, auf nüchternen Magen hatte er noch nie vertragen. Einer Ohnmacht nahe, bemühte er sich mit letzter Kraft, sie wegzustoßen. Die Kette zersprang, die Perlen kugelten zu Boden.
Sie kreischte hysterisch und beschimpfte ihn lautstark, traf jedoch keine Anstalten, sich zu erheben, sondern klammerte sich nur noch fester an ihn, stopfte ihm ihre üppigen Brüste in den Mund und presste ihren stattlichen Bauch auf sein krankes Herz.

Ihm schwindelte, und er spürte, wie ihn die Sehkraft verließ. Die Wände des Zimmers neigten sich, rückten näher und näher, die Decke senkte sich. Und das schwere Fleisch drohte ihn zu erdrücken. Ihm wurde schwarz vor den Augen. Ihre schrille Stimme verwandelte sich in ein unverständliches Gemurmel, und in seinen Ohren erklang ein lautes, unheimliches Dröhnen. Ein hilfloses Röcheln, ein letztes Aufbäumen seines Oberkörpers, dann wurde es Nacht.

Sie verschränkte ihre dicken Arme auf seiner Brust, betrachtete beinahe liebevoll sein bleiches Gesicht und lächelte versonnen.

Nach einer Weile wälzte sie sich zur Seite, stand auf, holte einen feuchten Lappen und ein Handtuch aus der Küche und beseitigte die Spuren des kurzen Vergnügens.

Ihre Perlen würde sie später aufsammeln. An den langen, einsamen Winterabenden würde sie nun wenigstens eine Beschäftigung haben. Sie besaß die Fähigkeit, jedem Missgeschick aus Positives abzugewinnen.

Während sie Rock und T-Shirt anzog, ließ sie ihren Gast nicht aus den Augen. Er schaute sie so traurig an, der kleine, tote Mann. Schließlich erbarmte sie sich seiner und streifte ihm die nicht mehr ganz saubere Unterhose über.

»Treckskerl«, murmelte sie, zog ihm rasch auch Hemd und Hose an, packte ihn an den Füßen und zerrte ihn von der Couch. Sein Toupet blieb am Polster liegen.

Schwitzend, keuchend und fluchend schleifte sie ihn über den Gang in sein Zimmer. Keiner konnte sie hören. Er war ihr einziger Gast. Als sie versuchte, die Leiche aufs Bett zu befördern, geriet sie noch mehr ins Schwitzen. »Verdammte Scheiße«, schimpfte sie leise, als hätte sie Angst, der Tote könnte sie hören.

Sie beschloss, ihn auf dem schmutzigen Linoleumfußboden liegen zu lassen. Vor dem Bett zusammengebrochen – plötz-

licher Herzstillstand. Morgen früh würde sie den Notarzt anrufen.
Notärzte stellten keine unangenehmen Fragen.
Sie wischte sich den Schweiß von der Stirn und kehrte in ihre Wohnung zurück. Erschöpft von den ungewohnten Anstrengungen, ließ sie sich auf die Couch fallen und schenkte sich ein Glas Wein ein.
»Auf dein Wohl, Sissi!«, prostete sie sich zu, leerte das Glas in einem Zug und griff gleich noch einmal nach der Karaffe.
Erst als die Karaffe leer war, sammelte sie die restlichen Sachen ihres soeben verblichenen Liebhabers ein und brachte sie in sein Zimmer. Das Toupet behielt sie als Souvenir. Dort, wo er jetzt war, brauchte er es nicht mehr.
Seine gepflegten braunen Lederschuhe stellte sie unter den Tisch, die stinkenden Socken legte sie ordentlich daneben.
Als sie sein Sakko und die gelb gepunktete Krawatte auf einen Bügel hängte, fiel ihr Blick auf den schicken Lederkoffer unten im Schrank. Verärgert stellte sie fest, dass der Koffer verschlossen war.
Hastig durchsuchte sie die Taschen seiner Anzugjacke. In seiner Brieftasche herrschte gähnende Leere. Ein abgegriffener, längst abgelaufener Reisepass war die einzige Ausbeute. Die Züge des Toten wiesen zwar eine gewisse Ähnlichkeit mit dem unscharfen Passfoto auf, doch sie bezweifelte die Echtheit des Dokuments. Ein Herr Kaiser, mit Vornamen Franz Josef, geboren in Bad Ischl …?
Der Inhalt seiner Hosentasche war ebenfalls eine Enttäuschung: Ein benutztes Papiertaschentuch, ein kleiner Kamm, dem einige Zähne fehlten, ausländische Münzen und ein heiliger Antonius aus silbern schimmerndem Blech, aber keine Kofferschlüssel.
Sie hatte keine Lust weiterzusuchen, holte einen Schraubenzieher aus ihrer Wohnung und brach das Kofferschloss auf.

Der arme Kerl war kein Profi gewesen. Eine kurze Anwandlung von Mitleid überkam sie. Im Grunde war sie eine gutmütige Person. Doch plötzlich begann sie zu lachen, lachte laut und unbeherrscht, konnte gar nicht mehr aufhören, schüttelte sich vor lauter Lachen, angesichts dieses seltsamen Sortiments von Visitenkarten, leeren Portemonnaies, verrosteten Schlüsseln, altmodischen Dietrichen und funkelnagelneuen Fünftausendern, auf denen sie Freuds statt Mozarts Konterfei freundlich anblickte.

Peter Gerdes

Blondes Gift

Mein ist die Rache«, sprach der Herr im dezent gemusterten grauen Anzug.

Hauptkommissar Stahnke schüttelte milde das massige, blondstoppelige Haupt und bemühte sich um eine pastorale Modulation seiner Stimme. »Eben nicht, Herr Krüger«, antwortete er. »Eben nicht. Selbstjustiz sieht unser Rechtssystem nun einmal nicht vor.«

»Aber genau das machen die doch auch mit mir.« Der hoch gewachsene, hagere Mann mochte an die siebzig Jahre alt sein, was aber nur die vielen Längsfurchen in seinem langen, hanseatisch-aristokratischen Gesicht verrieten. Kerzengerade saß Wendelin Krüger, Mitglied der Hamburger Handelskammer seit über vierzig Jahren, auf Stahnkes marodem Besucherstuhl, ohne die Rückenlehne in Anspruch zu nehmen. Ein Sinnbild der Unnachgiebigkeit.

»Sicher, Herr Krüger.« Auch Stahnke versuchte sich jetzt einigermaßen gerade zu halten, ein Vorhaben, das auf Grund seines Übergewichts und seines leichten Rundrückens wenig Aussicht auf Erfolg hatte. »So sieht es jedenfalls aus. Ehe wir aber etwas unternehmen können, brauchen wir Beweise. Etwas Handfestes eben. Bis jetzt haben wir ja bloß Vermutungen. Wenn auch recht plausible, wie ich zugeben muss.«

»Vermutungen.« Krüger schnaubte verächtlich durch die Nase, so überzeugend, wie Stahnke es bisher nur in alten Preußen-Filmen gesehen und gehört hatte. »Etwas Handfestes. Ha!«

Ingeborg balancierte das Kaffeetablett herein. Sie lächelte

Krüger an, als sie die schlanke Blümchen-Tasse vor ihm abstellte, eine der besseren aus dem schwindenden Büro-Bestand, fast schon die letzte ohne abgestoßenen Rand. Stahnke bekam seinen HSV-Humpen, wie immer.

»Danke, Inge«, sagte er. Sein Lächeln fiel unsicher aus und blieb unerwidert.

»Bitte, Herr Stahnke.« Mit schnellen Schritten verließ die Frau den Raum, das leere Tablett unter den rechten Ellbogen geklemmt.

Wie konnte ich nur so dämlich sein, dachte Stahnke. Nicht zum ersten Mal. Eine Affäre mit der eigenen Sekretärin, das war ja wohl der klassische Blödsinn. Der beste Beweis für einsetzende Torschlusspanik. Stahnke war jetzt fünfzig und das Alleinsein nach all den Jahren mit Katharina nicht mehr gewohnt, auch wenn er sich seit geraumer Zeit zwangsläufig mehr und mehr Praxis darin aneignete. Daher hatte er Inges Avancen einfach nichts entgegenzusetzen gehabt.

Natürlich hatte er sich auch geschmeichelt gefühlt. Inge war acht Jahre jünger als er und ausgesprochen attraktiv. Schlank und sportlich, irgendwie handfest erotisch. Richtig, diese Hände. Klein und fest, zart und frech. Als Inge sich zum ersten Mal bei ihm eingehakt hatte, nach einem dieser endlosen Verhör-Abende, die sie zusammen mit ihm klaglos ertrug wie ein echter Kumpel, da hatte er gezittert wie ein Drahtseil unter Spannung. Sie hatte es gespürt. Und fester zugefasst.

Aber Stahnke war nicht der Typ, der unterschiedliche Erwartungen lange ignorieren konnte. Er war einfach zu ehrlich. Natürlich hatte es eine Weile gedauert, bis er es selbst begriff. Zuerst hatte er sich in Inges offene Arme geworfen wie in einen Zeit-Strudel, der ihn zurückführte in die Lebensphase des Suchens, des Ausprobierens, des Spielens. In eine längst vergangene Lebensphase. In diesen Strudel aber war

er alleine getaucht. Inge lebte und liebte hier und jetzt. Ihre Suche war niemals ziellos, und wenn sie spielte, dann nach festen Regeln. Sie wollte keine Affäre, sie wollte eine Beziehung. Etwas Handfestes eben.
Als Stahnke das klar geworden war, da hatte er es ihr gesagt. Etwas ungelenk vielleicht – »du, lass das mal, wir müssen reden« –, aber unmissverständlich. Dass Katharina sich zwar von ihm getrennt, er sich aber noch immer nicht von ihr gelöst habe. Dass er deshalb zu einer neuen Bindung einfach nicht in der Lage sei. Das hatte er ihr gesagt, ganz offen; ein bisschen bewunderte er sich sogar dafür.
Na ja, vielleicht hatte er die Karten nicht sofort auf den Tisch gelegt, aber doch ziemlich bald, kaum dass der erste Rausch verflogen war. Er wollte genießen, aber sie sollte sich nicht ausgenutzt fühlen.
Natürlich tat sie genau das.
Krüger stellte seine Tasse lautlos auf die Untertasse zurück. Seinem Gesichtsausdruck war nicht zu entnehmen, ob ihm Inges Kaffee mundete. Auch Stahnke trank. Der Kaffee war stark, fast bitter, mit viel Milch und Zucker darin. Typisch Inge: Wenn schon, denn schon. Nicht schlecht, auf Dauer aber würde ihm das auf den Magen schlagen.
»Wann glauben Sie denn etwas Handfestes vorweisen zu können?«, fragte Krüger. »Wenn sie mir das nächste Lager zertrümmert haben?«
Zynisch konnte er also auch sein, der Herr Import-Export-Kaufmann. Was aber kein Wunder war, schließlich hatte man ihm übel mitgespielt. Erst diese Rufmordkampagne – »Garantiert in die Gruft mit Wendelins Walnüssen« – und dann die Verwüstung seines Speichers. Dutzende von Nuss- und Kaffeesäcken hatten sie aufgeschlitzt und dann mit dem Feuerlöscher draufgehalten. »Als nächstes bin ich selber dran«, fürchtete Wendelin Krüger. Deshalb hatten ihn die

Kollegen auch zu Stahnke ins Dezernat für Gewaltverbrechen geschickt.

»Mal anders herum gefragt.« Stahnke beugte sich vor und stützte die Ellbogen auf die Schreibtischplatte, die Unterarme vorgestreckt, die Handflächen offen, als wollte er nach dem langen grauen Herrn greifen. »Kann es denn sein, dass vielleicht etwas dran ist an den Vorwürfen, die gegen Sie erhoben wurden? Schließlich handeln Sie ja auch mit ›Not leidenden Partien‹. Und wenn Sie wirklich schimmelige Nüsse verkauft haben sollten, wäre das ja keine Kleinigkeit. Die sind ziemlich gesundheitsschädlich, habe ich mir sagen lassen. Tja, und dann wäre es immerhin denkbar, dass nicht böse Konkurrenten Ihr Lager verwüstet haben, sondern wütende Verbraucher.«

Stahnke kam richtig in Fahrt, wie so oft, wenn sich aus ein paar Spekulationen plötzlich ein hübsches, stimmiges Bild zu formen begann. »Nüsse, das ist doch etwas für Naturköstler, oder? Nüsse im Müsli, klar. Oder im Kuchen. Na, und wenn solche Leute merken, dass man ihnen ausgerechnet in ihr Gesundheits-Essen Gift reingemischt hat, dann kann es doch sein, dass die losgehen wie die Tierschützer. Oder?«

Stahnke klatschte die Handflächen auf den Tisch. Einen Fall mental zu sezieren und zu strukturieren war fast ebenso befriedigend wie die Ergreifung eines Täters aus Fleisch und Blut. Und bestimmt ebenso kreativ.

Wendelin Krüger schnaubte wieder, diesmal allerdings lauter als zuvor. Mit einem Ruck erhob er sich, sodass der Besucherstuhl ein paar Zentimeter über das grau melierte Linoleum nach hinten rutschte, was nach Krügers Kategorien vermutlich einem Wutausbruch gleichkam.

»Mein Herr«, sagte er dennoch beherrscht, »ich habe nicht den Eindruck, dass Sie sich meinem Anliegen in gebührender Weise widmen, und ich bin nicht länger bereit, meine knapp bemessene Zeit auf Ihre abstrusen Theorien zu verwenden. Guten Tag.«

Starker Abgang, dachte Stahnke, als der lange, gerade, graue Rücken durch die Tür verschwand. Er nahm sich vor, weitere Erkundigungen über die Geschäfte des Herrn Wendelin Krüger einzuholen. Gleichzeitig sollten die Kollegen von der Streife Krügers diverse Lager in der Speicherstadt verstärkt im Auge behalten. Wissen konnte man ja nie.

Inge schaute herein. Ein giftiger Blick. »Noch einen Kaffee, Herr Stahnke?«

Es war so bitter, viel bitterer noch als ihr starker Kaffee, und durch keinerlei Milch oder Zucker gemildert. Mit dem Lass-uns-doch-Freunde-sein-Mythos hatte Inge in den letzten zwei Wochen gnadenlos aufgeräumt. Wenn schon, denn schon – ganz oder gar nicht. Liebe war nicht, also war Feindschaft. Und jeder, der die Entwicklung vom kollegialen »Sie« zum erst kumpelhaften, dann begehrlichen »Du« verfolgt hatte, wusste natürlich sofort Bescheid.

Stahnke suchte Inges Blick, hielt ihm aber nicht stand. »Ja bitte«, sagte er und schichtete ein paar Aktendeckel um, hinter denen er sich am liebsten ganz versteckt hätte. Es war ja so bitter.

Da war die Akte Krüger. »Vandalismus St.-Annen-Straße«, das war in unmittelbarer Nähe des Speicherstadtmuseums. Irgendwie passend, machte doch dieser ganze Herr Wendelin einen irgendwie musealen Eindruck. Vielleicht konnte man ihn ja ausstopfen und ins Museum neben eine der alten Sortiermaschinen stellen.

Inge platzte mit dem Kaffee mitten in sein Lachen hinein. Ihr blasses Gesicht unter dem dunkelblonden Pilzkopf blieb unverändert streng. »Ist sonst noch etwas, Herr Stahnke?«

»Nein.« Der Hauptkommissar schluckte trocken. »Danke. Du kannst Feierabend machen, Inge.«

Sie drehte sich um, mit schwingendem Rock, zeigte ihm das Muskelspiel ihrer schlanken Waden. Wie hatten sie es geliebt, alle beide, wenn er zärtlich in diese Waden hineinbiss, sich dann langsam nach oben …

Sie ging grußlos.

»Kramer«, sagte Stahnke, ohne die Stimme zu heben.

Sein Assistent erschien in der Tür, verlässlich wie immer, und schwieg auffordernd.

»Sie waren doch auch neulich im Speicherstadtmuseum.«

Keine Antwort. Wer von Kramer eine Antwort wollte, musste schon eine richtige Frage stellen. Aber eine ausbleibende Verneinung reichte ja auch.

»Hat man Ihnen da auch von diesen Giften erzählt, die entstehen, wenn bestimmte Lebensmittel falsch gelagert werden? Wie heißen die noch?«

»Aflatoxine«, sagte Kramer wie aus der Pistole geschossen. »Ein Mischwort. Aspergillus für Pilz, flavus für gelb oder auch blond. Und Toxine für Gift, klar.«

»Blonde Pilze?« Stahnkes zweifelnder Blick glitt an Kramers Stoiker-Miene ab. »Blondes Gift? Gefährlich?«

»Kann tödlich sein«, sagte Kramer. »Die Dosierung müsste ich aber nachschlagen.«

»Und diese Pilze befallen also Nüsse?«

»Erdnüsse, Paranüsse, Pistazien, Haselnüsse, also tropische und auch heimische Arten. Und natürlich Kaffee.«

»Kaffee.« Stahnke hob seinen Büro-Humpen an den Mund und trank. »Gerösteten?«

»Nein, Rohkaffee. Wenn er feucht wird, nicht richtig gelüftet. Aber die Rückstände bleiben nach dem Rösten drin. Das ist gerade das Gemeine.« Kramer schob eine Hand in die Tasche und lehnte sich lässig an den Türpfosten. Ein ungewohnter Anblick. »Man kann es allerdings riechen, wenn Kaffee befallen ist. Riecht modrig und ein bisschen nach

Gras. Solche Partien müssen dann sorgfältig neu sortiert werden.«
»Ah ja«, sagte Stahnke, »die so genannten Not leidenden Partien.«
»Exakt«, sagte Kramer. Er wartete einen Moment; als sein Vorgesetzter aber keine Anstalten machte, das ohnehin schon ungewöhnlich ausgedehnte Gespräch fortzusetzen, wandte er sich ab.
Stahnke rief ihn jedoch noch einmal zurück. »Sagen Sie, wie wirken die denn eigentlich, diese Aflatoxine?«
Kramer zuckte die Achseln. »Weiß nicht genau. Scheint aber mehr was Langfristiges zu sein. So über die inneren Organe, vor allem die Leber. Langsam, aber sicher.«
»Danke«, sagte Stahnke. Kramer verschwand.
Der Hauptkommissar hob seinen Kaffee-Humpen zur Nase und schnupperte. Milch und Zucker milderten die bittere Strenge des Getränks. Stahnke runzelte die Stirn. »Mein ist die Rache«, murmelte er vor sich hin.
Dann schüttelte er den Kopf: »Ach was, Unfug.« Entschlossen nahm er einen kräftigen Schluck und stellte den Becher zurück auf den Schreibtisch.
Oder schmeckte der Kaffee etwa doch etwas muffig?
»Quatsch«, sagte Stahnke. »Nie im Leben.«

Gabriele Wolff

Gelöscht

Irgendwo in dieser Gegend musste es eine Brutanlage geben, oder vielmehr: eine Klonfabrik, die sich auch um das kleinste Detail kümmerte. Anzug, Hemd, Krawatte, Slipper, großformatige flache Armbanduhr, glatt gebügeltes Gesicht, normgerechter Körper, frisch gestärktes Selbstbewusstsein. Dazu die gepflegte Stimme ohne Dialekt, unverwüstliche Energie und klaglose Einsatzfreude. Da konnte der Staatssekretär am Freitagabend um 18 Uhr eine Rücksprache anordnen oder der Chef der Staatskanzlei zum fünften Mal eine Kabinettsvorlage mit Änderungswünschen zurückreichen: Die Jungs zeigten einfach keine Ermüdungserscheinungen. Jedenfalls nicht, wenn jemand im Raum war, dem man zutrauen musste, Anzeichen von Frust, Wut und Erschöpfung blitzartig zu registrieren und diese Erkenntnisse in giftig träufelnder Dosierung in den allgemeinen Informationsstrom einsickern zu lassen. Und das konnte jeder sein, der so aussah wie sie selbst. Davon gibt's viele hier in Potsdam, dachte Brigitte. Viel zu viele.

Schon wieder blinkte auf ihrem Computer ein Briefumschlag auf. Was wollte Dr. Tausend, den sie nur Jungmanfred nannte, so staatstragend stolperte er durchs Leben, denn jetzt schon wieder? Dieses Outlook Mailsystem, das gerade installiert worden war, war eine Pest. Kaum hatten die Jungs aus der anderthalbten Reihe kapiert, wie das funktionierte, müllten sie jeglichen Computer mit ihren Geistesblitzen zu. Vor allem aber ihren. Seufzend klickte Brigitte den

Briefumschlag an. Ein neckischer gelber Haftzettel erschien auf dem Bildschirm.

»Kein Kaffee heute? Duuurst!«, stand da.

Sie löschte die *message*, dann klickte sie den Papierkorb an und löschte auch das gelöschte Objekt.

»Sind Sie sicher, dass Sie die markierten Elemente endgültig löschen wollen?«, fragte das Gerät eindringlich. Und ob, dachte sie und bestätigte den Befehl. Dann zauberte sie wieder den Posteingang auf den Bildschirm und versenkte das Fenster in die untere Bildleiste. Wenn Jungmanfred fragen würde, dann hätte sie eben keine Nachricht erhalten. Bedauerlicher Computerfehler. Oder vielleicht sogar ein Anwenderfehler des Absenders, wie immer, wenn irgendetwas nicht klappte und man die Systemverwalter fragte? Kaffee kochen ... Was bildete der sich eigentlich ein? Gerade erst hatte sie ihn doch so erzogen, dass er sie nicht mehr mit solchen Macho-Allüren behelligte; wirklich, er hatte Manschetten vor ihr als einer gestandenen mittelalten Ost-Frau, die sich nichts vormachen ließ. Er hatte kapiert, dass ihre DDR-Biografie es ihr geradezu physisch unmöglich machte, für einen Mann Kaffee zu kochen. Das sei sie einfach nicht gewöhnt, hatte sie ihm unverblümt erklärt, und er hatte es geglaubt. Klassischer Ostdefekt. Defizit im Dienstleistungsbereich. Preußische Unfreundlichkeit eben, die man hinnehmen musste, wollte man in Brandenburg Karriere machen.

Brigitte stand auf und grinste. All diese kleinen Gockel in unmittelbarer Nähe zu den Mächtigen, die überwiegend aus dem Osten kamen, waren Wessis. Denen konnte man viel erzählen von früher. Wahres, Halbwahres und ganz Falsches. Die schluckten alles. Früher hatte sie die Herren von der Kreisleitung der Partei zwar geduzt. Aber das war ohne Bedeutung gewesen. Sie hatte ihnen nicht nur Kaffee gekocht, sondern sie auch noch nach Hause gefahren, wenn die hohen Genossen nach der Brigadefeier nicht mehr stehen, geschweige denn gehen konnten. Aber das würde sie Jungmanfred nicht auf die Nase binden. Gerade hatte sie ihn so einigermaßen handzahm gekriegt und ihm dann und wann großzügig von ihrem eigenen Kaffee angeboten, den sie morgens aufstellte und dann in eine Thermoskanne umfüllte. Schon seit Wochen hatte er sie nicht mehr gebeten, irgendetwas Außerdienstliches für ihn zu erledigen. Sein glatt gebügeltes Gesicht bekam den harmlos-selbstverständlichen Gesichtsausdruck einfach nicht mehr hin, wenn er sie eigentlich darum bitten wollte, ihm ein belegtes Brötchen aus der Kantine zu holen. Schließlich wusste er genau, dass er nur Referent war. Wenn auch der persönliche vom Chef. Der wiederum für sie mehr Chef war als er. Da reichte mittlerweile ein tödlicher Blick von ihr, und Dr. Tausend zog sich wieder in sein Dienstzimmer zurück.

Aber per Computermail traute er sich wieder. Da konnte man aus der Distanz so wunderbar distanzlos sein. Brigitte sah, wie er im Pulk seiner Doppelgänger auf dem Gelände zwischen Staatskanzlei, Justizministerium und Wirtschaftsministerium seine Runde drehte, über das zarte frühlingsgrüne Gras schritt, das bleiche Gesicht gegen den blitzblauen Himmel richtete und den Schlips lockerte. Er lachte auf eine Art, die ein ferner Beobachter als unbeschwert missverstehen konnte. Er wollte wahrscheinlich witzig wirken und tauschte sich vermutlich gerade mit seinen Klonen über die Osttrampel aus, mit denen sie alle geschlagen waren. Eigentlich regierten ja sie, die Jungs, sie waren die Bauchredner ihrer Chefs, denen sie die Vorlagen der Fachabteilungen mit bedeutungsvollen Kommentaren zuschusterten. Jungs, die wichtig sind und auch so aussehen. Kabinettsreferat, Pressereferat, Ministerbüro, Staatskanzlei. Sah man sofort. Die Luft

müsste man aus denen herauslassen, dachte Brigitte. Wie winzig sie wirken vor der makellosen cremefarbenen Fassade des neoklassizistischen Baus, in dem alle Fäden der Macht eines kleinen Landes zusammenliefen. Vor dem telegenen Mittelrisalit von Haus 9 packte ein ORB-Team seine Kameras aus, und obwohl es nicht RTL war, wurden die Gesten der Gockelmannschaft eine Spur raumgreifender. Die rotweiße Flagge mit dem roten Adler flatterte im Wind. Was nur heute schon wieder los war?
Brigitte wusste, dass die zehn Minuten Pause im Freien der einzige Luxus waren, den Dr. Tausend sich bei Sonnenschein leistete. Danach würde er in dem gläsernen Treibhaus des Kantinenanbaus ein Stück Kuchen holen und es über der Tastatur seines Computers zerkrümeln. Zu seinem Glück fehlte dann nur noch der Kaffee.

Sie hatte einen Plan.

Als Dr. Tausend zurückkehrte, hatte sie den Hörer zwischen Schulter und Ohr geklemmt und gab kleine, zustimmende Laute von sich; gleichzeitig malte sie unlesbare Zeichen auf einen Notizblock. Aus Erfahrung wusste sie, dass Jungmanfred konzentrierte Beschäftigung grundsätzlich respektierte, wenn auch seine Geduld bei einer Person weiblichen Geschlechts, die mit untergeordneter Tätigkeit befasst ist, begrenzt war. Tatsächlich stand er im Türrahmen und beobachtete sie. Zunächst schweigend, dann sich räuspernd. Als sie noch immer nicht reagierte, packte er sein Stück Kuchen aus und krümelte statt seiner Computertastatur ihren Teppich voll. Brigitte ließ sich nicht stören.
»Ja, gut, ich sage ihm Bescheid. Und sonst? Die Jugendweihe gut überstanden?« Sie streifte ihre Pumps ab und kratzte mit den Zehennagel des rechten Fußes die linke, seidenbe-

strumpfte Wade. Eine ländlich-derbe Geste und sexy zugleich, denn ihr schlichter Rock schob sich ein wenig hoch. Ihre Beine waren muskulös und damit eher praktisch als erotisch. Genau der Ostsex, den Dr. Tausend so typisch fand und gerne einmal ausprobiert hätte. Aber er traute sich nicht. Er war, wie die anderen, ein Verbalerotiker, der sich mit kraftstrotzenden Sprüchen darüber hinwegtröstete, dass in Wirklichkeit gar nichts lief. Dazu blieb einfach nicht genug Zeit.
Die Hand voll junger Frauen, die in die Phalanx der Krawattenträger eingedrungen waren, waren demzufolge auch weniger Objekt männlicher Nach- als Thema libidinöser Vorstellungen. War eine hübsch, überlegten die Jungs, wessen Bett denn wohl als Karrieresprungbrett gedient haben mochte. War eine Konkurrentin optisch unauffällig, angepasst an die Jungs bis hin zum Kurzhaarschnitt und Hosenanzug nebst Flachschuh – natürlich mit Perlenkette als Schlipsersatz –, hörten die Sprüche aber keineswegs auf. Die Hässlichen sollen ja die Besten im Bett sein, hatte einer von denen kommentiert. Obwohl, hättest du Lust, Genitaltrakte zu entstauben? Immerhin, Dr. Tausend war wenigstens rot geworden, zumindest, nachdem er bemerkt hatte, dass Brigitte die Unterhaltung mitgehört hatte.
Brigitte legte auf und wandte sich Dr. Tausend zu.
»Rücksprache mit Chef der Staatskanzlei heute um 19 Uhr«, erklärte sie fröhlich. »Es geht um die kleine Anfrage der DVU zu Asylbewerbern in Brandenburg und zum Asylrecht, sagt die Kollegin.«
Dr. Tausend versuchte, Haltung zu bewahren. Es gelang ihm nicht, weil er sich an einem Kuchenstück verschluckte, als er den Mund zu einer Erwiderung öffnen wollte. Lässigkeit à la »Hatte ohnehin bis heute Abend zu tun« an den Tag zu legen kostete eben mehr Selbstbeherrschung, als die meisten

gerade noch als junger Mann geltenden Menschen aufbringen konnten.
Brigitte stand auf und klopfte ihm auf den Rücken. So waren sie, die mütterlich-praktischen Ostfrauen. Jungmanfred verzog sich hustend, aber um Wiedererlangung von Männlichkeit bemüht.
Pling. Wieder eine Mail auf ihrem Bildschirm. Brigitte bewegte den Cursor auf »Weiterleiten«, fügte die Computeradresse des Empfängers ein und sendete. Dann löschte sie auch diese Nachricht nebst Löschprotokoll. Es würde mehrere Minuten dauern, bis Jungmanfred die Sendung erhalten hätte. Brigitte nahm die Thermoskanne und klopfte an seine Zimmertür.
Dr. Tausend antwortete nicht, wie üblich. Dazu war er immer viel zu sehr beschäftigt. Sie trat ein und sah ihm eine Minute lang zu, wie er energisch, aber erfolglos in Stapeln von Papier wühlte. Keine Ablagekultur hatte der. So ein Chaos gab es bei ihr nicht. Endlich sah er auf, mit dem erprobten Gesichtsausdruck, der genau den Mittelwert zwischen angemessen gestört und angemessen verbindlich traf. Man darf es sich ja nicht vollends verderben mit den dienstbaren Geistern. Sein kühler Scharfsinn und seine geschmeidige Reaktion, die ihn auf diesen Posten katapultiert hatten, arbeiteten auf Hochtouren.
»Ah, Sie haben meine Mail bekommen. Mal wieder ein Erfolgserlebnis heute!«
Brigitte hätte in die Babyfröhlichkeit seiner entblößten Zahnreihen hineinschlagen mögen, aber sie beherrschte sich.
»Was für eine Mail?«, fragte sie, und die unterdrückte Wut verlieh ihrer Frage die nötige Empörung der Ahnungslosen. Wie erwartet, sprang er auf.
»Kommen Sie mit, ich zeige es Ihnen.« In devotem Abstand

folgte sie ihm, die Thermoskanne immer noch in der Hand. Jungmanfred starrte auf den Bildschirm ihres Computers, murmelte etwas von »Eigentlich sollte hier doch … wo ist denn?«, dann rief er den Posteingang auf, nichts, höhnisch verkündete der Computer, dass keines der gewählten Elemente vorhanden sei.

»Haben Sie etwas gelöscht?«, fragte Dr. Tausend streng.

»Nein, wie geht das denn?« Nie wieder so klein machen, schwor sie sich. Nur noch heute, dann nie wieder.

»Na, das haben wir gleich raus«, schnaubte er und öffnete den Papierkorb. Leer.

»Das verstehe ich nicht«, murmelte er. »Ich habe doch – der Kaffee, verstehen Sie?«

»Aber den habe ich doch gerade bringen wollen«, und jetzt lächelte sie sogar und goss ihm eine Tasse ein. Er sah sie in einer überzeugenden Darstellung von verlegener Dankbarkeit an und stürzte sich in weitschweifige Erklärungen über die Anwendung des Mail-Programms. Jungmanfred war konsequent; da ließ er sich nicht stören, wenn er einmal bei der pädagogisch wertvollen Sache war, auch durch das Klingeln des Telefons in seinem Zimmer nicht. Da Brigitte leider etwas schwer von Begriff war, zog sich die Unterrichtsstunde hin. Dr. Tausend war bereits bei der zweiten Tasse Kaffee, da hatte sie gerade erst die Benutzung des Adressbuches zur korrekten Empfängerkennzeichnung verstanden. Danach durfte sie ihrer Kollegin im Vorzimmer des Staatssekretärs noch ein paar Übungsmails zusenden und auf deren telefonisch erbetene Antworten warten.

»Da, sehen Sie, da unten taucht jetzt ein kleiner gelber Umschlag auf. Dann haben Sie eine Mail bekommen. Einfach anklicken, sehen Sie?« Wenn Brigitte ihren großzügigen Tag gehabt hätte, wären mütterliche Gefühle ob dieser kindlichen Technikverliebtheit in ihr hochgekrochen. So erinnerte sie sich nur an den Tag, als sie ihn zufällig im Park Sanssouci getroffen hatte, in Begleitung einer unscheinbaren Frau mit strähnigem Haar und einem rotznasigen Balg, das im Gegensatz zu der in Jeans und besabbertes T-Shirt gekleideten Frau in Designerklamotten herumtobte. Er stolzierte neben der großäugig und offenen Mundes Staunenden einher, als ob er die grandiose Schlossanlage persönlich geplant habe. Jungmanfred war diese Begegnung mit Brigitte so peinlich gewesen, dass er ihr am nächsten Tag betont beiläufig mitgeteilt hatte, dass seine Schwester aus Castrop-Rauxel ihn besucht habe. So, als habe er Angst, sie könne verbreiten, seine Freundin sei wohl Sozialhilfeempfängerin und er der Vater dieser Rotznase. Eitler Spießer. Kleines Kirchenlicht. Nach zwei Jahren in diesem Job wäre er ausgewrungen wie all die anderen, und dann erst würde sich entscheiden, ob ihm die Strampelei etwas genutzt hätte. Hopp oder top, wie seine Vorgesetzten eben den Daumen senken oder heben würden. Wenn nicht Wahlen dazwischen kamen und seine Vorgesetzten Schnee von gestern waren, deren Empfehlungen geradezu Edeka bedeuteten. Ende der Karriere.

Brigitte sah auf die Uhr.

Irgendwann hatte sie alles kapiert, war erschöpft, aber dankbar, und Jungmanfred grinste selbstgefällig.
»Ach, übrigens«, sagte er plötzlich. »Die Rücksprache nachher. Hat Ihre Kollegin gesagt, um was genau es da geht? Die Amtschefs waren sich doch einig, diese DVU-Anfragen so kurz wie möglich zu beantworten und bundesrechtliche Fragestellungen außen vor zu lassen. Ich habe die Vorlage aus der Fachabteilung doch nur entsprechend gekürzt, war ja viel zu ausführlich, was kann denn da … Oder hat sich

der Abteilungsleiter von denen da über die Kürzung beschwert ...« Er schwitzte leicht. Sonst hatte es ihm eigentlich immer Spaß gemacht, sich mit den Fachheinis anzulegen, auch und gerade, wenn sie höherrangig waren als er. Denen schien der politische Weitblick eben permanent zu fehlen. Dazu war er schließlich da, seine Chefs vor politischem Ungemach zu schützen ...

»Die Kollegin ist schon weg, Dienstschluss«, sagte Brigitte eifrig. »Aber wenn Sie mir das Aktenzeichen geben, kann ich die Vorlage noch mal ausdrucken, die Akte selbst ist ja unterwegs.« Natürlich wusste er das Aktenzeichen nicht, verschwand in Richtung Registratur, traf einen Kollegen im Flur, tauschte Klatsch und Tratsch aus, wie es eben so ist. Darauf konnte sie nicht warten. Überhaupt, den würde sie so schnell nicht wieder sehen.

Brigitte tänzelte beschwingt die schwarz glänzenden Stufen der imposanten Eingangshalle hinunter, zog die Magnetstreifenkarte durch das Zeiterfassungsgerät und ließ die schwere Tür ins Schloss fallen. Ein irgendwie endgültiger Klang, der sie heute noch mehr entzückte als an jedem anderen Feierabend. Klappe zu, Affe tot. Gelöscht, endgültig. Weg vom Fenster.

Den kleinen gelben Briefumschlag auf seinem Computer hatte Dr. Tausend nicht mehr gesehen. Terminverlegung der Rücksprache mit CdS auf 15 Uhr. Ab 15 Uhr dreißig hatte der Chef nämlich dringende auswärtige Termine, und die Kabinettssitzung, in der die Anfrage behandelt werden musste, war morgen früh um neun. Da hatte Dr. Tausend wegen eines Zahnarzttermines ausnahmsweise einen halben Gleittag genommen. Ansonsten nahmen die aufgeplusterten Hamsterchen in ihren Laufrädern keine Gleittage zum Abfeiern ihrer Überstunden. Im Gegenteil, wer beim Small Talk nicht mindestens 100 Überstunden im Monat erwähnen konnte, galt als arbeitsscheu. Auf das gegerbte Sitzfleisch und das in vielen Besprechungen und Gesprächen auf Arbeitsebene gewonnene Herrschaftswissen kam es ja letztlich an.

Dr. Tausends Nachfolger war eine Nachfolgerin mit Perlenkette und modischer Brille, die ihr Büro mit einer eigenen Kaffeemaschine bestückte. Brigitte lächelte. Und dann wurde die Neue auch noch rot, als Brigitte sich nach Jungmanfreds Schicksal erkundigte.
»Ich glaube, er ist wieder beim Amtsgericht Königs Wusterhausen. Mietsachen und so. Die richterliche Unabhängigkeit hat ihm wohl sehr gefehlt hier. Glaube ich.«
Brigitte hatte ihren großzügigen Tag.
»Wenn ich Ihnen einen Rat geben darf: Klicken Sie jeden verdammten Briefumschlag an, den Sie auf Ihrem Computer entdecken. Und schauen Sie auf das Display Ihres Telefons, wenn Sie eine Zeit lang nicht im Büro waren. Es könnte ja jemand Wichtiges angerufen haben.«
Die Neue schien sich die Sache durch den Kopf gehen zu lassen. Dann grinste sie. »Und wenn ich das alles mal vergessen haben sollte; dann frage ich Sie, ob irgend was war, oder?«
»Klar. Ich richte alles aus. Auch wenn man mich nicht fragt. Ist doch mein Job«, antwortete Brigitte todernst. Die Neue hatte grüne Augen, die jetzt amüsiert funkelten. Message received. Wenn die keinen nörgelnden Freund hatte, der mehr Zeit und Zuwendung von ihr forderte, als sie objektiv verteilen konnte, würde sie es schaffen. Gemeinsam würden sie es schaffen. Brigitte war sich ganz sicher. Sie kannte sich aus in dem Gewerbe.

Jörn Ingwersen

Verwandte Seelen

Er fühlte sich überhaupt nicht schuldig, keine Spur. Warum auch?

Er war ein neuer Mensch. Wieder geboren.

Tot war er lange genug gewesen.

Tot und begraben.

Jetzt stand er auf den Stufen seines Ladens und verschränkte die Arme, wippte zufrieden in den Kniekehlen, betrachtete das geschäftige Treiben auf der Straße. Die Sonne wärmte sein Gesicht. Nicht mal die Gören vor der Eisdiele nebenan konnten ihm etwas anhaben. Wieso war er nicht früher darauf gekommen? Er lächelte und streckte sich, warf einen mitleidigen Blick auf die Urnen in seinem Schaufenster.

Ob das Zeug schon wirkte?

Er hatte die Portionen genau berechnet. Jeden Tag ein paar Milligramm mehr, geschmacksneutral im Morgentee. Es war die einzige Möglichkeit.

Sie oder er.

Wie lange ging das schon? Sieben Jahre, acht? Wie lange konnte ein Mensch das aushalten? Sie und ihre nichtsnutzigen Freundinnen, der gackernde Pulk von Weibern in den Wechseljahren. Mit fünfzig war sie zum Buddhismus übergetreten oder zu irgendeiner anderen dieser östlichen Religionen, die ihm fremd waren und blieben. Sie selbst schien übrigens auch nicht viel davon zu verstehen. Erklären konnte sie ihm jedenfalls nichts. Ihr fehlte Arbeit, das war alles.

Und bei allem dieser kalte Blick. Mitleid für sein Karma.

Eine Radiosendung hatte ihn auf die richtige Idee gebracht:

Tipps für den Gartenfreund, Thema Schädlingsbekämpfung. Ratten und Kaninchen. Er hatte ganz genau mitgeschrieben. Sie würde kaum leiden müssen. Ein paar Tage vielleicht. Sie würde blasser und blasser werden, nichts Schlimmes, sie brauchte keinen Arzt. Aufsteigende Hitze. Ihre Freundinnen kannten das. Die würden sich um sie kümmern, Händchen halten, Tee kochen. Dann würde sie sanft entschlafen. Ganz einfach.

Und kaum nachzuweisen.

Ein paar Spatzen hüpften über die Gehwegplatten, zwitscherten, sahen zu ihm auf. Behäbig stieg er die drei Stufen hinunter und trat seine Zigarette aus.

Normalerweise machten sie einen großen Bogen um ihn.

Alles eine Frage der Ausstrahlung.

Er lächelte.

Als erstes kam der Laden weg.

Nie wieder Leichen waschen. Nie wieder heulende Witwen am Grab. Nie mehr diese Anspielungen. Wer hatte ihn denn gefragt, ob er das Geschäft übernehmen wollte, als seine Eltern nicht mehr konnten?

Damals.

Leute sterben immer, hatten sie gesagt. Und seinen Hobbys kann man auch abends nachgehen.

Er sah an der maroden Fassade hoch.

Ihr Schlafzimmerfenster stand offen. Der Fernseher lief, man hörte Musik. Im Schaufenster, zwischen den Urnen, spiegelte sich sein runder Kopf.

»GEBOREN ZUM STERBEN – GESTORBEN ZUM LEBEN« stand links auf dem Emailleschild. Daneben ein schlichtes Kreuz.

Bestattungen Liebezeit – Partner in der Not.

Er strich den grau-braunen Pullunder glatt, zog seine Hosen hoch und betrachtete sich, die knollige Nase, den schmalen

Mund, ging etwas in die Knie, um sich besser sehen zu können. Die dicke Brille blitzte in der Scheibe auf.
Er war nicht mehr der Jüngste.
Zugegeben.
Die Lebensversicherung für den Fall ihres Todes hatte er schon vor Wochen storniert, damit keiner auf dumme Gedanken kam. Die Raten waren sowieso kaum bezahlbar. Aber er konnte den Leichenwagen verkaufen – der hatte antiquarischen Wert – die Särge aus dem Sortiment, die schweren Eichenmöbel. Es blieb ihm genug, es noch ein letztes Mal anzugehen.
Das Leben.
Jersey sollte hübsch sein oder Guernsey, die kleine Insel mitten im Kanal. Kein Lärm, keine Autos. Ein schiefes Grinsen glitt über sein Gesicht.
Im dunkel getäfelten Flur hinter dem Laden kam ihm Abbo entgegen und wedelte wild mit dem Schwanz. Der arme Kerl hatte Hunger. In seinem Alter konnte er nur noch kleine Mahlzeiten zu sich nehmen. Eigentlich war es ja *ihr* Hund, aber sich um das Tier zu kümmern, irgendeine Art von Verantwortung zu übernehmen, das konnte man von Hannelore nicht erwarten.
Zeitverschwendung.
»Komm, wir suchen dir was. Komm, komm mit!« Er schnippte mit den Fingern.
Der Dackel kläffte kurz und quälte sich schwerfällig durch den Flur voraus, blieb an der Tür stehen, sah sich um, ob er ihm auch folgte.
»Ottmar! Wo bleibst du denn? Trinkst du schon wieder?«
Er seufzte, legte eine Hand auf den morschen Pfosten der Treppe und sah nach oben. »Willst du noch Tee?«
»Frühstück! du hast was von *Frühstück* gesagt!«
Er lächelte. Sie sollte ihr Frühstück bekommen.

Abbo schmatzte zufrieden an seinem Dosenfutter herum und versuchte, mit seinen letzten Zähnen die Knochenstücke kleinzukriegen, während Herrchen am Vorratsschrank stand, den Roggentoast aus dem Korb nahm und zwei Scheiben in den Toaster schob. Er sah auf das Tablett.
Fehlte nur noch der Aufschnitt.
Er streckte eine Hand zum Kühlschrank aus.
Ein greller Blitz riss ihn nach hinten.
Weiß.
Und rot.
Er taumelte und bebte.
Dann wurde alles schwarz.
Sein Kopf! Er wollte schreien.
Ein Schlag riss ihm mit Wucht die Beine weg.
Dann hockte er am Boden.
Die Hände.
Er kriegte sie nicht auseinander.
Total verkrampft.
Wie eingeschweißt.
Der Dackel heulte leise in seiner Ecke, würgte Knochenstücke hervor.
Seine Brille lag am Boden, ein Glas war zersprungen.
Der Hintern tat ihm weh. Alles war verschwommen. Er wischte sich den Schweiß von der Stirn, betrachtete die zitternden Hände, noch immer krumm, wie gichtbefallen.
Dann sah er auf.
Der alte Bauknecht. Irgendwo musste ein blankes Kabel sein.
Verdammt.
»*Ottmar!* Was treibst du da unten eigentlich?«
Ächzend kam er auf die Beine, mühsam. Das Herz hämmerte in seiner Brust. Er fegte die Splitter auf, sammelte die Reste seiner Brille zusammen, riss den Stecker aus der Wand. Dann tippte er mit spitzem Finger an die Metalltür, ängstlich, zö-

gernd. Nichts passierte. Seufzend nahm er die Dose mit dem Aufschnitt heraus.
So stellte er sich einen Infarkt vor. Stromschläge.
Scheißding.
Auch so ein Erbstück.
Seine Hände zitterten immer noch, als er das kalte Brot aus dem Toaster nahm. Ärgerlich klatschte er drei Scheiben Bierschinken auf den Teller, legte ein älteres Stück Brie daneben, stellte die Orangenmarmelade dazu.
Die alte Treppe knarrte bei jedem Schritt, als er das Tablett hinaufbalancierte. Abbo kämpfte sich hinter ihm die Stufen hinauf.
»Darf ich reinkommen?« Zaghaft klopfte er mit dem Fuß gegen die weiße Tür. Räusperte sich.
»Nicht dieses Vieh in meinem Schlafzimmer! Wehe!«
Er schob sich hinein. Der süßliche Geruch von Räucherstäbchen hing im Raum, in der Wäsche, im Teppich. Grauenvoll.
Aufgeplustert wie eine Henne, hockte sie in ihrem schneeweißen Bett, hinter sich das offene Fenster. Straßenlärm drang herein. Es war das schönste Zimmer im Haus, das einzige, in das Licht fiel. Und sie war nicht gewillt, sich stören zu lassen, deutete mit einer unwirschen Handbewegung auf das Fußende des Bettes.
Feist und selbstgefällig.
Er stellte das Tablett aufs Bett, schlurfte betont langsam durch ihr Blickfeld.
Blass wirkte sie, weiß wie die Laken. Abgespannt. Konnte einem fast Leid tun. Der fleischige Hals lag bloß, Schweißperlen auf der Stirn. Rote Flecken auf den Wangen. Ihre großen, grauen Augen wirkten müde, das Haar trotz der Zöpfe strähnig und fahl.
Er lächelte.

Dann nahm er den leeren Teebecher vom Nachttisch und schenkte ihr nach. Sah auf sie herab, wartete.
»Was ist? Noch nie ne Frau im Bett gesehen?«
Sie schnaubte verächtlich.
Wenn sie nur nicht immer die Mundwinkel so zusammenkneifen würde. Mit Anstand zu altern war eine Kunst, die sie nicht beherrschte.
Sie zog das Tablett herüber, fing an, Marmelade auf dem Toast zu verschmieren. Starrte stumm auf den Bildschirm. Ein Film über Tiere in Australien. Sielmann sprach in die Kamera. Neben ihm versuchte ein Kängurujunges vergeblich, die langen Beine im Beutel der Mutter unterzubringen.
Ottmar sah aus dem Fenster.
Im Waffenladen auf der anderen Straßenseite wurden die Stahlgitter vor den Fenstern hochgedreht. In der Tür tauchte dieser Angeber auf, der Besitzer. Klein kariertes Sakko, italienische Slipper mit Troddeln. Legte die Kette zurück und sah herüber, grüßte. Der smarte Witwer.
Hubertus von Harnack, Jagdwaffen für jedermann.
Von Harnack.
Arschloch.
»Willst du da jetzt so stehen bleiben?« Sie sprach mit vollem Mund.
Es dauerte einen Moment, dann schüttelte er den Kopf. Wartete einen Augenblick. »Nein, will ich nicht.« Zog die Nase hoch. »Der alte Kröger ist gestorben. Gestern Abend.«
Sie sah zu ihm auf. »Und? Weißt du nicht mehr, was du zu tun hast? Wenn du meinst, ich helf dir, hast du dich geschnitten.«
Er lehnte sich an die Fensterbank. Vielleicht sollte er ihr einfach das Kissen aufs Gesicht drücken.
»Was ist mit deiner Brille passiert?« Als ob es sie interessierte.

»Unser Kühlschrank. Ich hab einen ziemlichen Schlag bekommen.«

»Na, du wirst es überleben.« Sie schüttelte den Kopf über seine Ungeschicklichkeit, schnaubte, glotzte blass auf die Mattscheibe.

Er nickte. »Ich habe noch meine alte.«

»Na, wunderbar. Dann siehst du ja endlich aus wie dein eigener Vater.« Biss ein großes Stück aus ihrem Toast.

Der Dackel steckte seine graue Schnauze herein und trommelte beim Wedeln hoffnungsvoll mit dem Schwanz gegen die Tür.

»Nimm bloß dieses Vieh mit runter, wenn du gehst.«

Er nickte, warf noch einen Blick auf ihren vollen Becher, dann ging er. Sie hatte es nicht anders verdient.

Trübe stieg er die knarrende Treppe hinunter.

Wie sagte sie immer, wenn jemandem etwas zustieß?

Der wird schon wissen, warum.

Die Welt war wirklich ungerecht.

Und morgen kam nun der alte Kröger unter die Erde.

Den kannte er schon ewig. Auch so ein Erbstück seiner Eltern. Aber das war doch irgendwie ein wertvoller Mensch gewesen. Der hatte was aus seinem Leben gemacht, hatte gewusst, wie man sich durchsetzt. Gut, bei den Nazis war er nicht ganz astrein gewesen. Aber sauber durchgekommen. Vierundachtzig war er geworden.

Und dann?

Im Krankenhaus infiziert, Lungenentzündung, aus.

Ein Scheißberuf war das.

Deprimierend.

Er machte sich an die Arbeit.

Abends saß er im Esszimmer am großen Eichentisch und versuchte, die Gedanken an den toten Greis loszuwerden, den er am Nachmittag im Leichenhaus zurechtgemacht hat-

te. Dauernd sah er den kalkweißen Körper vor sich, den kantigen Schädel, die gelben Zehennägel.
Aus dem Recorder erklangen Schubertlieder, ein Weihnachtsgeschenk seiner Schwester. Rudolf Schock, stille, besänftigende Musik, aber seine Hände wollten ihm nicht gehorchen, schienen eigenen Vorstellungen zu folgen, während er versuchte, die winzigen Motorteile des silbernen Rennwagens zusammenzukleben. Bernd Rosemeyers Auto-Union von 1936. Ein echter Klassiker. Der Motor hatte sechzehn Zylinder.
Scheußliche Fummelarbeit.
Von oben hörte man den Fernseher. Zwei ihrer Betschwestern waren gekommen, um sich um sie zu kümmern, hatten Kekse und Wein mitgebracht.
Aber heute wurde nicht so viel gegackert wie sonst.
Seltsam drückend war es. Die Luft stand im Raum. Sogar die Standuhr schien langsamer zu ticken.
Er sah auf.
Zehn vor neun. Im Flur klapperte irgendwas, der Dackel zwängte sich durch die Tür. Senkte den graubraunen Kopf und legte seine Stirn in Falten.
Gassi gehen.
Das heisere Kläffen klang mehr wie ein Husten. Der arme Kerl machte es auch nicht mehr lange.
Müde schraubte er den Kleber zu, legte die Plastikteile mit der Pinzette nebeneinander auf die Zeitung und betrachtete sein halb fertiges Werk.
Die rechte Freude wollte nicht aufkommen.
In der Küche schmierte er sich eine Stulle, nahm den Rest Salami aus dem abgetauten Kühlschrank und wickelte beides in Brotpapier. Falls er doch noch Appetit bekam.
Abbo wartete schon zwischen den Särgen an der Ladentür, wedelte mit dem Schwanz, wippte mit den Vorderbeinen,

als wollte er vor Freude springen. Wollte er wahrscheinlich auch.

Armes Vieh.

Draußen war es diesig, immer so, als wollte es gleich regnen. Abbo blieb gleich am ersten Fahrrad stehen und hob sein Bein, so weit es ging. Ein dünner Strahl ergoss sich über die Felge.

Zwei, drei Tage. Viel länger konnte sie es eigentlich nicht mehr machen. Allerhöchstens vier.

Er schüttelte den Kopf und wischte sich mit einer Hand über die halbe Glatze.

Es war kein gutes Omen, das neue Leben so zu beginnen. Vielleicht sollte er ihr ein letztes Mal die Scheidung anbieten. Schließlich hatte sie es sich nicht wirklich ausgesucht, mit ihm verheiratet zu sein. Anfang vierzig waren sie beide gewesen. Er war allein, sie war allein. Es hätte die perfekte Partie werden können, er mit seinem Institut, sie mit Vaters Schreinerei, aber am Ende war sie nur noch Konkursmasse gewesen, als ihr Vater Pleite ging, bevor Ottmar den Laden übernehmen konnte.

Hatte sie nicht auch nur Pech gehabt?

Er fummelte seine HBs aus dem Mantel hervor, steckte sich eine an, atmete den Rauch tief ein, tippte nervös am Filter herum, bis er es merkte.

Dann ließ er es sein.

Auf dem Rückweg blieb er vor dem Waffenladen stehen, sah sich die Auslage an. Stahl blitzte und blinkte. Dieser Harnack hatte es richtig gemacht. Arschloch oder nicht. Hatte kurz und bündig um seine Frau getrauert. Die meiste Zeit in Südafrika oder sonst wo bei den Schwarzen. Jedenfalls war er braun gebrannt zurückgekehrt.

Im vergitterten Schaufenster lagen genug Waffen, um Rhodesien für die Weißen zurückzuerobern. Pistolen, Karabiner,

ganz vorn die Messer, massenhaft, an der Wand dahinter Jagdflinten, meist doppelläufig.
Wenn er nicht genau gewusst hätte, dass Harnacks Frau vor einem Jahr bei einem stinknormalen Verkehrsunfall ums Leben gekommen war ... Aber nein, dieser Harnack war nicht der Typ, der einen Mord beging. Zu weich.
Mit seinen englischen Jacketts, den englischen Manieren, dem englischen Sportwagen ...
Abbo schnüffelte an den Speichenrädern herum, suchte sich eine passende Stelle. Der Jaguar war ein Prachtstück, weinrot mit hellem Verdeck und schwarzem Leder. Er selbst hatte so einen mal als Modell gebaut. Ein E-Type. *Schwanz auf Rädern* hatte man in den Sechzigern dazu gesagt. Drinnen war nichts zu erkennen, zu dunkel.
Abbo hob das Bein.
Dann sah er zu Herrchen auf und wedelte mit dem Schwanz, hechelte wie verrückt.
Braver Hund.
Er kraulte ihm das Ohr, griff in seine Manteltasche und zog die Salamistulle hervor. Abbo fing an zu springen, versuchte vergeblich, Männchen zu machen. Roch die Wurst, schnappte nach der Stulle, würgte alles unzerkaut hinunter.
Wedelte, wollte mehr.
»Alter Gierschlund.« Er zuckte mit den Schultern. Einen alten Dackel konnte keiner mehr ändern.
Oben in ihrem Schlafzimmer brannte noch Licht. Wahrscheinlich würde wieder bis in die Puppen der Fernseher laufen. Ein Schatten strich über die Vorhänge, langsam, breitete die Arme aus.
Eine von ihren Freundinnen. Gesa oder Irmtraud.
Hauptsache, sie holten keinen Arzt.
Langsam überquerte er die verlassene Straße, wartete auf den

Hund, der am Bordstein stand, als wäre dieser zu hoch für ihn. Schob sich zwischen den parkenden Autos durch.

»Komm!« Er klopfte aufmunternd an seinen Schenkel. »Komm, alter Mann. Komm nach Haus. Sind ja fast da.«

Vielleicht sollte er ihn besser einschläfern lassen.

Bevor er sich quälte.

Drinnen rollte sich Abbo gleich im Körbchen zusammen und legte seine Schnauze zwischen die Pfoten.

Hundemüde.

Die folgende Nacht war scheußlich.

Bis in den frühen Morgen hinein hatte sie die Glotze aufgedreht. Höllisch laut. Wahrscheinlich war sie längst eingenickt. War ihr doch egal, ob er bei dem Krach Ruhe fand oder nicht.

Plötzlich schreckte er hoch.

Wie gerädert.

Als hätte er drei Tage durchgeschlafen.

Wieso hatte der Wecker nicht geklingelt?

Um elf musste er in Husum sein. Der Pastor, die Blumen, die Sänger, alles war bestellt.

Schlaf wohl nun, Kamerad.

Krögers letzter Wunsch.

Dann sah er, wie früh es noch war. Kaum halb sechs.

Er wischte sich übers Gesicht.

An seinen Traum konnte er sich nicht erinnern, aber weiterträumen wollte er ihn auch nicht.

Er stand auf, wankte schlaftrunken durch die Wohnung, stand einen Moment im dunklen Esszimmer am Fenster, lauschte dem Ticken der Standuhr, sah durch die Vorhänge auf den Hinterhof hinaus.

Wenn er Glück hatte, war heute Abend alles vorbei.

Er seufzte.

Eher nicht.

Dann schlich er in die Küche. Abbos Körbchen in der Ecke stand leer. Er setzte Teewasser auf, nahm eine Dose Hundefutter und suchte in der Schublade nach dem Öffner. Das war normalerweise das Zeichen.
Er wartete.
Keine Reaktion.
Er sah in der Waschküche nach, im Esszimmer, dann im Bad.
Vorn im Laden fand er ihn, bei der Tür, zwischen zwei Särgen. Lag auf der Seite, mit langem Hals, die Beine von sich gestreckt, ein Ohr verdeckte das Auge.
Er strich das Ohr zurück.
Das Auge war leer, verdreht. Nur Weißes war zu sehen.
Schwer wie ein Stein sackte er auf die Knie, krallte sich in das lockige Fell, schüttelte den treuen Freund.
Das arme Vieh.
Verdammt noch mal. Als hätte er den bösen Blick. Hatte er nicht gestern erst ans Einschläfern gedacht? Dass es besser wäre? Vielleicht lag es tatsächlich an seinem Karma. Vielleicht hatte Hannelore auch noch Recht damit.
Bedrückt hob er das tote Tier vom Boden auf, kraulte die kalten Ohren, drückte es an sich. Er hätte gern geweint.
In der Küche kochte das Wasser.
Er legte den Hund in sein Körbchen, stellte den Herd ab, dann trug er den Korb im Bademantel durch die Waschküche in den Garten hinaus. Es dämmerte.
Dienstagmorgen.
In einigen Fenstern brannte Licht. Er legte das Tier ins feuchte Gras am Zaun, etwas abseits der Sandkiste der Nachbarskinder.
Dann holte er den Spaten.
Fing an zu graben.
Grimmig.

Dieser Beruf verfolgte ihn.
Die Erde war fest und hart. Er musste seine ganze Kraft aufbringen, bis das Loch gut einen Meter tief war. Dann wischte er sich die Stirn mit dem Ärmel trocken und nahm das Tier vom Boden auf, kniete vor der Grube nieder und legte den Kadaver vorsichtig hinein, vorsichtiger, als er zu Lebzeiten mit ihm umgegangen war.
Da unten lag er.
Modriger Geruch stieg auf.
Vielleicht hätte er ihn besser verbrennen sollen. War ja auch verboten, ein totes Tier einfach so zu begraben.
Einen Moment lang stand er da und sah hinunter. Schließlich nahm er den Spaten und warf Erde in die Grube. Trat sie fest. Dann schlurfte er in die Küche zurück und setzte ein zweites Mal Teewasser auf.
Ein Scheißleben war das.
Furchtbar still wurde es im Haus, stiller als sonst. Nur das morsche Parkett ächzte unter seinen Schritten, und von oben hörte man leise den Fernseher plappern. Mechanisch hängte er das Sieb in die Kanne, gab drei Löffel schwarzen Tee hinein, streute etwas von dem feinkörnigen Pulver aus einer unbeschrifteten Dose darüber und goss die Kanne randvoll mit siedendem Wasser. Eine Prise Zimt dazu, so, wie sie es am liebsten hatte.
Dauernd musste er an Abbo denken.
Die knarrende Treppe hatte ihn längst verraten, als er mit dem Fuß leise gegen ihre Tür trat, in der einen Hand Milch, Süßstoff und Becher, in der anderen die Kanne.
Sie lächelte schief, als er eintrat, erwartete ihn schon.
Im Fernseher führte jemand Yoga-Übungen vor, die sie im Sitzen nachahmte.
»Aaah, der Tee!«
Sie sah ziemlich mitgenommen aus, die schöne Hannelo-

re, dunkle Ränder unter den Augen, die Nase rot gerieben, Schweiß und Flecken auf Stirn und Wangen.
Fiebrig.
»Wie geht es dir heute Morgen?« Sie setzte sich auf, interessiert, machte ihm Platz. »Gut geschlafen?« Etwas Provozierendes lag in ihrer Stimme.
Er stellte den Becher ab, schenkte ein, Süßstoff dazu, Milch untergerührt. Roch daran.
Perfekt.
»Abbo ist heute Nacht gestorben. Ich musste ihn unten im Garten begraben. Gerade eben erst.« Er rieb die Hände an seiner Hose, als wären sie schmutzig.
Mit großen Augen glotzte sie ihn an. »Abbo?«
»Muss ganz friedlich eingeschlafen sein.«
Ihr Mund stand offen.
Sollte sie Mitleid empfinden?
Das wäre neu.
Er schob seine schwere Brille die Nase hoch, setzte sich neben sie aufs Bett, dass es schwankte.
»Hannelore.«
Er nahm ihre Hand, fordernd, drückte sie. »Ich habe in den letzten Tagen lange über uns nachgedacht.«
Sie runzelte die Stirn.
»Es hat sich viel verändert zwischen uns. Alles eigentlich.« Er zwang sich, ihr in die Augen zu sehen, hob die Schultern, stieß Luft durch die Nase. »Bitte, Hannchen, so kann es doch nicht weitergehen.«
Sie fuhr sich mit der Zunge über die Lippen, atmete tief.
»Lass uns doch in Frieden auseinander gehen. Wir verkaufen alles, zahlen die letzten Rechnungen und teilen den Rest. Dann macht jeder, was er will. Wir haben doch unser Leben noch vor uns. Wir könnten es doch noch mal versuchen, oder? Jeder für sich? Was hältst du davon?«

Sie spitzte die Lippen, sah mit roten Augen zu ihm auf. Stierte zum Fernseher, dann auf ihre Hände, zitterte, schüttelte ganz leicht den Kopf.
»Aber …«
»Du willst mich nur loswerden. Nach all der Zeit, die ich zu dir gehalten habe, verdient oder unverdient. Meine besten Jahre. Verschenkt. Und kaum geht es mir mal schlecht, kaum bin ich auf dich angewiesen …«
Seine Hände wurden feucht. Er spürte, wie ihm das Blut in die Ohren stieg. »Nein … nein, so ist das nicht …«
»Ich weiß es doch. Du bist ein Feigling, ein Jammerlappen. Ein richtiger Mann lässt seine Frau nicht so sitzen.« Sie sammelte ihre ganze Kraft zusammen. Mit roten Augen. »So leicht wirst du mich nicht los.«
Er nickte.
Und nickte.
Konnte gar nicht wieder aufhören.
Auch gut.
Einen Moment saßen sie sich noch gegenüber, unbeweglich, wie Bäume, die sich mit ihren Wurzeln erdrückten.
»Wie du willst.« Er stand auf, zog den Bademantel fester und deutete auf ihren Becher. »Trink, bevor er kalt wird.«
Sie sah ihm bis zur Tür hinterher, bleich, starr.
Allein.
Ihr Todesurteil. Sie hatte es selbst ausgesprochen. Niemand konnte sagen, er hätte nicht ehrlich versucht, es abzuwenden, für sie zu sprechen, ihr das Leben zu retten.
Aber so …
Er fühlte sich schwer, wie Blei.
Draußen schien die Sonne, aber seine Miene wollte sich nicht aufhellen. Während sein Wagen im Hof des Leichenschauhauses beladen wurde, trank er im engen Büro eine Tasse Kaffee mit dem Pathologen, der ihm glaubhaft versi-

cherte, dass der alte Kröger so sanft entschlafen war, wie man nur sanft entschlafen konnte. Der Innenraum des alten Opels war heiß wie ein Ofen im Krematorium. Ottmar kurbelte das Beifahrerfenster herunter und warf einen Blick nach hinten in den abgetrennten Laderaum. Gut, dass der Deckel auf dem Sarg war.

Bei der Hitze.

Anderthalb Stunden Fahrt.

Und zehn Minuten Pause am Straßenrand. Die brauchte er immer, um sich zu sammeln. Vorher.

Hinter Schnelsen bogen die meisten in Richtung Flensburg ab. Die neue Westküstenautobahn war kaum befahren.

Er blieb auf der rechten Spur und hielt den Opel bei hundertzwanzig. Drehte am Radio, bis er den Klassiksender gefunden hatte. Schwermütige Geigen. Sibelius. Genau das Richtige zur Einstimmung. Ein letztes Mal noch betreten daneben stehen, faltige Hände tätscheln. Hoffentlich kannte er nicht so viele unter den Trauergästen. Das machte es immer noch schwerer.

Er dachte an Hannelore in ihrem Bett, wie tot in den schneeweißen Kissen, den Becher in der Hand.

Ahnungslos.

Wieso war sie nicht auf seinen Vorschlag eingegangen? Was war los mit ihr? Gut, wäre sie zum Katholizismus übergetreten. Aber so? Was versprach sie sich davon? Irgendwas war doch passiert. Vor ein paar Monaten. Seitdem war sie endgültig unerträglich. Sie behandelte ihn wie Scheiße, aber ihm wollte nicht einfallen, was der Auslöser gewesen sein mochte.

Alles war gewesen wie immer.

Vielleicht war das der Grund.

Er dachte an Abbo.

In seiner Grube. Hoffentlich buddelten ihn die Nachbarsgö-

ren nicht wieder aus. Das hätte gerade noch gefehlt. Vierzehn Jahre war er geworden. Mal sieben. Das wären ...
Er nahm die HB von der Ablage und zündete sich eine an, atmete tief ein, blies den Rauch aus der Nase.
... achtundneunzig. Älter als Kröger.
Er setzte den Blinker, um einen Laster zu überholen, hielt stur seine hundertzwanzig. Im Rückspiegel blitzten Scheinwerfer auf. Jemand schoss von hinten heran, wollte ihm mit der Lichthupe zur Seite drängen.
Ottmar sog an seiner Zigarette, ließ sich nicht beirren. Der dicke BMW im Spiegel ging auf Abstand. So ein Leichenwagen hatte auch Vorteile. Hinter dem Laster scherte er wieder ein, ließ den Drängler vorbei.
Drückte die Kippe aus.
Wieso war sie bloß so stur?
Wieso musste er sie umbringen, um sie loszuwerden?
Wie war er in diese Situation geraten?
Ausgerechnet er?
Scheiße.
Ein blaues Schild kündigte ein Rasthaus an. Tausend Meter.
Er sah auf die Tankanzeige, dann auf die Uhr. Kurz vor zehn.
Zeit für seine Pause.
Der Tankwart trug eine rote Baseballmütze und schlich etwas betreten um den Wagen herum, warf einen verschämten Blick in den Laderaum, als er den Tankdeckel aufklappte.
»Super, verbleit, ja?« Leicht unterwürfig.
Ottmar nickte, vertrat sich etwas die Beine.
Hinter den Klohäuschen, fast zwischen den Bäumen verborgen, ragte eine kleine Kapelle auf, ein Kreuz auf dem Dach.
Ein Klumpen sank ihm in die Magengrube.
Feucht und schwer.
Du sollst nicht töten.
Er gab dem Tankwart einen Fünfzigmarkschein, wich des-

sen Blick aus und stieg ein, ohne auf das Wechselgeld zu warten.
Drüben an der Kapelle hielt er an, ließ die Tür des Opel offen, nahm sein schwarzes Jackett vom Beifahrersitz, strich die Schuppen vom Rücken, zog es über.
Zögernd stieg er die Stufen hinauf. Er öffnete die große Glastür, trat ein, ließ sie hinter sich zufallen, schloss den Lärm der Straße aus.
Stand in der kühlen Stille vor dem Altar.
Rötliches Licht fiel durch die Fenster auf das Kreuz. Ein geschnitzter Jesus hing daran, modern, geschunden, angenagelt, der Kopf seitlich herabgesunken, eine blutende Wunde in der Brust.
Ottmar sah zu Boden.
Auf seine Schuhspitzen.
Ich bin kein schlechter Mensch.
Seine Augen wurden feucht. Er schämte sich, dass er mehr Mitleid mit sich als mit allen anderen hatte, schluchzte zwei-, dreimal, sah sich um, ob jemand ihn beobachtete.
Dann steckte er eine Kerze an.
Hockte am Boden, wischte sich die Tränen aus dem Gesicht, schnäuzte in sein Taschentuch.
Er starrte in die Flamme.
Irgendwann fiel ihm der alte Kröger ein, draußen im Wagen, und er sah auf seine Uhr.
Es wurde Zeit.
Seine Schritte knirschten auf dem steinigen Boden. Er konnte sich nicht trennen, sah noch einmal in die Runde.
Vorn an der Tür stand ein Pult, darauf ein offenes Buch. Man konnte seine Wünsche eintragen. Man konnte Gott um Vergebung bitten, ihm für seine Gnade danken. Sofern sie einem erwiesen wurde.
Er stand davor.

Erstaunlich viele trugen sich ein. Baten um Gesundheit, Frieden und darum, unversehrt nach Haus zu kommen. Heute allein schon fünf. Er fing an zu blättern.
Weiter vorn bat jemand darum, dass der schreckliche Bürgerkrieg auf dem Balkan endlich zu Ende gehen möge. Er atmete tief. Ein anderer suchte Arbeit, damit er seine Kinder durchbringen konnte. Die Frau war ihm weggelaufen. Eine rundliche Schrift breitete sich auf einer Seite aus, beanspruchte ein ganzes Blatt für sich.
Bitte, Herr, Vater aller Menschen, Geist der uns durchdringt …
Die Schrift kam ihm irgendwie bekannt vor.
… sei gnädig und schenke uns das neue Leben, von dem wir schon so lange träumen …
Er wischte sich die Tränen aus den Augen. Diese geschwungenen Buchstaben, etwas kindlich, krakelig, aber entschlossen …
… Befreie einen verirrten Geist aus dem Kreislauf der Karmen, den er ohnehin nicht begreift. Nimm ihm die Last der Wiedergeburt. Er hat genug gelitten.
Aber …
Sei ein guter Gott. Belohne uns mit der Zukunft!
Hannelore und Hubertus.
Er schüttelte den Kopf.
Hannelore und Hubertus.
Ein schlechter Scherz. Ein ganz schlechter.
Aber die Namen stimmten.
Er las alles noch mal.
Es war ihre Schrift.
Er hat genug gelitten.
Das Datum darunter war zwei Wochen alt.
Und plötzlich war ihm alles klar.
Der Dackel. Der Kühlschrank.
Was noch?

Sie wusste Bescheid. Das Gift. Sie hatte es gemerkt.
Sie spielte die Krankheit nur.
Die falsche Schlange.
Und jetzt?
Er riss an seinem Kragen, zerrte die Krawatte auf, wütend, panisch, als wäre sie ein Strick. In großen, roten Kreisen schien sich die Kapelle um ihn herum zu drehen, als er die Glastür nach innen zog und hinaus ins grelle Sonnenlicht trat.
Die Heckklappe des Leichenwagens stand offen. Der Sargdeckel war hochgeklappt, weiße Laken hingen heraus, als erwarteten sie einen Gast.
Wo war der alte Kröger?
Im Augenwinkel, den Türgriff in der Hand, sah er noch, wie hinter ihm ein Schatten auftauchte, wollte sich umdrehen. Der Knüppel traf ihn hart am Hinterkopf. Er bebte wie ein Gong. Taumelte gegen die Heckklappe, hielt sich den Kopf, dann traf ihn das Holz an der Schläfe, dann im Kreuz, dann die Stirn. Wehrlos, hilflos, er steckte ein, als hätte er es verdient, wunderte sich nicht, hielt stöhnend seinen Kopf und glaubte, gerade eben noch etwas erkennen zu können, ganz nah, wie greifbar, als er seine Wange am rauen Asphalt blutig riss und kräftige Hände versuchen, ihn hinten in den Wagen zu zerren.
Karos, kleine Karos sah er.
Aber sicher war er nicht.

Helga Anderle

Horch mal, wer da stöhnt

Du bist mir einer, so was von hartnäckig ...«

»Ach, komm schon, sag endlich ja, ich muss dich sehen, sonst dreh ich noch durch ...«

»Na schön, dann werd ich wohl eine Ausnahme machen müssen ...«

»Juhu!!! Was wirst du anhaben? Leder? Spitze? Strapse?«

»Lass dich überraschen ...«

»Also gut, gib mir zwanzig Minuten oder besser dreißig, falls es sich auf der Tangente staut ... Oh, du rothaarige Hexe du, mach dich auf was gefasst ... das wird ein Vulkanausbruch, ein Super-Gau, so wie du mir eingeheizt hast!«, sagte der Mann am Telefon.

Er hatte sich auf ihre Annonce gemeldet, und in den darauf folgenden Tagen hatte es bereits eine Reihe ziemlich aufwühlender Telefonate zwischen ihm und der Dame Melissa gegeben, die – so viel sei an dieser Stelle verraten – natürlich nicht Melissa hieß. Das Pseudonym hatte sie sich aus Imagegründen zugelegt.

Er nannte sich Leo. »Wie der Papst, aber keine Angst, ich bin alles andere als ein durchgeistigter Mystiker, vielmehr ein wilder Löwe, der dir das schwarze Spitzenhöschen mit den Zähnen vom Leib reißen wird.« Als kleine Kostprobe seiner leidenschaftlichen Veranlagung brüllte er ihr noch einige aus vielen tiefen, grollenden Rs bestehende Laute ins Ohr, die vermutlich den Paarungsschrei des Königs der Wildnis imitieren sollten. Dann legte er auf.

Melissa – lassen Sie uns vorläufig dabei bleiben – war von

dem animalischen Gebrüll nicht sonderlich beeindruckt; viele Anrufer, die sich so gebärdeten, entpuppten sich später meist als wahre Lämmer.

Eine halbe Stunde war mehr als genug, damit sie sich auf den Besuch vorbereiten konnte. Von Natur aus ein methodischer Mensch, betrieb Melissa auch ihr neues Hobby mit entsprechender Akribie. In ein eigens gekauftes Büchlein mit rotem Einband und linierten Seiten trug sie gewissenhaft Datum, Uhrzeit und Namen der Anrufer ein und zeichnete die Gesprächsprotokolle sowie die speziellen Wünsche und Eigenheiten jedes Einzelnen penibel genau auf. Nicht nur in ihrem eigenen Interesse, damit sie die Leos, Freds und Udos, oder wie immer sie hießen, nicht durcheinander brachte und verwechselte, nein, im Hinterkopf spukte ihr der Gedanke herum, ihre Notizen könnten sich eines Tages als Ausgangsmaterial für eine bahnbrechende sexualpsychologische Studie eignen.

Sie räumte ihr Manikürzeug weg – manchmal bügelte sie sogar, während sie telefonierte –, um auf dem Tisch vor dem Fenster für das rote Büchlein, Kugelschreiber, Stoppuhr und das Präzisionsfernrohr, ein Zeiss-Gerät, das sie spottbillig auf dem Flohmarkt erstanden hatte, Platz zu machen. Das war's, es war alles bereit. Sie musste nur noch Greta anrufen, bevor Leo eintrudelte.

Das Gespräch war rasch erledigt, nun kam das lästige Warten. Je weiter der Zeiger der Standuhr vorrückte, desto flattriger wurde sie. Wie unangenehm, dass sie trotz aller Routine immer noch mit Symptomen von heftigem Lampenfieber zu kämpfen hatte. Ihr Mund war so trocken wie der Aralsee, ihr Herz hüpfte in einem beängstigenden Galopp, und ihr Magen fühlte sich an, als ob sich ein Chirurgenteam gerade anschickte, ihr einen Teil davon herauszuoperieren.

Kein Wunder, schließlich war das, was sie vorhatte, etwas

anderes als das anonyme Schweinigeln am Telefon. Ruhig Blut, das klappt schon, sagte sie sich und zwang sich, vor dem offenen Fenster einen tiefen, befreienden Atemzug zu machen.

Die Nachmittagsluft aus dem Garten war warm, die Rosen verströmten ihren betörenden Duft, die Bienchen waren fleißig bei der Arbeit und summten fröhlich vor sich hin. Nach der Atemübung fühlte sich Melissa gleich wieder besser; dennoch zitterten ihre Beine, als sie zur Kommode ging, um die Polaroidkamera aus der Schublade zu nehmen und zu den bereits vorhandenen Requisiten auf den Tisch zu legen.

Des Öfteren hatte sie schon überlegt, sich eine Videokamera anzuschaffen. Leider waren die Dinger ziemlich kostspielig und kompliziert zu bedienen. Mit den beigelegten Anleitungen kannte sich kein Schwein wirklich aus, und sie erst recht nicht; in technischen Dingen war sie eine absolute Null.

Freilich hätte sie auch Gernot, ihren Neffen, bitten können, ihr die notwendigsten Handgriffe zu zeigen. Allerdings hätte Gernot bestimmt wissen wollen, was zum Kuckuck sie mit einer Videokamera vorhatte. Melissa hielt es für unangebracht, es ihm zu erklären. In gewisser Weise war es ihr manchmal selbst nicht ganz klar, wie jemand, der so durch und durch anständig, normal und korrekt war wie sie, überhaupt auf die abstruse Idee kommen konnte, schlüpfrige Kontaktanzeigen aufzugeben und sich mit wildfremden Männern auf diese obszönen Seufz- und Stöhnorgien einzulassen.

Nun, in erster Linie war es für sie wohl eine Art Beschäftigungstherapie: Irgendetwas hatte sie ja tun müssen, um die Minuten, Stunden, Tage und Wochen ihres freizeitüberschüssigen Pensionistinnendaseins auszufüllen.

Darüber hinaus erfüllte ihr neues Hobby aber noch eine ganze Reihe anderer therapeutischer Zwecke. Dazu muss man wissen, dass Melissa zeitlebens ein Mauerblümchen gewesen war. Kaum jemals hatte ein männliches Wesen einen zweiten Blick auf sie verschwendet, nie hatte sich einer ihretwegen die Pulsadern aufgeschnitten oder war, weil sie ihn nicht erhörte, nach Timbuktu ausgewandert. Auch nicht in ihren kühnsten Träumen hatte sie sich je vorstellen können, einmal – so wie jetzt – von Männern auf das Leidenschaftlichste begehrt zu werden und in ihrem fortgeschrittenen Alter plötzlich ein Sexsymbol zu sein. Was für eine Ironie des Schicksals!

Dabei war das Ganze überhaupt kein Kunststück. Alles, was man dazu brauchte, war eine angenehm modulierte Stimme, ein bisschen Fantasie und die Fähigkeit, zuhören zu können. Zu Melissas großer Verblüffung ging es den Anrufern oft gar nicht um Sex, jeder zweite wollte einfach nur reden. Übers Auto, die Verkehrspolitik, den Euro, die Angst um den Arbeitsplatz oder den Streit mit der Frau Gemahlin.

Wenn wir gerade dabei sind, Motivforschung zu betreiben, darf eines – tief unten im Labyrinth von Melissas Unterbewusstsein verborgen, aber recht bedeutsam – natürlich nicht unerwähnt bleiben: Es gab da ganz allgemein noch eine alte Rechnung mit dem anderen Geschlecht zu begleichen.

Melissa war bis zu ihrer Pensionierung Buchhalterin bei der Firma Melchior & Co. gewesen, eine tüchtige und unverzichtbare Stütze des Unternehmens, wie ihr der Seniorchef immer versichert hatte. Als der alte Herr, ganz plötzlich und unerwartet, einem Herzschlag erlag und sein Sohn, das nichtsnutzige Bürschlein, die Firma übernahm, war neben der Umstellung auf EDV auch sonst alles anders geworden. Unter dem fadenscheinigen Vorwand, den Teamgeist verbessern zu wollen, hatte er die Trennwände zwischen den

einzelnen Räumen niederreißen und stattdessen ein Großraumbüro einrichten lassen.
Melissa hatte in Verteidigung ihrer Privatsphäre heftig – aber vergeblich – dagegen protestiert. Das Personal war radikal verjüngt worden, und sie, das einzige Relikt aus früheren Zeiten, war unter dem Junggemüse ein Fremdkörper, mit dem sich niemand solidarisierte. Im Gegenteil. Mit schweigender Duldung des Juniorchefs wurde Melissa zunehmend zum verlachten und verhöhnten Opfer sadistischer Spielchen.
Mal pinkelten sie ihr in die Blumentöpfe, sodass ihre geliebten Grünpflanzen eingingen; als Nächstes versteckten sie Stinkkäse unter ihrem Schreibtisch, nur um sich anschließend über ihren Gestank zu beschweren. Ein andermal sägten sie ihren Stuhl an und lachten schadenfroh, als sie sich fast den Hals brach. Man glaubt es kaum, aber es sollte noch schlimmer kommen.
An einem jener entsetzlichen Tage – Melissa war fix und fertig von der Arbeit nach Hause gekommen, hatte geduscht, gegessen und sich mit hoch gelagerten Beinen und einem Glas Barolo vor dem Fernseher niedergelassen – zerriss plötzlich das Schrillen des Telefons die heimelige Stille.
»Bist du die rothaarige Karin, das scharfe Weibsstück, das es gern griechisch hat?«, fragte eine ihr unbekannte Männerstimme. Dabei keuchte der Mann so, als habe er gerade nach einem Marathon das Ziel durchlaufen.
Melissa war damals noch sehr naiv, aber doch nicht so unbedarft, dass sie nicht wusste, mit was für einer Art von Anruf sie es zu tun hatte. Trotzdem war sie in keiner Weise darauf vorbereitet. Er erwischte sie wie ein kalter Guss aus heiterem Himmel, und sie war, wie Sie sich bestimmt gut vorstellen können, ziemlich konsterniert.
Alles, was sie nach der ersten Schrecksekunde stammeln

konnte, war: »Hier gibt es keine Karin, die Griechisch spricht!«

»Wieso?«, fragte der Mann wieder, der nun seinerseits verblüfft schien. »Ist das nicht der Anschluss 7 13 33 03?«

»Ja«, antwortete sie, »das ist meine Nummer, aber wie ich schon sagte, hier gibt es keine Karin.«

»Du willst mich wohl auf den Arm nehmen? Ich hab die Zeitung vor mir, da steht's schwarz auf weiß: Karin, scharfes Strapsmäuschen, naturrothaarig, Griechisch-Fan, erwartet Ihren Anruf unter der Nummer 7 13 33 03.«

»Hier muss ein Irrtum vorliegen«, stotterte sie, »oder es hat sich jemand einen schlechten Scherz erlaubt.«

Dies war ihr erster obszöner Anruf, und ihre innere Stimme mahnte sie, das Gespräch raschest zu beenden, bevor dieser Schmutz an ihr kleben blieb.

Aber der Mann war etwas schwer von Begriff, sie musste noch drei-, viermal wiederholen, dass zwar die Nummer übereinstimmte, es unter diesem Anschluss aber kein Strapsmäuschen – das Wort zu wiederholen, trieb ihr die Schamesröte ins Gesicht – gab. Außerdem sei sie, die wirkliche Anschlussbesitzerin, keineswegs rothaarig und wisse außer Kalimera kein Wort auf Griechisch zu sagen.

Als sie den Anrufer endlich los war, holte sie sich sofort die Zeitung und fand tatsächlich unter der Spalte Kontakte die Anzeige mit ihrer Telefonnummer. So wie der Mann behauptet hatte.

Melissa war platt. So als wäre eine riesige Dampfwalze brutal über ihr sensibles Wesen gerollt, bis sie als trauriges Abziehbild ihrer selbst auf dem Boden zurückblieb. Nicht zu fassen, ungeheuerlich, wozu diese barbarischen Monster fähig waren! Melissa zweifelte keinen Augenblick daran, dass dieser schändliche Vorfall auf das Scherzkonto des Jungherrenkomitees ging. Nicht genug, dass sie sie während der Arbeitszeit ärgerten und schikanierten. Sie war nicht einmal am Feierabend in ihren geheiligten vier Wänden vor ihnen sicher.

Melissa, die – so wie die meisten von uns – unbeirrbar an das Gute im Menschen glaubte, verfügte über keine Strategien, um sich gegen die bodenlose Gemeinheit ihrer Kollegen zu wehren. Mit keinerlei Widerstand konfrontiert, würden es die Scherzbolde immer bunter treiben. Melissa befürchtete, dass die Geschichte mit der Anzeige noch lange nicht der Gipfel ihrer Bosheiten war und ihr langfristig wohl nichts anderes übrig blieb, als zu kündigen. Der Chef schien nur darauf gewartet zu haben.

Der Schritt vom Berufsleben ins Pensionistendasein fällt – wie allgemein bekannt – den meisten Menschen nicht leicht, besonders jenen nicht, für die Arbeit und Leben immer eins waren. Genauso erging es unserer armen Melissa. Sie fiel zunächst in ein schwarzes Loch, das viel finsterer und tiefer war, als sie es sich je vorgestellt hatte.

In den wenigen helleren Momenten fragte sie sich, was wohl andere Leute in ihrer Situation mit sich anstellten. Es schien, als sollte sie die Antwort darauf in den Zeitschriften finden, die sie nun in regelmäßigen Abständen von den Pensionistenverbänden aller politischen Couleurs zugeschickt bekam. Sie waren voll mit Ausflugstipps, Strick- und Turnanleitungen und geradezu schwärmerischen Artikeln über Mallorca. Melissa hoffte, dass ihr die Insel auch gefallen würde, aber es war eine einzige Enttäuschung. Zu heiß und zu voll von Pensionisten, die so verzweifelt auf glücklichen Lebensabend machten, dass es nicht zum Aushalten war. Von früh bis spät nichts als hektische Aktivität. Das gemeinsame Gehopse ungelenkiger, schwabbeliger Körper beim Morgenturnen, das leutselige Geschunkle abends in den Tavernen, die öden Tanzkränzchen am Nachmittag, bei denen sich ganze Horden dauergewellter Melanomanwärterinnen auf die wenigen verfügbaren Männer stürzten, als ob es Tombola-Preise wären …

Melissa ergriff die Flucht.

Nach der Rückkehr diagnostizierte der Arzt bei ihr eine depressive Verstimmung und schickte sie in einen Yogakurs. Als Kind hatte sie nicht einmal ein Rad schlagen können, nun lernte sie viel halsbrecherischere Übungen, ja sogar den Kopfstand.

So viel man weiß, führt das regelmäßige Ausüben des Kopfstands zu einer verbesserten Durchblutung des Gehirns, was wiederum in der Folge die Denkfähigkeit anregt. Wie viele Schaltverbindungen, Synapsenübertragungen und -entladungen sich zwischen Melissas Gehirnzellen abspielten, lässt sich nur ahnen. Tatsache ist, dass ihr eines schönen Tages die Idee mit der Sex-Hotline als kreativ-anregende Beschäftigung in den Sinn kam.

Nun ist es ja bekanntlich von der Idee zur Tat ein weiter Weg, und so war es auch bei Melissa. Hätte sie sich zum Beispiel das Töpfern oder das Aquarellieren als Hobby erkoren, so wäre das problemlos zu bewerkstelligen gewesen; an jeder Volkshochschule gibt es dafür Kurse. Aber mit so einem ausgefallenen Steckenpferd wie einer Sex-Hotline war das – wie Sie sich denken können – natürlich nicht so einfach. Zumal Melissa, wie wir ja wissen, auf diesem speziellen Gebiet ein unbeschriebenes Blatt war. Eine Anfängerin, die sich das entsprechende Know-how erst mühsam aneignen musste.

Natürlich wäre es ihr peinlich gewesen – was hätten das Verkaufspersonal und die anderen Kunden von ihr gedacht? –, einfach einen Sexshop zu betreten. Wie sie jedoch vom gelegentlichen Durchblättern illustrierter Zeitschriften wusste, gab es für derlei Dinge Versandhäuser, die Bestellungen im Interesse ihrer Kunden äußerst diskret abwickelten. Es funktionierte reibungslos. Als ihr der Postbote die Pakete aushändigte und das Nachsendeporto kassierte, ahnte er nichts von ihrem brisanten Inhalt, und Melissa blieb es erspart, vor ihm in Verlegenheit zu geraten.

Das Dumme war nur, dass die Zeitschriften und Bücher weit weniger informativ waren, als sie gehofft hatte. Der Durchbruch gelang ihr erst, als sie ihre Scheu überwand und die Damen des Telefonsexgewerbes, die – man hält es nicht für möglich – ihre Dienste auch im Annoncenteil christlich orientierter Zeitungen anbieten, abzuhören begann. Melissa entpuppte sich zu ihrer eigenen Verwunderung als ein echtes Naturtalent. Mittlerweile kann sie es spielend mit der Konkurrenz aufnehmen. Unter uns gesagt, übertrumpft Melissa die meisten bei weitem.

Was die Rahmenbedingungen angeht, so waren sie in ihrem Fall geradezu optimal. Was für andere ein Job war, war für Melissa ein Hobby. Sie konnte sich die Zeit nach Belieben einteilen und brauchte ihr gemütliches Häuschen am Stadtrand, das sie von Tante Henriette geerbt hatte, nicht zu verlassen.

Das Telefon beanspruchte sie zwar die meiste Zeit, doch Melissa kapselte sich keineswegs ab, sondern empfing ab und zu – aus psychohygienischen Gründen – auch »normale« Besucher. Alte Bekannte, aber auch Freunde ihres Neffen, die gutwillig ihre kostbare Zeit opferten, um eine vermeintlich einsame alte Dame zu amüsieren, abzulenken und ein wenig Farbe in ihren grauen Pensionistinnenalltag zu bringen.

Gelegentlich, bei besonders langweiligen Besuchern, überkam sie das Bedürfnis, ihnen offen und rückhaltlos von ihrem neuen Hobby zu erzählen. Aber das hätte deren Weltbild zerstört und das rasche Ende ihres Wohlwollens bedeutet, und so ließ Melissa es sein.

Es reichte völlig, dass Greta, ihre ältere Schwester, Bescheid

wusste. Greta hatte sich nicht erklären können, weshalb Melissas Telefon ständig besetzt war. Schlimmes befürchtend, hatte sie sich ein Taxi genommen und war hingefahren. Hatte den Schlüssel aus dem Versteck unter dem Blumentopf genommen, sich Einlass verschafft und Melissa quasi in flagranti erwischt.
Greta, die ehemalige Klosterschülerin, war fast in Ohnmacht gefallen. »Das nennst du Hobby ... du bist degoutant!«
Melissa konnte sich nicht erklären, warum sich Greta so echauffierte. Immerhin war ihre Schwester zweimal verheiratet gewesen und hatte einen Sohn aufgezogen. Männliche Wesen samt ihren Abgründen und Eigenheiten sollten ihr also nicht gänzlich fremd sein.
Zum Glück hatte sich Greta bald von ihrem Schockerlebnis erholt und nahm bald regen Anteil an Melissas Hobby. Auch wenn die Klosterschülerin in ihr immer noch missbilligend den Kopf schüttelte, es war nicht zu übersehen, wie ihr Busen sich hob und senkte, ihre Backen sich röteten und sie sich Luft zufächelte, während sie Melissas Schilderungen aufmerksam lauschte. Die Zeichen standen gut, dass Greta, mit ein bisschen Nachhilfe, vielleicht doch noch aufwachen und sich vom Korsett ihrer lustfeindlichen Erziehung befreien würde.
Wir wollen dies jetzt nicht weiter erörtern, sondern uns lieber wieder Leo zuwenden, der nach genau fünfunddreißig Minuten – wie vorhergesehen – mit dem Wagen in die Gartenstraße einbog und sich suchend umschaute.
Drinnen im Haus nahm Melissa, verborgen hinter den weißen Spitzengardinen, den Feldstecher zur Hand; auch sie hatte den Wagen gehört.
Der Mann, den sie durchs Fernrohr beobachtete, war Mitte vierzig und gab, das muss hier objektiv festgestellt werden, optisch nicht viel her. Korrekter brauner Anzug, schmächti-

ger Körperbau, schütteres Haar, Brille mit Goldrand. Typischer Bürohengst. Das einzig Verwegene an ihm war ein Oberlippenbart, der jedoch so kümmerlich ausfiel, dass er den spießigen Gesamteindruck nicht wettzumachen vermochte. Leo, der Löwe, sah genau genommen eher wie ein Erdhörnchen aus. Melissa fand den Vergleich recht passend, zeigte Leo doch das gleiche nervöse Verhalten wie die putzigen Tierchen, wenn sie sich auf unbekanntem Terrain tummelten. Er stand auf Zehenspitzen, die Hände wie Pfoten vor den Körper gepresst, schraubte den Kopf aus dem Kragen, drehte ihn hastig in alle Richtungen und prüfte, indem er die Nase schnuppernd hob, ob die Luft rein war. In der Gewissheit, dass ihm weder aus der Luft noch von ringsum Gefahr drohte, steuerte er auf die schlichte, weiß gestrichene Gartentür zu, hinter der ihn all die paradiesischen Freuden erwarteten, die er sich während der Fahrt ausgemalt hatte.

Melissa nahm das Handy auf und wartete, bis er seinerseits das Gleiche tat, um sich – gemäß ihren Instruktionen – zu melden.

»Bravo, du bist ja pünktlich, auf die Minute«, begrüßte sie ihn mit ihrer einstudierten, ein wenig schwül klingenden Schlafzimmerstimme.

In Leo löste sie ein Prickeln aus, das seine Wirbelsäule hinauf- und hinunterschoss, bis es sich in der Lendengegend festsetzte.

»Ja, zum Glück war kein Stau, es ging zügig vorwärts. Hmm, kann ich jetzt reinkommen?«, fragte er mit gespielter Gelassenheit. Man konnte ihm deutlich ansehen, dass ihm die Situation peinlich war.

»Nicht so hastig, mein Lieber … ich lauf dir schon nicht weg! Siehst du rechts von dir die Tanne? Dann stell dich bitte davor. Gesicht zum Haus gewandt. Ja, so ist's recht!«

Der Mann gehorchte irritiert. So viel war klar, das Weib hatte einen Knall. Sie hatte ihm schon am Telefon gesagt, dass sie ihn vorher begutachten wollte, um keine Enttäuschung zu erleben. Er hatte nicht geglaubt, dass sie Ernst machen würde. So etwas gab's doch gar nicht.

»He, mir gefällt das nicht, ich komm mir richtig bescheuert dabei vor! Lass mich rein ... keine Sorge, an mir ist alles dran ... und so wie du mich heiß gemacht hast, einsatzbereit!«

»Keine Widerrede! Entweder du gehorchst deiner Dompteuse, oder du bekommst die Peitsche zu spüren!«

»Was soll das? Ich bitte dich, warum tust du mir das an? Es lief doch so gut zwischen uns, ich möchte dich endlich zwischen die Finger kriegen!«

Leo hob bittend die Hände und zappelte ungeduldig vor der Tanne herum. Melissa sah mit wachsendem Missfallen, wie er mit seinen Schuhen das zarte Gras unter dem Baum zertrampelte.

»Du ungezogener Löwe, pass auf, wo du hintrittst. Na warte, dafür verdienst du jetzt eine ordentliche Tracht Prügel!«

»Das kann nicht dein Ernst sein!«, jammerte er.

»Doch! Runter mit den Hosen, und dann streckst du mir dein nacktes Hinterteil entgegen. Und vergiss nicht, mein Freund, ich will es ordentlich klatschen hören, sonst muss ich selbst mit der Peitsche ...«

Erfreut registrierte Melissa, dass Leo tatsächlich gehorchte und an seiner Gürtelschnalle zu hantieren begann. Die Hosen rutschten sofort bis zu den Knien, die er, um den weiteren Fall zu stoppen, krampfhaft zusammenpresste. Auf X-Beinen drehte er sich um, bückte sich und reckte sein blasses, vom vielen Sitzen abgeflachtes Hinterteil in die Luft.

Obwohl dies nicht der Moment für künstlerische Erwägungen war, konnte Melissa nicht umhin festzustellen, dass das blasse Oval vor dem dunklen Grün der Tannenzweige einen bemerkenswerten Farbkontrast abgab.

»Schlag zu, ordentlich, so wie dich dein liebes Muttchen versohlt hat, wenn du was ausgefressen hast. Klatsch, klatsch, fester, mit mehr Enthusiasmus, wenn ich bitten darf!«, feuerte sie ihn an.

Das gehorsame Opfer tat wie ihn geheißen, bis ihm die Dompteuse Einhalt gebot.

»So, und jetzt dreh dich wieder um, damit ich die Hauptsache, die Vorderansicht, begutachten kann. Los, zeig es mir, dein Prachtstück!«

Leo wollte die Sache endlich hinter sich bringen, deshalb ließ er sich nicht weiter bitten, sondern hielt sein bestes Stück mit spitzen Fingern hoch. »Darf ich vorstellen, Leo der Zweite!«

Das war der Augenblick, auf den unsere Heldin gewartet hatte. Sie legte das Handy weg, schnappte sich die Polaroid und lief damit vor die Tür.

»Unerhört!«, schrie sie voll glaubwürdiger Entrüstung, ohne dass sie dabei das Knipsen vergaß. »Jetzt hab ich Sie, Sie perverses, schmutziges Tier! Sie sollten sich was schämen! In meinen Garten einzudringen, um sich auf diese obszöne Art und Weise vor einer anständigen, wehrlosen alten Dame zu entblößen!«

Leo war, wer könnte es ihm verdenken, so verdattert, als wäre er in dieser friedlichen Vorstadtidylle von einem wild gewordenen Bären angefallen worden. Sein bestes Stück schrumpfte augenblicklich zu einem läppischen Stückchen welker Haut zusammen, über das er schützend die Hände hielt, während seine knorpeligen weißen Knie wie bei einer Schüttelfrostattacke zitterten. Obwohl ihm der Mund offen stand, als habe er die Maulsperre, brachte er keinen Ton hervor. Es war offensichtlich, dass das Schreckensbild dieser keifenden Megäre so niederschmetternd auf ihn wirkte, dass es biltzartig all seine vom Groß- und Kleinhirn gesteuerten Reflexe lahm legte.

»Ich rufe jetzt die Polizei und sorge dafür, dass Sie hinter Gitter kommen, bevor Sie noch mehr Unheil anrichten, Sie Wüstling!«

Der Ruf nach den Ordnungshütern verfehlte seine Wirkung auf Leo nicht. Er, der sich eben noch im Kopf mit einer rothaarigen, vollbusigen Strapslady auf einem Teppich gewälzt hatte, ging, immer noch mit heruntergelassenen Hosen, vor der ernüchternden Realität in Gestalt dieser keifenden Alten in die Knie.

»Das Ganze muss ein Irrtum sein, ich wollte Sie nicht ... um Gottes willen, ich bin doch kein ... Ich bitte Sie, keine Polizei! Lässt sich das nicht? ... Ich meine, kann ich Sie für die erlittene Unbill irgendwie entschädigen?«, winselte er mit einer dünnen, hohen Kastratenstimme.

»Na gut, dann will ich ein Auge zudrücken, aber sehen Sie zu, dass Sie sich in Behandlung begeben, Sie sind gestört und brauchen dringend professionellen Beistand!«

Leo richtete sich auf, raffte die Hose hoch, stopfte hastig das Hemd hinein und fischte die Brieftasche aus seinem Jackett.

»Fünfhundert?«, fragte er mit gesenktem Blick.

»Tausend! Oder wollen Sie, dass ich der Polizei das Polaroidfoto als Corpus Delicti präsentiere?«

Das Schweigegeld, um diesen unerhörten Vorfall aus der Welt zu schaffen, wurde huldvoll eingesteckt, Leo, der wie ein geprügelter Hund davonschlich, keines weiteren Blickes mehr gewürdigt.

Ungeduldig trommelten ihre Finger auf der Tischplatte, bis Greta endlich abhob.

»Hallo, hier spricht Ottilie ... Spar dir deine Moralpredigt und freu dich lieber ... nein, nein, es lief wie immer ... der

Kerl hat anstandslos bezahlt … Wenn meine Rechnung stimmt, müsste es jetzt für uns beide reichen. Du kannst die Karibikkreuzfahrt gleich morgen buchen!«

Massimo Marcotullio

Mein zuckersüßes Frauchen

Ich wurde Magda auf einer Geburtstagsparty von gemeinsamen Freunden vorgestellt. Kaum waren unsere Blicke sich begegnet, da verschmolzen unsere Seelen auch schon elektrisiert in einem Funken sprühenden Lichtbogen. Binnen weniger Sekunden wusste ich, dass sie die Frau war, auf die ich das ganze Leben lang gewartet hatte.

Ihr mit Sommersprossen übersäter, zarter Teint, die sanft nachdenklichen, unergründlichen blauen Augen, die weich geschwungenen Wangen, das schüchtern süße Lächeln: Eine barmherzige Gottheit schien sie allein für mich erschaffen zu haben.

Nachdem wir einige Monate beharrlich miteinander verkehrt hatten, stellten wir fest, dass sich unsere Verbindung nicht nur auf körperliche Anziehung gründete, sondern auch die verborgensten Tiefen unseres Wesens mit einbezog. Ohne sich kalt oder distanziert zu geben, achtete Magda während unseres kurzen Verlöbnisses sehr darauf, dass der Austausch von Zärtlichkeiten nicht über ein gewisses Maß hinausging. Einerseits hatte das für mich etwas Verlockendes (längst hingen mir diese nur der Triebbefriedigung dienenden Gelegenheitsbekanntschaften zum Halse heraus), andererseits konnte ich in einem entlegenen Winkel meines Gehirns nicht umhin zu befürchten, dass ihr überaus sittsames Verhalten womöglich ein heikles psychologisches Trauma verbarg, das unsere Beziehung schon bald vergiften würde. In Zeiten sexueller Zügellosigkeit ist Tugend schließlich nur noch verdächtig.

Die beiden in der verführerischen Einsamkeit eines Tropenparadieses verbrachten Flitterwochen waren allerdings mehr als ausreichend, um alle meine Bedenken zu zerstreuen. Als wir nämlich Mann und Frau geworden waren, schenkte sich Magda mir mit vollkommener und rückhaltloser Hingabe. Mir tat vor lauter Glück das Herz weh.

Die Schwierigkeiten fingen an, als wir in das Haus einzogen, das unser Liebesnest werden sollte.

Doch eins nach dem anderen.

Eine der tragenden Säulen meiner Weltsicht ist es, dass der Schlaf für einen Mann eine der Grundvoraussetzungen für sein psychisch-physisches Gleichgewicht ist. Nur ausreichender Schlaf versetzt ihn in die Gemütsruhe, die er braucht, um den zahlreichen Widrigkeiten des Alltags mit klarem Verstand zu begegnen.

Dank einer göttlichen Fügung sowie der weitsichtigen Sparsamkeit meiner Eltern bewahrte mich eine Leibrente von behaglichem – wenn auch nicht geradezu üppigem – Zuschnitt vor der Notwendigkeit, mich schon vor dem Morgengrauen erheben zu müssen. Seit dem Studium habe ich es mir daher erlauben können, erst im Laufe des fortgeschrittenen Vormittags das Bett zu verlassen. Mein erstes Erwachen als verheirateter Mann unterschied sich zunächst nicht von vielen anderen.

Als ich gegen zehn die Augen öffnete, sah ich, dass Magda nicht neben mir lag. Dieser Umstand versetzte mich in eine unerklärliche Unruhe und löste eine gewisse Vorahnung in mir aus. Es war nur ein flüchtiges Gefühl, erregt von einem Unbewussten, das sich zwischen Schlafen und Wachsein noch nicht zu entscheiden vermochte. Denn Magda und ich waren ja wie eine Seele mit zwei Körpern, daran zweifelte ich nicht. Trotzdem konnte ich nicht verlangen, dass sie sich alle meine Gewohnheiten zu Eigen machte. Gleich darauf siegte daher die Freude darüber, dass sie sich bemüht hatte, meine Ruhe nicht zu stören, obgleich sie vor mir aufgestanden war.

Wie immer gönnte ich mir den entspannenden Genuss eines langen, warmen Bades, rasierte mich und summte dabei Opernarien, kümmerte mich um andere Grundbedürfnisse, mit denen ich mich hier nicht länger aufhalten möchte, und begab mich schließlich in die Küche, um wie gewohnt ein bescheidenes Frühstück einzunehmen.

Doch in der Küche erwartete mich eine große Überraschung. Der Tisch quoll förmlich über von Leckerbissen jeder Art. Drei Torten, ein Apfelstrudel, zwei wabbelige Puddings, mit Ricotta gefüllte Blätterteigstückchen, Kekse in jeder Form und Farbe. »Uff!« rief ich aus. »Was ist denn passiert? Haben wir eine Konditorei geplündert?«

Magda stand am anderen Ende des Tisches in einem reizenden Schürzchen, das die weichen Formen ihres wohlgestalteten Körpers nicht verbergen konnte, mit von der Ofenhitze geröteten Wangen. Durch die Wohnung strömte der Duft irgendeiner Köstlichkeit, die anscheinend gerade gar war.

Kaum hatte ich diese wenigen Worte hervorgebracht, mehr aus Überraschung als mit der Absicht, sie zu kränken, da begriff ich, dass ich besser geschwiegen hätte. Magdas Mundwinkel, die sich bis zu diesem Moment zu einem strahlenden Lächeln gehoben hatten, sackten plötzlich ab, und ihre Unterlippe begann auf alarmierende Weise zu zittern.

Um meine unbedachte und kleinliche Bemerkung wieder gutzumachen, eilte ich zu ihr und umarmte sie.

»Das hast du alles selbst gemacht?«, fragte ich, noch immer ungläubig.

»Aber ja ...«, antwortete sie. Ihre Mundwinkel kehrten in die von mir bevorzugte Position zurück.

»Mein liebes kleines Frauchen!«, rief ich aus und drückte sie noch fester an mich, »mein liebes kleines Frauchen! Sie ist nicht nur ein engelsgleiches Wesen, sondern auch noch sehr geschickt!«

»Dann … dann freust du dich also …«, murmelte sie zaghaft, noch unentschlossen zwischen Lachen und Weinen.

»Aber natürlich! Natürlich freue ich mich, das ist doch klar! Ich habe nur nicht mit so etwas gerechnet.«

»Dann setz dich hin und fang an zu essen. Ich mache dir inzwischen den Kaffee.«

»Na ja, weißt du, eigentlich … eigentlich bin ich es nicht gewohnt, derart üppig zu frühstücken. Sonst esse ich nur eine Scheibe Zwieback …«

Erneut ihre absinkenden Mundwinkel.

»Aber das will gar nichts heißen«, beeilte ich mich hinzuzufügen, »Gewohnheiten sind dazu da, geändert zu werden.«

Das Lächeln kehrte auf Magdas Antlitz zurück.

»Sehr richtig. Mit leerem Magen kann ein Mann seinen Arbeitstag nicht überstehen.«

Mit einem resignierten Seufzer machte ich mich so eifrig wie möglich über die mir zugedachten Näschereien her. Obgleich ich nie ein besonderer Verehrer von Kuchen und Süßigkeiten war, muss ich zugeben, dass ich noch nie so köstliche Backwaren gegessen habe. Eine Schnitte nach der anderen, einen Löffel nach dem anderen gab ich mich dem sinnlichen Genuss jener unvergleichlichen Leckereien hin.

Als Magda sah, mit welcher Begeisterung ich in den lockeren Biskuit, in die knusprigen Waffeln und in den mürben Strudel biss, schien sie im siebten Himmel zu schweben.

Gott sei Dank hat mich, wie ich schon sagte, eine bescheidene Leibrente stets der Notwendigkeit enthoben, mir im Schweiße meines Angesichts meine Brötchen verdienen zu müssen. Um die Hände nicht gänzlich in den Schoß zu legen und mir die eine oder andere zusätzliche Kleinigkeit erlauben zu können, hatte ich nach dem Studium ein kleines Geschäft mit An- und Verkauf von Drucken, Grafiken und Kunstbänden eröffnet. Eine Tätigkeit, die mich allerdings bei weitem nicht den ganzen Tag über beanspruchte.

Als ich mein Riesenfrühstück beendet hatte, war ich sehr froh über dieses Privileg, denn mit der mir einverleibten Kalorienmenge sah ich mich außer Stande, irgendetwas zu tun. Bis zur Halskrause abgefüllt, streckte ich die Beine unter dem Tisch aus, während sich eine dumpfe Schläfrigkeit meiner Glieder bemächtigte. Mit übermenschlicher Anstrengung gelang es mir schließlich, mich zum Sofa zu schleppen, wo ich in einen unruhigen Schlaf fiel.

Nach ich weiß nicht wie langer Zeit riss mich eine sanfte, aber zielstrebige Hand aus meinem komatösen Zustand.

»Carlo … Carlo … wach auf! Das Mittagessen ist fertig …«

Eine Weile versuchte ich noch, mich mit dem gastronomischen Elan meiner Frau abzufinden. Ich vertraute darauf, dass die erste Begeisterung nachlassen und die Situation sich normalisieren würde; als mir jedoch im Laufe der folgenden Wochen klar wurde, dass ihr Eifer die Ausmaße einer regelrechten Besessenheit anzunehmen drohte, blieb mir nichts anderes übrig, als eine Diskussion zu diesem Thema zu riskieren. Die ungewohnte Ernährungsweise, die mir auferlegt worden war, hatte im Übrigen bereits unheilvolle Folgen für die Passform meiner Garderobe. Ich besaß keine Jacke, kein Hemd und keine Hose mehr, die ich anziehen konnte, ohne mich mühevoll zu winden und die Luft anzuhalten. Wenn es mir nicht gelang, dieser verderblichen Tendenz Einhalt zu gebieten, würde ich bald die peinlichen Dienste eines auf Extralange Größen spezialisierten Ateliers in Anspruch nehmen müssen.

Und das war noch das kleinste Übel. Ich fühlte mich nämlich ganz und gar nicht mehr wohl.

Mehr aus einer natürlichen Neigung heraus als aus Vorsatz hatte ich vor meiner Ehe überwiegend bescheiden, ja anspruchslos gelebt.
Jener plötzliche Wechsel meiner Ernährungsgewohnheiten ließ mich nicht nur zunehmen wie eine Mastgans, sondern gefährdete auch in hohem Maße meine Gesundheit. Damit ich genug Zeit hatte, ihre Leckereien zu kosten, pflegte mich Magda jetzt auch noch in aller Frühe zu wecken, und das war, offen gestanden, denn doch zu viel!
Die folgenden Wochen waren eine Qual.
Die Diskussionen nahmen kein Ende. Die Vorwürfe erzeugten Gegenvorwürfe, die Klagen Gegenklagen. Magda war schlecht gelaunt. Der Sanftmut aus der Zeit unseres allzu kurzen Idylls hatte sich aufgelöst wie Rauch im Wind. Je schlechter ihre Laune wurde, desto mehr mästete sie mich mit Delikatessen, was mich ärgerte. Je mehr ich mich ärgerte, desto mehr stopfte ich mich voll. Je mehr ich mich voll stopfte, desto dicker wurde ich. Je dicker ich wurde, desto mehr ging meine Gesundheit zum Teufel. Je mehr meine Gesundheit zum Teufel ging, desto mehr ärgerte ich mich. Und je mehr ich mich ärgerte, desto schlechter wurde Magdas Laune und desto mehr mästete sie mich.
Die Streiterei, das ewige Hickhack führte zu nichts, das war längst sonnenklar. Aus dem Teufelskreis, in dem wir uns befanden, gab es kein Entrinnen.
Daher wandten wir uns an Freunde, baten sie, vermittelnd einzugreifen.
Das war übrigens ein Einfall von mir gewesen, den ich jedoch bald bereute.
Denn aus Gründen, die sich jeder Logik entziehen, gaben schließlich ausnahmslos alle Magda Recht. In diesem Fall konnte nicht einmal die sprichwörtliche Solidarität unter Männern, auf die ich gesetzt hatte, ihre Wirkung entfalten.

Es war im Gegenteil ausgerechnet Guido, mein bester Freund und treuer Gefährte zahlreicher unbeschwerter Tage sowie engster Vertrauter, der mir endgültig den K.-o.-Schlag versetzte.
»Mein Gott, Carlino, du bist wirklich herzlos. Da hast du ein solches Juwel von Frau gefunden, eine seltene Perle, und beschwerst dich auch noch? Meine Frau ist nicht mal in der Lage, zwei Spiegeleier zu braten; seit sechs Jahren lebe ich ausschließlich von Fertiggerichten und Gefrierkost, und die benachbarte Rosticceria stellt Rechnungen wie das Hotel Ritz. Schau mich an! Ich bin doch nur noch Haut und Knochen! Und du beschwerst dich!«
»Ich habe in drei Monaten fast zehn Kilo zugenommen«, erwiderte ich verzweifelt und kniff mit den Fingern in den Wulst, der meine Lenden umgab, »wenn es so weitergeht, bin ich bald kugelrund. Außerdem fühle ich mich gar nicht wohl!«
»Unsinn. Du siehst aus wie das blühende Leben. Mit Ernährung hat das meines Erachtens nur zum Teil etwas zu tun. Du hast eben nie Sport getrieben oder dir sonst wie Bewegung verschafft. In unserem Alter, Carluccio, müssen wir uns in Form halten. Komm mit mir Tennis spielen. Du wirst sehen, das tut dir gut.«
Der komplizenhafte Blickwechsel mit meiner Frau, als Guido das Haus verließ, machte mir deutlich, dass es mit ihm nie wieder so sein würde wie früher.
Jedenfalls war es Magda gelungen, sich seine Solidarität zu verschaffen, und so in die Enge getrieben, blieb mir kaum eine andere Wahl, als Guidos Rat anzunehmen. Während der Schulzeit hatte ich den Turnunterricht mit allen Tricks vermieden, mein Verhalten in den Wochen nach dem Schlichtungsgespräch war dagegen wirklich lobenswert. Schon bald spielte ich nicht nur mit Guido Tennis, sondern

ging auch noch schwimmen, laufen, Rad fahren und squashen.

Nach kurzer Zeit war ich der fitteste Fettmops der ganzen Stadt, und mein Gesundheitszustand, jedenfalls kam es mir so vor, verbesserte sich zusehends.

Auch zu Hause schien die Sonne wieder, wenn auch nicht so strahlend wie früher.

Die körperlichen Aktivitäten, denen ich mich mit wilder Entschlossenheit widmete, strafften nicht nur meine reichlich schlaff gewordenen Muskeln, sondern steigerten auch in unverhältnismäßiger Weise meinen Appetit. Je mehr Magda sich bemühte, neue Leckereien von geradezu perverser Raffinesse zu erfinden, desto schneller wuchs die Schluckfähigkeit meines Rachens ins Unermessliche.

Kein Wunder, dass trotz der vielen auf grünem Rasen, staubiger Roterde, glänzendem Asphalt und im Wasser schier endloser Schwimmbadbahnen abgearbeiteten Kilometer mein Körpergewicht keine Anstalten machte, abzunehmen. Im Gegenteil: Mit langsamer, aber unausweichlicher Konstanz legten sich immer neue Fettwülste auf meine bereits üppig gepolsterten Hüften. Um mich ausschließlich dem Kampf gegen die Kalorien widmen zu können, gab ich meine berufliche Scheintätigkeit auf. Mittlerweile hatte ich buchstäblich keine Zeit mehr für andere Dinge: Mein Tagesablauf wurde zu gleichen Teilen von zermürbendem Fitnesstraining und gigantischen Fressorgien in Anspruch genommen.

Man musste kein Hellseher sein, um zu erkennen, dass ich mich auf vermintem Terrain bewegte. An den kritischen Punkt gelangte ich zwangsläufig im Laufe einer verbissenen Squashpartie.

Im einen Augenblick hatte ich noch drauflosgeschlagen wie der Teufel, in nächsten Augenblick lag ich schon am Boden,

und wirbelnde Galaxien von Glühwürmchen inszenierten eine anmutige Choreografie direkt vor meinen geweiteten Pupillen.
Als ich das Bewusstsein wiedererlangte, lag ich in einem hübschen Krankenhausbett und war mit Schläuchen behangen wie Generalissimo Francisco Franco fünf Minuten vor seinem Tod.
Das erste Gesicht, das ich erblickte, war das von Magda. Mit tränennassen Augen beugte sie sich über mein Kopfkissen.
Neben ihr thronte die eindrucksvolle Gestalt eines Arztes im weißen Kittel, der ungnädig durch die Gläser seines gewichtigen Brillengestells spähte.
»Geben Sie sich keine Mühe zu sprechen, Signor Rabagliati«, ergriff der Arzt das Wort, »Ihr Zustand ist noch immer kritisch, auch wenn Sie meines Erachtens außer Lebensgefahr sind.«
Diese Aufforderung kam mir gänzlich überflüssig vor. Aus jedem Mundwinkel hing eine Kanüle von beachtlichem Kaliber, die mit dicken Heftpflastern befestigt war. Das machte das Hervorbringen eines Wortes zu einem übermenschlichen Akt.
Ich warf ihm einen fragenden Blick zu.
Der Arzt begriff und fuhr fort: »Sie sind Opfer einer schweren Diabetes. Eine so unvermittelte und bösartige Zuckerkrankheit ist mir selten untergekommen. Ihre maßlosen Ernährungsgewohnheiten hätten Sie beinahe ins Grab gebracht. Die schlimmste Krise ist überwunden, aber denken Sie daran: Für den Rest Ihres Lebens müssen Sie eine strenge Diät einhalten.«
Tränen der Erleichterung und Dankbarkeit flossen über mein blasses Gesicht, wurden aber leider falsch interpretiert.
»Nun benehmen Sie sich doch nicht wie ein Kind, Herrgott noch mal«, fuhr mich der reizbare Mediziner an, »oder

möchten Sie vielleicht lieber sterben? Ich vertraue darauf, dass Ihre Frau, die mir eine grundvernünftige Person zu sein scheint, Ihr korrektes Ernährungsverhalten überwacht, damit Sie nicht wieder diesen infantilen Versuchungen erliegen, die Sie in dieses Krankenhausbett gebracht haben.«

Mit einem stummen Nicken, das mir ein wenig zu heftig erschien, um mich wirklich zu beruhigen, stimmte Magda ihm zu.

Meine Tränen flossen noch reichlicher. Diesmal jedoch weder aus Erleichterung noch aus Dankbarkeit.

In den folgenden Tagen entfernte sich Magda nicht von meinem Kopfkissen, außer um sich Süßigkeiten zu besorgen, die sie mir ohne Wissen der Ärzte in den Mund stopfte. Da ich absolut nicht in der Lage war, zu kauen, fiel mir das Schlucken schrecklich schwer. Aber das war für sie natürlich kein Hindernis.

Ohne sich um meine Qualen zu kümmern, fuhr Magda geduldig fort, mich zu füttern. Sie zerbrach das Naschwerk in so winzige Brocken, dass ich es unzerkaut herunterschlucken konnte.

»Jetzt, wo du krank bist, musst du dich reichhaltiger ernähren. Du wirst sehen, bald geht es dir wieder besser«, flüsterte sie, wobei sie mir Schokoladen- und Pralinenstückchen in den entzündeten Mund legte.

Jeglicher Energie beraubt und durch einen komplizierten und sperrigen Apparat, der mich wie ein Kokon umgab, zur Reglosigkeit verurteilt, hatte ich keine Möglichkeit, mich zu verteidigen. Selbst wenn es mir gelungen wäre, genug Kraft zu sammeln, um aufzubegehren, hätte ich nicht wirklich das Bedürfnis verspürt, es zu tun. In den Augen der Frau, die mich fütterte, konnte ich eine solche Hingabe, Fürsorge und bedingungslose Liebe lesen, dass ich nicht anders konnte, als liegen zu bleiben wie eine Riesenpuppe, während jene liebe-

vollen und zuvorkommenden Hände Gifte in meinen Organismus einflößten, die zu meinem vorzeitigen Ableben führen würden.
So ging es einige Tage weiter, bis eine Krankenschwester Verdacht schöpfte – wahrscheinlich wegen der Päckchen, die Magda heimlich in mein Zimmer schleuste. Sie überraschte Magda dabei, wie sie mir ein Stück Rosinenkuchen, der vor Rum und Karamellzucker nur so triefte, zwischen die Lippen schob.
Als der beleibte Arzt davon erfuhr, überfiel er mich buchstäblich in meinem Zimmer und hielt mir eine beispiellose Gardinenpredigt. Wie angesichts des Verlaufs, den die Ereignisse nun einmal genommen hatten, nicht anders zu erwarten war, wurde die Schuld ausschließlich und bedenkenlos meinen geschwächten Schultern auferlegt. Um meine Schlemmerorgien fortzusetzen, hatte ich nach Ansicht dieses aufgeblasenen Riesenballons alles darangesetzt, das Mitleid meiner armen Frau zu erregen, damit sie tat, was ich verlangte. Das Opfer, die Sklavin, hatte sich aus reiner Gefälligkeit und gegen ihren Willen dazu bereit gefunden, Süßigkeiten einzuschmuggeln.
Überflüssig zu erwähnen, dass er eingebildete Idiot gar nicht daran dachte, wie furchtbar schwer es mir fallen musste, Magda zu irgendeinem nicht von ihr selbst frei gewählten Verhalten zu veranlassen. Schließlich konnte ich mich in keiner Weise verständlich machen, es sei denn durch Gurgeln.
Sei's drum! Da meiner Frau von jenem Augenblick an streng verboten wurde, mich zu besuchen, war ich in meinem Zustand durchaus zur Nachsicht bereit.
Es handelte sich nur um eine Feuerpause, das war mir klar. Wenn ich entlassen wurde, musste ich wohl oder übel ins traute Heim zurückkehren, und dann würde alles von neu-

em beginnen. Aber aus irgendeinem Grund hatte mir diese unerwartete Wendung des Schicksals neuen Mut gegeben und ich fühlte, dass ich im entscheidenden Moment eine Lösung finden würde.

Die einzige Alternative wäre die sofortige Trennung von meiner Frau gewesen, aber diese Möglichkeit wollte ich nicht einmal in Betracht ziehen. Auf ihre verquere und verhängnisvolle Art liebte mich Magda mit ihrem ganzen Wesen: Wenn ich mich von ihr entfernt hätte, wäre sie an gebrochenem Herzen gestorben, daran zweifelte ich nicht. Die beiden folgenden Tage verliefen ruhig. Ich wurde fachgerecht mit Medikamenten versorgt und erholte mich so schnell, dass die Ärzte meinten, bald sei es möglich, mich von den Reanimationsgeräten zu befreien und auf natürlichem Wege zu ernähren.

Kurz gesagt, das Schlimmste schien überstanden, und ich bereitete mich geistig schon auf die nächsten Schritte vor, aber da hatte ich mich zu früh gefreut.

Das Unvermeidliche geschah in der zwölften Nacht meines Krankenhausaufenthalts.

Es war gegen zwei Uhr, vielleicht auch später. Ich lag in leichtem Schlummer, als ich hörte, wie sich die Tür meines Zimmer öffnete. Im Halbdunkel sah ich, wie sich eine weiß gekleidete Gestalt meinem Bett näherte.

Merkwürdig, dachte ich, es ist noch nie vorgekommen, dass eine Krankenschwester sich mitten in der Nacht meines Gesundheitszustands vergewissert.

Die Gestalt beugte sich über mich und flüsterte mir etwas Unverständliches zu. Es war eine junge Brünette mit dicken Brillengläsern, deren Gesichtszüge mir in meinem medikamentös bedingten Dämmerzustand seltsam vertraut erschienen, obgleich sie zweifellos nicht zu dem Team gehörte, das sich darum bemühte, mich gesund zu pflegen.

Mit sanften Fingern hielt mir die Unbekannte die Nase zu, und als ich den Mund öffnete, um zu atmen, schob sie etwas Weiches, Klebriges hinein.

In dem Augenblick, als meine Geschmacksnerven das unverwechselbare Aroma von Nussschokolade registrierten, begriff ich alles.

Auf das erste Stückchen Schokolade folgten viele weitere. Allmählich wurde mein Kopf immer leichter, und eine wachsende Euphorie bemächtigte sich meiner Seele.

Chris Zimmer

Kein Baum für Konrad

Ich sitze in einer schäbigen Bar an der angeblich berühmtesten Uferpromenade der Welt, dem Malecón von Havanna, und halte mich an einer Flasche Rum fest. Neben mir steht mein Koffer, dem seit mindestens einem halben Jahr die rechte Schließe fehlt. Sein Innenfutter klebt und stinkt. Die Aftershaveflasche hat den Flug von Florida nach Kuba nicht heil überstanden. Das kubanische Flughafenpersonal geht mit Gepäckstücken so um, als müssten sie eine Mülldeponie aussortieren. Dabei ist der Koffer noch das Beste meines Besitzes. Sein Inhalt, in den letzten zwei Jahren mäßig aber regelmäßig immer weiter geschrumpft, ist kaum noch der Rede wert. Meinen letzten Anzug habe ich gestern im Leihhaus versetzt. In Havanna genügt es, ein Paar Shorts zu besitzen und ein T-Shirt. Alles andere ist kapitalistischer Ballast. Das Einzige, was mir Sorgen macht, sind meine Schuhe. Sie sehen aus, als käme ich gerade vom Russlandfeldzug nach Hause. Aber wenn ich es genau bedenke, spielen selbst die ausgelatschten und fast sohlenlosen Treter keine Rolle mehr. Wenn ich die Flasche Rum in mich hineingekippt habe, mache ich Schluss mit meinem verkorksten Leben.

»Hallo, Kumpel, ist neben dir noch ein Platz frei?«

Neben mir steht ein Typ, der sieht fast so abgerissen aus wie ich. Sein glatt rasiertes Gesicht allerdings lässt vermuten, dass er noch eine ordentliche Bleibe hat. Wir mustern uns ungeniert.

»Du siehst fast so gut aus wie diese Schrottstadt«, meint er freundlich, »eine ramponierte Fassade und nichts dahinter.«

Ich merke, wie ich stinkig werde. Was geht den Fremden meine Visage an? Ich nehme einen kräftigen Schluck Rum. Das angenehm warme Gefühl im Magen tut mir gut und besänftigt.
»Darf ich?« Der Typ deutet auf den leeren Barhocker neben einem Koffer. Ich nicke. Es ist mir schnuppe, wer neben mir sitzt.

Das war nicht immer so. Ich war ein ziemlich eitler Pinkel. Immer schnieke angezogen. Nur die teuersten Restaurants waren gut genug für mich. Meine Freunde und vor allem mein Eheweib waren allererste Sahne. Die Tochter des Knopffabrikanten Krüger, Britta, war ein absolut heißes Eisen! Ich sehe sie ganz deutlich vor mir: lange Beine, feste kleine Brüste, pechschwarze Haare und ein herrlich weiter, voller Mund. Bei der Erinnerung an sie bekomme ich einen ganz trockenen Gaumen. Noch gibt es genug Rum, um den Frust runterzuspülen. Der Typ sieht mich etwas schief von der Seite an und grinst unangenehm wissend. Ich sehe einfach weg. Was gehen ihn meine Erinnerungen an?
Britta und ich studierten im selben Semester Betriebswirtschaft, und ich war scharf auf sie, wie der Teufel auf die sündige Seele. Als sie mich zum ersten Mal mit nach Hause nahm, in eine Grünwalder Bonzenvilla, wurde mir klar, dass ihr Papa, Ferdinand Krüger, einer der reichsten Macker von ganz München war. Bingo, dachte ich, Konrad, jetzt hast du es geschafft! Als Sohn eines kleinen Finanzbeamten war die Heirat mit einer von der Grünwalder Geldaristokratie wie ein Sechser im Lotto. Und nur die vollkommen Beknackten schlachten die Gans, die goldene Eier legt. Zu denen gehörte leider auch ich.
Der Schmerz über meine Dummheit trübt mir den Blick. An manchen Tagen ist er so stark, dass ich glaube, nie mehr

richtig auf die Beine zu kommen. Aber auch das ist jetzt Nebensache. In einem Zug trinke ich mein Glas leer und kippe es mit der bernsteinfarbenen Flüssigkeit wieder voll. Der Fremde schaut die Flasche an und meint anerkennend: »Reife Leistung!«

Ich schiebe ihm ein Glas rüber und gieße es randvoll. Die Flasche ist leer. Der Barkeeper bringt eine neue, stellt sie mir vor die Nase und hält mir die offene Hand hin. In Havanna sind die Barleute gnadenlos. Ware gibt's nur gegen Kohle! Ich bin schließlich nicht der Einzige hier, der seinen Weltschmerz im Rum, in *rón,* wie sie hier sagen, ertränkt.

Dabei ging's mir mal wie der Made im Speck. Ich hatte eine eigene Abteilung in Schwiegerpapas Firma, einen Schrank voller Designerklamotten und eine echte Harley in der Garage. Meine Frau war ein Klasseweib, und jeder beneidete mich um sie. Wir hatten eine Segeljacht am Starnberger See und eine Finca auf Mallorca. Wir gehörten dem Grünwalder Golfclub an, und jeder, der auf sich hielt, lud uns zu Partys ein. Wir hatten keine Probleme, bis ich uns eines Tages welche machte. Beim Gedanken an diesen verdammten Augusttag vor zwei Jahren bricht mir der Schweiß aus. Da hilft auch kein Rum, der macht alles nur noch schlimmer. Ich wische mir mit der Hand über die Stirn. Meine Finger sind nass.

»Verdammt schlechte Klimaanlage hier drin!«, stellt der Typ neben mir sachkundig fest. Ich habe keine Lust auf Small Talk, will nur in Ruhe gelassen werden und meinen letzten Abend genießen. Diesmal muss es einfach klappen mit dem Selbstmord! Mein Geld reicht höchstens noch für eine weitere Flasche, dann ist Feierabend. Ob ich es dann noch bis zum Strand schaffe? Mir macht es auch nichts aus, einfach vom Barhocker zu kippen und der Welt vom Boden aus adieu zu sagen. Hauptsache nicht mehr denken, nicht mehr hoffen, nicht mehr erinnern.

An jenem Augusttag hatten Britta und ich eine unserer üblichen Schlammschlachten, die aus nichtigen Anlässen entstehen und wo schon mal Aschenbecher durch die Luft fliegen. Mein Schwiegervater hatte mir in einem seltenen Anfall von Großzügigkeit einen nagelneuen Jaguar vor die Tür gestellt. Britta geriet darüber außer sich. Für sie mussten Geschenke immer einen Anlass haben. »Aber eines sage ich dir«, und ihre dunkelbraunen Augen sprühten Funken, »der Schlitten ändert gar nichts. Bilde dir nur nicht ein, damit dein Ansehen in der Firma zu verbessern. Sie kennen dich inzwischen alle nur zu gut.« Wen hatte sie damals nur mit alle gemeint? Ich weiß es bis heute nicht. »Du bist eine Null«, zischte sie über den Frühstückstisch, »und du bleibst eine Null auch mit 300 PS unter der Motorhaube!« Ihre Körpersprache war deutlich. Sie hatte die Lippen ihres weiten Mundes zu einem hässlichen Strich zusammengepresst und die Arme über ihrem Busen fest verschränkt. Britta ließ mich nicht mehr an sich heran. Nach zehn Ehejahren war vom Feuer der Verliebtheit nur noch ein klägliches Häuflein Asche übrig geblieben. Obwohl ich regelmäßig als Verlierer aus diesen Auseinandersetzungen hervorging, liebte ich sie immer noch. Jedes ihrer Worte verletzte meinen Stolz und meine Gefühle, aber ich war ihr bis zu diesem Tag treu wie ein Hund seinem Herrn. Dabei machte ich den großen Fehler, in Britta lediglich ein kapriziöses, verwöhntes Luxusweibchen zu sehen, das neben dem Golfspiel den Ehestreit zu ihrer Ersatzbefriedigung erklärt hat, um ihrem ansonsten ereignislosen, übersättigten Leben die nötige Würze zu geben. Ich verstand sie nicht wirklich. Im Gegenzug hielt sie mich für einen kompletten Versager. Und sie hatte

verdammt Recht damit. In unserem Haus fehlte immer noch der obligatorische Stammhalter. Papa Krüger lag uns an jedem Weihnachten damit in den Ohren. In der Firma hatte ich es zwar mit seiner Unterstützung zum Chefbuchhalter gebracht, aber auch für diesen Posten war ich zu blöd. Irgendwie war mir ein riesiges Loch in der Bilanzsumme durch die Lappen gegangen. Die Krüger-Werke standen vor dem Bankrott, und der Obercontroller, nämlich ich, hatte keine Ahnung, wieso und weshalb. Brittas berechtigte Wut äußerte sich in einer fliegenden Kristallvase mit gelben Teerosen, die hinter mir mit einem dumpfen Platsch an der Wand landete.
»Gnade dir Gott, wenn du keine Firma findest, die unseren alten Schuppen aufkauft«, schnauzte sie mich an. Ich zog den Kopf ein und überlegte krampfhaft, wie ich das anstellen sollte. Ich war Controller und kein Firmenmakler. Wo sollte ich die Firma hernehmen, die unsere Schulden zahlte und gleichzeitig das kostspielige Leben des Krügerclans finanzierte?
»Beweise mir endlich, dass du ein Mann bist!« Sie hatte beide Hände zu Fäusten geballt und trommelte wild damit auf meiner Brust herum. Neben ihrer Wut flackerte jetzt auch nackte Angst in ihren Augen auf. Sie übertrug sich auf mich wie ein Grippevirus. Ich versuchte, Britta in den Arm zu nehmen, um sie zu beruhigen, aber auch um ihren Körper zu spüren, der mir immer ein Gefühl der Geborgenheit und des Schutzes gegeben hatte. Doch sie stieß mich heftig zurück und verließ schluchzend das Zimmer. Ich hätte es ihr wirklich gern bewiesen, ein ganzer Kerl zu sein, aber mir stand das Wasser bis zum Hals. Britta hatte mir die unglaubliche Bürde der Verantwortung für den väterlichen Besitz auferlegt. Anstatt mich unverzüglich an die Arbeit zu machen, verließ ich mein Büro, um in der nächsten Kneipe zu versumpfen.

Es geht auf Mitternacht. Mein Kopf fühlt sich inzwischen ziemlich weich und voll an. Die schnellen Bewegungen des Barkeepers hinter der Theke verwirren mich. Es scheint, als folge ihm ein Zwillingsbruder wie ein Schatten. Die zwei liefern sich hinter dem Tresen einen erbitterten Wettlauf.
»Alles in Ordnung, Kumpel?«
»Ich heiße Konrad, verdammt!« Langsam, aber sicher geht mir der Typ auf die Nerven. Was muss er sich immer einmischen?
»Einen Kaffee für meinen Freund!« Offenbar will er mir den Abend retten. Weshalb die ganze Mühe?

Damals sann ich nach einigen Whiskeys nur noch auf Rache. Im Nebel des Alkohols erkannte ich deutlich das abgekartete Spiel von Britta und ihrem Vater. Sie hatten mir eine Falle gestellt, um mich elegant aus der Firma zu drängen. Dabei sollte ich noch die Drecksarbeit leisten. Es gab gar keine echten Fehlbeträge. Wer sonst hätte die Millionen unbemerkt beiseite schaffen können, wenn nicht jemand von der Familie? Plötzlich fühlte ich mich wieder sicher und stark. Ich klemmte mich hinter den Firmenanwalt, Dr. Bleibtreu, und bat ihn um interne Aufklärung der fehlenden Summen. Seinen höchst zweifelnden Blick deutete ich völlig falsch, wie ich heute weiß. Ich dachte, er könnte die unglaubliche Intrige, die sich da gegen mich zusammenbraute, einfach nicht fassen. Seine Sekretärin, Sybille Kowalski, war mir beim Zusammensammeln von Akten und Beweisen mehr als behilflich. Mein Gott, ja, die schöne Sybille!

»Deinem verklärten Blick nach zu urteilen, rutscht dir gerade der Verstand in die Hose, alter Kumpel!«
In meinem Kopf explodiert eine Rakete in viele bunte Sterne. Ich packe meinen Nachbarn an den Schultern und

schüttle ihn so fest ich kann hin und her. »Wie heiße ich, du verdammter Penner?«
An Stelle einer Antwort greift der Typ in meine viel zu langen Haare und zieht meinen Kopf weit nach hinten. Für einen kurzen Moment wird mir schwarz vor den Augen.
»Fass mich nie wieder an, du Stück Scheiße. Ist das klar!«
Unvermittelt lässt er mich los. In meiner Not greife ich nach der Tresenkante, um nicht rückwärts vom Barhocker zu fallen. Doch die Attacke bleibt nicht ohne Folgen. Mir ist erbärmlich übel. Ein Geschmacksgemisch aus Kaffee und Rum füllt ekelhaft meinen Mund. Nur nicht bewegen, denke ich. Einfach möglichst gerade sitzen, damit sich die schwappende Flüssigkeit im Magen wieder beruhigen kann.
»Was bist du eigentlich für ein Heiliger?«
»Konrad!«
Der Typ lacht und zeigt ein prachtvolles Gebiss. »Das habe ich inzwischen kapiert. Was machst du in Havanna, ... Konrad?«
»Ich bringe mich um.«
»Na, prima! Das ist doch einmal eine deutliche Aussage.« Er mustert mich zum ersten Mal an diesem Abend interessiert.
»Und wie? Mit Tabletten und Alkohol?«
»Nur Alkohol!«
Sein Gesichtsausdruck verrät Skepsis. Mit der Zungenspitze fährt er sich langsam über die Oberlippe. »Eine teure und nicht ganz sichere Methode«, stellt er wieder überraschend sachlich und verdammt nüchtern fest. Er hat noch kaum etwas getrunken.
»Diesmal muss es aber klappen.« Ich merke selbst, wie trotzig und wehleidig meine Stimme klingt. Trotzdem bin ich sicher, der Rum wird meinen inneren Schweinehund besiegen.
»Schon mal probiert?« Der Fremde fragt mich so ruhig, als

läge ich auf einer Couch und er wäre mein Analytiker. Ich presse die Lippen aufeinander. Was geht diesen Dreckstypen mein Leben an? Wie von selbst gelangt das Schnapsglas an meinen Mund. Ich nehme einen großen Schluck. Aber er bohrt weiter: »Wie ist es beim letzten Mal ausgegangen? Haben sie dich rechtzeitig entdeckt?«

»Nein«, entgegne ich widerwillig, »ich habe einfach keinen passenden Baum gefunden.« Wir sehen uns beide an. Ich wütend, weil er mir keine Ruhe lässt, er, weil er offenbar glaubt, sich verhört zu haben. Dann lacht er schallend los, wirft den Kopf in den Nacken und schlägt sich mit den Händen auf die nackten Oberschenkel.

»Großartig! Du bist ja ein richtiger Komiker!« Als er sich wieder beruhigt hat, nimmt er sein Glas und prostet mir zu.

»Und warum der ganze Aufwand?«

»Ich hab Scheiße gebaut.«

»Bilde dir nur nicht ein, der Einzige zu sein.«

»Ich habe die Firma meines Schwiegervaters in den Sand gesetzt. Und als wäre das nicht genug, habe ich auch noch meine Frau mit dem erstbesten Flittchen betrogen, das mir über den Weg lief.«

»Hat es sich wenigstens gelohnt?«

»Was?«

»Das Flittchen?«

»Nein, am Ende nicht«, gab ich zu.

Alles fing bei einer Betriebsfeier an. Krüger mietete einen Ausflugsdampfer auf dem Starnberger See, um seiner Belegschaft etwas zu bieten. Britta ging wie üblich Golf spielen. Sie schätzte es nicht, sich mit den Angestellten abzugeben. Allerdings hatte auch ich keine große Lust, den braven Schwiegersohn zu mimen, denn ich hielt Brittas Vater nach wie vor für den Verursacher meiner Schwierigkeiten. Deshalb hatte ich Anwalt Bleibtreu und einen Wirtschaftsprüfer beauftragt, Licht ins Zahlendunkel der Firma zu bringen. An diesem Abend war ich wild entschlossen, mich einmal so richtig zu amüsieren.

Ich mischte mich unter das Jungvolk unserer Werbe- und Marketingabteilung und tanzte ausgelassen zu den heißen Rhythmen, die eine Band an Bord spielte. Zwischen den Tanzenden steuerte Sybille Kowalski auf mich zu. Wir sahen uns in dieser Zeit täglich im Büro von Bleibtreu. Aber als sie an diesem Abend unvermittelt vor mir stand, in einem schwarzen, eng anliegenden Schlauchkleid, auf dem silberne Pailletten glitzerten, schlug bei mir der Blitz ein. Die kleine Kowalski war die personifizierte Verführung, eine strahlende Blondine mit unübersehbar weiblichen Kurven. Wir tanzten. Zuerst jeder für sich, später eng umschlungen. Wir tranken reichlich Rotwein und waren bald in bester Stimmung. Nach dem Ausflug brachte ich sie nach Hause. Sie lud mich noch auf einen Drink ein. Ich war schon total scharf. Sie mixte uns Cocktails, und eine rauchige Männerstimme sang einen schwermütigen Blues. Sybille tanzte dazu mit großen, kreisenden Bewegungen aus der Hüfte. Gleichzeitig schälte sie sich langsam aus ihrem Schlauchkleid. Sie hatte nicht einmal einen Slip darunter an. Fassungslos stand ich mitten in ihrem Wohnzimmer und wusste nicht, wohin ich schauen sollte. Ohne jede Scham trat sie auf mich zu, fuhr mir mit ihren Händen durch die Haare und küsste mich schließlich hart auf den Mund. Die Braut war die reinste Offenbarung, und ich vergaß alles, was bisher wichtig für mich war: meine Ehe, meine Stellung, meine Verantwortung. Heiser flüsterte Sybille: »Du bist ganz große Klasse.« Der Mann, der das nicht gerne hört, muss erst noch geboren werden.

In den folgenden Wochen lebten wir unsere Lust aus. Wo immer es ging, ob in der Kantinentoilette, in meinem neuen Luxusschlitten oder in ihrem Messingbett, wir kamen immer schnell und gründlich zur Sache. Doch die Lage in der Firma zwang mich, mein Liebesabenteuer aufzugeben. Britta bohrte jeden Tag, fragte nach Sanierungsplänen und Fusionskandidaten. Für das lockere Leben mit Sybille blieb einfach keine Zeit mehr. Auch mein Verstand meldete sich zurück. Ich wollte auf keinen Fall Britta und meinen angestammten Platz im Krügerclan verlieren. Die Vorstellung, mein Leben total neu aufbauen zu müssen, raubte mir den Schlaf.

Mit Sybille musste Schluss sein. Sofort! »Sei mir nicht böse, meine Liebe«, begann ich freundlich, schließlich wollte ich sie nicht verletzen, »aber wir müssen vernünftig sein und auf unsere Schäferstündchen in der nächsten Zeit verzichten.« Für ein klares Aus fehlte mir der Mut. Doch Sybille wusste genau, wo's langging, denn sie sagte böse: »Der Mohr hat seine Schuldigkeit getan, der Mohr kann gehen.«

Ich schwieg betreten.

»Überlege es dir gut, mein Lieber«, dabei äffte sie meinen gönnerhaften Ton perfekt nach, »so eine Frau wie mich findet man nicht alle Tage.« Und damit sollte sie verdammt Recht behalten.

Drei Wochen später bekam ich die Quittung für mein unüberlegtes Abenteuer mit einer Angestellten. Sybille präsentierte mir eine Arztrechnung in Höhe von zehntausend Mark, die sie angeblich für die Abtreibung unseres Kindes bezahlt hatte. Nach dieser sensationellen Eröffnung war ich drei Tage blau. Ich konnte die Tatsache einfach nicht verwinden, dass ich mit einer x-beliebigen Frau ein Kind zeugen konnte, nur nicht mit meiner eigenen. Dabei hatte ich mich mit der Tatsache, dass ich es auch in dieser Richtung nicht bringe, schon abgefunden. Sybilles eigenmächtiges Verhalten machte mich unglaublich zornig. Wie kam sie dazu, einfach mein Kind abzutreiben, ohne mich zu fragen? Hat man als werdender Vater gar keine Rechte? Gerne hätte ich mit Dr. Bleibtreu diesbezüglich die Rechtslage geklärt, aber nachdem ich wieder einigermaßen nüchtern war, hielt ich das für keine so gute Idee mehr. Also zahlte ich die zehntausend Piepen und hoffte, damit die Sache endgültig und sauber aus der Welt geschafft zu haben.

Der Typ mustert mich aufmerksam. Er versucht hinter mein Gefühlschaos zu kommen, denke ich aufgebracht. »Was glotzt du mich so an? Kümmere dich um deinen eigenen Kram.«
»Das Flittchen muss dir mächtig zugesetzt haben, wenn du deshalb bis nach Havanna fährst, um dein Leben in Rum zu ertränken.«
»Schließlich will ich nicht an irgendeinem Fusel krepieren.«
»Hmm ...«, nickt er verstehend, »das Argument hat was!« Bedächtig nimmt er einen Schluck. Er wirkt aufreizend abgeklärt und selbstsicher, so als hätte er wirklich schon alles erlebt und überstanden. »Und?« fragt er knapp.
Mir ist vollkommen klar, was er wissen will. »Ich habe das Flittchen unterschätzt.« Mechanisch trinke ich mein Glas aus. Wenn ich bedenke, dass in wenigen Stunden meine Flucht vor meinem beschissenen Leben zu Ende geht, sollte ich mich eigentlich gut fühlen. Aber in mir ist eine große Leere. Nicht einmal Erleichterung hat darin Platz. Am liebsten würde ich heulen, über Sybille, die mich hereingelegt hat, über Britta, die mich nie geliebt hat, und über mich selbst, weil ich das alles nicht bemerkt habe. Der Fremde bestellt zwei Kaffee. Er will mich offenbar gewaltsam ausnüchtern. Aber wahrscheinlich ist er nur notorisch neugierig. Er

soll etwas bekommen für sein Geld. Ich nippe an der braunen Brühe und erzähle: »Eines Tages erhält meine Frau einen anonymen Brief. In knappen Worten wird darin meine Affäre mit Sybille geschildert. Es kann keinen Zweifel geben, das Biest hatte ihn selbst geschrieben. Niemand sonst konnte so genau über unsere Beziehung Bescheid wissen.«

Britta saß mir beim Abendessen gegenüber. Auf meinem Suppenteller lag der Brief. Sie sah mich mit einem Lächeln an, das mich frösteln ließ. Diese beherrschte, emotionslose Britta, die nicht schrie und auch keine Gegenstände nach mir warf, war eine völlig neue Erfahrung für mich. Möglich, dass sie den Brief schon tagelang mit sich herumgeschleppt und sich inzwischen abreagiert hatte. Keine Ahnung. An jenem Abend jedenfalls zeigte sie nur arrogante Kälte, die mir jede Illusion nahm, sie könnte mir eines Tages verzeihen.

»Ich erwarte von dir, dass du die Schlampe zum Schweigen bringst!« Das war alles, was sie sagte. Dann stand sie auf und ging. Von diesem Abend an hatte ich keinen Zutritt mehr zu unserem Schlafzimmer. Ich war ganz froh darüber, denn ich schämte mich in Grund und Boden. Was hätte ich auch tun oder erklären sollen? Für manche Dummheiten gibt es keine Worte.

Der Kaffee scheint tatsächlich seine Wirkung zu tun, ich sehe alles wieder deutlicher vor mir. »Als ich am nächsten Tag Sybille aufforderte, unverzüglich die Firma zu verlassen, hat sie mir einen Packen Unterlagen auf den Schreibtisch gelegt, aus denen deutlich hervorging, dass Bleibtreu und ich versucht hatten, mit unsauberen Geschäftspraktiken die Firma zu retten. Die Papiere waren so belastend, dass sich die Staatsanwaltschaft für uns interessiert hätte. Bleibtreus Anteil an den Manipulationen war größer als meiner, aber was spielte das für eine Rolle? Ich hatte ihn schließlich dazu angestiftet, und Sybille wusste genau Bescheid. Sie forderte eine Million Schweigegeld, und zwar binnen einer Woche. Es gab nur einen Menschen, der in dieser kurzen Zeit eine solche Summe auftreiben konnte – Britta! Bis zum Abend fuhr ich mit meinem Wagen ziel- und planlos durch die Gegend. Mir fehlte der Mut, nach Hause zu fahren. Schließlich blieb ich in einer Kneipe hängen und ließ mich voll laufen. Dann wollte ich nur noch mein Leben an einem Baum beenden. Aber ich hatte Pech. Bis zur Krügerschen Villa kam einfach kein passender vorbei.«

Der Typ neben mir nickt. »So also war das mit dem Baum.« Er schaut geradeaus auf die Barwand, die voll mit Flaschen und Gläsern steht. Er macht mir den Eindruck, als könne er mich wirklich verstehen.

»Britta wartete schon auf mich.« Bei ihrem Anblick damals wurde ich augenblicklich nüchtern. Ihr Gesicht wirkte wie versteinert. Sie schien keinen Funken von Gefühl oder Leben mehr in sich zu haben. »Meine temperamentvolle Frau war kälter als Eis. Ihre dunklen Augen, die scherzen und lachen konnten, die im Zorn aufglühten, waren wie tot. Mir war klar, wenn ich nicht sofort von Sybilles Erpressungsversuch erzählte, dann würde ich nie mehr die Worte dazu finden. Jeder Augenblick, der verstrich, entfernte mich ein weiteres Stück von meiner Frau. Aber sie unterbrach mich mit einer schneidenden Handbewegung: ›Dr. Bleibtreu hat heute Nachmittag die Kowalski und anschließend sich selbst im Dachauer Moos mit seinem Jagdgewehr erschossen.‹ Meine Beine gaben nach. Ich musste mich aufs Sofa setzen. Dort brach ich hemmungslos in Tränen aus.«

Wir beiden Männer schweigen uns an. Dann fragt der Typ: »Und weiter?«

»Auch Bleibtreu hatte ein Verhältnis mit dem Flittchen. Wahrscheinlich habe ich die Abtreibung seines Kindes finanziert.« Ich lache trocken auf. »Er war ein untadeliger Jurist. Er konnte mit der Schande, Urkunden gefälscht, Bilanzen frisiert und eine Affäre mit einer Untergebenen unterhalten zu haben, nicht leben. Im Gegensatz zu mir hat er Rückgrat bewiesen und einen sauberen Schlussstrich gezogen.«

Mein Nachbar hebt skeptisch seine Augenbrauen.

Vielleicht sind Mord und Selbstmord keine Patentrezepte. Aber ist es besser, jahrelang durch die Kneipen dieser Welt zu ziehen und jede müde Mark in Wodka und Rum anzulegen? Seit jenem Tag bin ich nicht mehr zur Ruhe gekommen. »Ich mag nicht mehr«, sagte ich laut und bin über die Entschiedenheit in meiner Stimme selbst überrascht. »Mein Leben ist nichts als ein Stück Scheiße. Ich habe nichts als Mist gebaut. Wenn man's genau betrachtet, bin ich am Tod von zwei Menschen schuld und am Ruin der Krüger-Werke.«

»Eine Menge Holz für eine einzelne gottbeschissene Kreatur, Kumpel!«

Jetzt muss auch ich grinsen. Der Typ ist wirklich unverbesserlich. Ich kippe den Rest Rum in mein leeres Glas. Doch bevor ich es ex und hopp austrinken kann, hält der Fremde meinen Ellbogen fest. Sein Gesicht ist ganz nah vor meinem. Er hat blaue Augen, die mich auf meinem Barhocker festnageln.

»Nee, Kumpel, so leicht kommst du mir nicht davon. Sterben ist ein hartes Stück Arbeit. Aus dem Leben schleicht man sich nicht mit zwei Flaschen Rum. Bevor man etwas aufhört, muss man erst einmal mit etwas anfangen.«

Ich denke, ich bin im falschen Film. Was will der Typ eigent-

lich von mir. Verdammt, ich bestimme selbst, wie ich mich um die Ecke bringe.
»Ich will hier und jetzt sterben«, sage ich trotzig. »Komm, verpiss dich, und lass mich in Ruhe.«
Der Typ sieht mich so mitleidig an, dass ich ihm am liebsten an die Gurgel ginge, wenn ich nicht so betrunken wäre. Mit dem gleichen Blick bedachte mich Britta, nachdem sie ihre schreckliche Botschaft losgeworden war. Die Kälte war aus ihrem Gesicht gewichen. Sie sah nur noch müde und unsagbar traurig aus.
Für einen kurzen Moment schöpfte ich Mut. Ich stand vom Sofa auf und warf mich in ihre Arme. Sie streichelte mir über den Kopf und verlangte im gleichen Moment die Haus- und Wagenschlüssel.
»Du tust mir einfach nur noch Leid, Conny«, sagte sie. »Die kleine Kowalski hat mir einen großen Dienst erwiesen. Wenn ich gewusst hätte, wie leicht du auf ein Luder wie sie hereinfällst, hätte ich dir schon vor Jahren eine solche Versuchung ins Büro geschickt. Kein Richter scheidet eine Ehe wegen Langeweile und Mitleid. Dagegen ist Ehebruch eine ganz klare Sache. Du hast einfach alles falsch angefangen.«
Sie wusste über Bleibtreu und mich bestens Bescheid. »In deiner grenzenlosen Dummheit hast du dich selbst erledigt.«
Sie hatte mir zwei Koffer gepackt vor die Haustür gestellt und diese dann leise hinter mir zugezogen. Mein traumhaftes Leben war ausgeträumt.

Und so als hätte der Typ Brittas letzte Worte gehört, sagt er mitleidig: »Du hast aber auch gar nichts in deinem Leben begriffen.«
Erneut versuche ich ihn an den Schultern zu packen, aber er weicht mir aus, greift sich in die Tasche seiner Shorts und legt einen schwarzen Revolver vor mein Glas mit Rum. Ich

bin schockiert. Ich habe noch nie aus nächster Nähe eine Waffe gesehen.

»Pack das Ding weg.« Ich merke, wie Panik in mir hochsteigt.

»Warum?« Er fragt wie ein unartiges Kind.

»Warum, warum? Das ist doch kein Spielzeug.«

»Wenn du willst, kannst du den Revolver haben.«

»Was soll ich damit?« Nun bin ich wirklich fassungslos.

»Na, dich erschießen. Ist die sicherste Methode. An die Schläfe gehalten ergibt sich eine Sterberate von hundert Prozent.« Dabei lacht er mich spöttisch an, als würde er scherzen.

»Ich will mich nicht erschießen.«

»Ich dachte, du willst unbedingt sterben?«

Natürlich will ich sterben. Seit Jahren will ich das, aber doch nicht so. Mit Alkohol geht es doch viel angenehmer. Man muss nur genug trinken. So sterbenselend, wie ich mich jetzt fühle, kann der Tod nicht mehr weit sein.

»Du denkst, mit Alkohol ist es einfacher? Irrtum, Kumpel. Wenn du in ein oder zwei Stunden endlich vom Hocker kippst, und so lange wird es mindestens noch dauern, werden sie die Ambulanz holen und dich in ein großes, mieses Krankenhaus bringen. Sie werden dir den Magen auspumpen und dich mit schlechtem Kaffee wach halten, damit du ihnen nicht krepierst. Dann schicken sie dich gnadenlos auf die Straße zurück.«

»Dann gehe ich ins Wasser«, sage ich heroisch. »Wasser ist ja wirklich mehr als genug da.«

»Okay, Kumpel, lass uns gleich gehen, solange du es noch mit meiner Hilfe bis zum Strand schaffst.«

Verbissen halte ich mich an der Tresenkante fest. Ich will erst meinen Rum austrinken. Den habe ich schließlich bezahlt. Am liebsten würde ich weinen. Warum lässt mich dieses Arschloch nicht einfach in Ruhe? Meine Knie schlagen schlotternd aneinander. Bestimmt bekomme ich blaue Flecken. Meine Kehle ist so trocken, als hätte ich seit Stunden nichts mehr getrunken. Und meine Pumpe drückt mir den Atem ab, so schwer liegt sie in meiner Brust. Ich sehe den Revolver vor mir liegen, und meine Angst ist so groß, dass ich sie im ganzen Körper spüren kann.

»Warum kannst du den sanften Tod, den du schon gestorben bist, nicht einfach akzeptieren und geduldig abwarten, bis eines Tages der richtige kommt?«

Der Typ hat wirklich Nerven. Was heißt hier sanfter Tod? Ich sehe meine zittrigen Hände an, ich fühle mein schweres Herz, meine schlotternden Knie, ich bin leider nie lebendiger gewesen als jetzt.

»Die zwei Weiber haben dir beigebracht, dass du eine feige Pflaume bist, eine Null, ein Niemand, auf den man gut und gerne verzichten kann. Es sind immer die verdammten Frauen, die uns Männern klarmachen, welch lautlose Pfeifen wir sind. Wir bringen nicht den kläglichsten Ton hervor, wenn nicht der richtige weibliche Organist auf uns spielt. Britta hat dir gezeigt, ohne sie bist du so gut wie tot. Wenn sie dich nicht mehr liebt, wird es auch keine andere mehr tun. Denn sie war die Beste für dich, die Schönste, Klügste, Reichste, Begehrenswerteste. Wer soll nach ihr noch kommen?«

»Du verdammter Klugscheißer!«

Er lächelt nur süffisant. Meine Wut beeindruckt ihn nicht im geringsten. Stattdessen wird er philosophisch: »Wann werden wir Männer endlich lernen, dass wir auf eigenen Füßen stehen müssen, bevor wir uns auf das Spiel mit den Frauen einlassen?«

Langsam begreife ich durch meinen Rumnebel, was er mir sagen will. Er steht auf und streckt mir seine Hand hin.

»Mach's gut, alter Kumpel, aber mach's ordentlich!«

Noch bevor ich etwas erwidern kann, ist er in der Menschenmenge der Bar verschwunden. Vor mir liegt ein schwarzer Revolver. Ich streiche mit den Fingern über den Lauf. Er ist kühl trotz der Hitze. Irgendwie fühle ich mich total nüchtern. Die Flasche vor mir ist fast leer. Ich denke, der Typ hat Recht. Auch mit dieser Flasche würde es mir nicht gelingen, abzukratzen. Ich schiebe den Revolver in die Tasche meiner Shorts. Schließlich kann man in einer Havanna Bar keinen Revolver offen liegen lassen.

Irgendwie schaffe ich es über den Malécon zum Strand. Ich lasse mich auf einem der Felsen nieder. Die aufgehende Sonne scheint mir warm ins Gesicht. Ich breite die Arme aus, wie um das Sonnenlicht zu umarmen. Es ist ein herrliches Gefühl. Mein Ticket zurück nach Florida liegt im Koffer, der neben mir steht. Fidel Castro mag keine Einwanderer. Vielleicht ist das mein Glück. Über meinem Kopf kreischen zwei Möwen. Sie jagen sich ausgelassen. Im gelben weichen Morgenlicht kann sich niemand erschießen. Ich schon gar nicht. In drei Stunden geht mein Flieger. In der Tasche meiner Shorts bekomme ich den Revolver zu fassen und betrachte ihn einen Augenblick. Es wäre so einfach. An die Schläfe halten, abdrücken, aus! Stattdessen werfe ich die Waffe in einem hohen Bogen ins Meer. Zum Sterben bleibt immer noch Zeit. Aber zum Leben bleiben mir vielleicht nur noch wenige Tage, vielleicht nur Wochen. Wer weiß das? Der Typ hatte Recht, man kann nur etwas beenden, was man begonnen hat. Heute beginnt mein Leben – neu! Oder doch besser erst morgen?

Lawrence Block

Heiße Augen, kalte Augen

Manche Tage waren leicht. Dann ging sie zur Arbeit und kam nach Hause, ohne einmal den Angriff, den Überfall durch Männeraugen zu spüren. Sie konnte ihren Lunch mit in den Park nehmen und dort essen. Sie konnte den Heimweg unterbrechen – in der Bücherei für ein Buch, im *Delicatessen* für ein Brathähnchen, in der Reinigung, im Drugstore. Kühl und forsch konnte sie sich an solchen Tagen durch Raum und Zeit bewegen, unberührt vom Starren der Männer.

Ohne Zweifel wurde sie auch an diesen Tagen angestarrt, ebenso wie an den schwierigeren Tagen. Sie war der Typ, den Männer anschauten, und das hatte sie sehr früh begriffen – als ihre Beine länger wurden und sich ausbildeten, als ihre Brüste sich formten. Später, als die Beine noch länger wurden und die Brüste voller, als ihr Gesicht die kindliche Molligkeit verlor und von der Zeit zu Schönheit bearbeitet wurde, nahm das Starren zu. Sie war attraktiv, sie war schön, sie war – seltsamer Ausdruck – eine Augenweide. Deshalb schauten Männer sie an, und an den leichten Tagen schien sie es nicht zu bemerken, ließ das rüde Starren nicht den unsichtbaren Schild durchdringen, der sie schützte.

Aber dies war keiner dieser Tage.

Es begann am Morgen. Sie wartete auf den Bus, als sie zum ersten Mal die Hitze von Männeraugen spürte. Zuerst wollte sie sich zwingen, das Gefühl zu ignorieren; sie wünschte, dass der Bus kam und sie fortbrachte, aber der Bus kam nicht, und sie konnte nicht ignorieren, was sie spürte, und

unweigerlich wandte sie sich von der Straße ab, um den Ursprung des Gefühls zu betrachten.
Ein Mann lehnte da an einem roten Backsteingebäude, keine zwanzig Meter entfernt. Er war etwa fünfunddreißig, unrasiert, und seine Kleider sahen aus, als ob er darin geschlafen hätte. Als sie sich zu ihm umdrehte, kräuselten sich seine Lippen ein wenig, und seine Augen – rot gerändert und glasig – richteten sich zunächst auf ihr Gesicht, wanderten dann dreist ihren ganzen Körper hinab. Sie konnte die Hitze der Augen fühlen; sie sprang von den Augen über, zu ihren Brüsten und ihren Lenden, wie eine elektrische Ladung beim Überschlag.
Absichtlich legte er eine Hand auf den Unterleib und rieb sich. Sein Lächeln wurde breiter.
Sie wandte sich ab, holte tief Luft, stieß sie wieder aus und wünschte den Bus herbei. Selbst jetzt, da sie ihm den Rücken zudrehte, konnte sie die Umarmung seiner Augen spüren. Sie waren wie heiße Hände auf ihrem Gesäß und unten im Rücken.
Der Bus kam, weder zu früh noch zu spät, und sie stieg die Stufen hinauf und steckte ihr Fahrgeld in den Schlitz. Der übliche Fahrer, ein väterlicher Typ mittleren Alters, lächelte sie wie üblich an und wünschte ihr wie üblich einen guten Morgen. Seine Augen waren unschuldiges Wasserblau hinter dicken Brillengläsern.
Bildete sie es sich vielleicht nur ein, dass seine Augen dabei über ihren Körper glitten? Aber sie konnte die Augen auf ihren Brüsten fühlen, fühlte auch die eigenen Brustwarzen, wie sie hart wurden als Antwort auf die fühlbare Berührung.
Sie ging den Mittelgang entlang, zum ersten freien Sitzplatz. Männeraugen verfolgten sie auf jedem Schritt ihres Weges.

Der Tag ging so weiter. Es überraschte sie nicht, wenn sie auch gehofft hatte, dass es anders wäre, während der Busfahrt gebetet hatte, dass Augen sie nicht mehr behelligen würden, sobald sie aus dem Bus stiege. Sie wusste aber längst, wenn ein Tag so begann, stand sein weiteres Muster unabänderlich fest.

Ob es etwas sein mochte, was sie tat? Ob sie dieses hungrige Starren herausforderte? Sicher tat sie nichts in der Absicht, männliche Gier zu provozieren. Ihre Kleidung war ausreichend konservativ, ihr Make-up dezent und unauffällig. Schwenkte sie beim Gehen die Hüften? Leckte sie sich die Lippen – Schmollmund einer schwülen Sexbombe? Sie war sicher, dass sie nichts davon tat, und oft kam es ihr vor, als ob sie auch die Tracht einer Nonne tragen könnte, und das Ergebnis wäre das gleiche. Männeraugen würden den schwarzen Rock lupfen und den Schleier fortreißen.

In dem Bürogebäude, wo sie arbeitete, blickte der Aufzugführer ihre Beine an, schenkte ihr dann ein wissendes, feuchtlippiges Lächeln. Einer der Büroboten, ein hasenartiger Junge mit schlechter Haut, starrte auf ihre Brüste und wurde dann knallrot, als sie ihn dabei erwischte. Zwei ältere Männer betrachteten sie vom Trinkwasserkühler her. Einer beugte sich vor und flüsterte dem anderen etwas zu. Beide kicherten und sahen sie weiter an.

Sie ging an ihren Schreibtisch und versuchte, sich auf die Arbeit zu konzentrieren. Es war schwierig, weil sie immer wieder Augen spürte, die ihren Körper betasteten, die über sie strichen, wie in einem Knastfilm Suchscheinwerfer über den Gefängnishof. Es gab Momente, in denen sie schreien, Momente, in denen sie mit dem Stuhl herumfahren und mit etwas werfen wollte. Aber sie beherrschte sich und tat nichts Derartiges. Sie hatte solche Tage schon oft genug überlebt. Auch diesen würde sie überleben.

Das Wetter war schön, aber an diesem Tag verbrachte sie die Mittagspause lieber an ihrem Schreibtisch, statt den Park zu riskieren. Am Nachmittag wurde das Gefühl, beobachtet zu werden, einige Male unerträglich; dann zog sie sich auf die Damentoilette zurück. Die letzten Stunden ertrug sie Minute um Minute, und endlich war es fünf Uhr, und sie räumte ihren Tisch auf und ging.

Die Fahrt abwärts mit dem Lift war unerträglich. Sie ertrug sie. Die Heimfahrt mit Bus, der Weg von der Haltestelle zu ihrem Apartmenthaus war unerträglich. Sie ertrug sie.

In ihrem Apartment, die Tür verschlossen und verriegelt, zog sie die Kleider aus und schleuderte sie in eine Ecke des Raums, als ob sie unrein wären, als ob der Tag sie unrettbar besudelt hätte. Sie blieb sehr lange unter der Dusche, wusch sich die Haare, föhnte sie, ging dann wieder in ihr Schlafzimmer und stand nackt vor dem lebensgroßen Schranktürspiegel. Eine ganze Weile musterte sie sich; hin und wieder bewegten sich die Hände, um eine Brust zu wiegen oder der Biegung einer Hüfte zu folgen, nicht um zu erregen, sondern um zu prüfen, um die Dimensionen ihres physischen Ichs abzumessen.

Und nun? Allein essen? Ein paar Stunden mit einem Buch? Ein träger Abend vor dem Fernseher?

Sie schloss die Augen, und sofort spürte sie andere Augen auf sich, spürte sie, wie sie sie den ganzen Tag gespürt hatte. Sie wusste, dass sie allein war, dass niemand sie beobachtete, aber dieses Wissen half nicht, das Gefühl zu vertreiben.

Sie seufzte.

Sie wollte nicht, sie konnte nicht zu Hause bleiben, heute Abend.

Als sie das Gebäude verließ, in die kühle Abenddämmerung hinaustrat, sah sie völlig anders aus. Ihr hellbraunes Haar, das sie tagsüber hoch gesteckt getragen hatte, hing offen. Ihr Make-up war übertrieben, zu viel Mascara und dazu reichlich Rouge unterhalb der Backenknochen. Tagsüber hatte sie keinerlei Duft benutzt, außer ein wenig Jean Naté, morgens nach der Dusche; nun hatte sie sich förmlich mit dem Parfüm getränkt, das sie nur an Abenden wie diesem verwendete: ein durchdringender Moschusgeruch. Die Kleidung war eng und enthüllend, der Rock mit einem orientalischen Schlitz bis hoch zu einer Hüfte, der Halsausschnitt tief und offenherzig. Sie schritt zielstrebig aus auf ihren hochhackigen Schuhen; die Hüften schaukelten beim Gehen.

Sie sah nach Nutte aus und wusste es und genoss das Wissen. Bevor sie das Apartment verließ, hatte sie alles sorgfältig im Spiegel überprüft, und was sie sah, hatte ihr gefallen. Als sie nun die Straße entlangging und die Handtasche gegen ihre schwingende Hüfte schlug, konnte sie fühlen, wie sich die Hitze in ihrem Fleisch aufbaute. Sie spürte auch die Augen der Männer, an denen sie vorüberkam: Männer, die auf Veranden saßen oder in Eingängen lungerten, Männer, die zu einem Ziel unterwegs waren und anhielten, um ihr einen Blick zuzuwerfen. Aber etwas war anders. Nun genoss sie diese Blicke. Sie weidete sich an der Hitze in diesen Augen, und das Feuer in ihr brannte zur Antwort noch heißer.

Ein Wagen bremste. Der Fahrer beugte sich über den Sitz herüber, rief sie an. Sie verstand die Worte nicht, spürte aber die Berührung der Augen. Jetzt pulsierte etwas in ihr, drängend, in ihrem ganzen Körper. Sie hatte Angst – vor ihren eigenen Gefühlen, vor den realen Gefahren, die ihr drohten –, aber gleichzeitig war sie lebendig, wunderbar lebendig, wie sie es zu lange nicht gewesen war. Vorher war sie einfach durch den Tag gegangen. Nun sang das Blut in ihren Adern.

Sie ging an mehreren Bars vorüber, bis sie die Cocktail-Lounge fand, die sie suchte. Der Innenraum war schumme-

rig beleuchtet, der Boden mit weichen Teppichen bedeckt. Die viel zu hoch eingestellte Klimaanlage hatte die Temperatur fast unbehaglich abgesenkt. Forsch ging sie hinein. An der Wand gab es mehrere leere Tische, aber die ignorierte sie, ging mit schaukelnden Hüften zur Bar und setzte sich auf einen Hocker am hinteren Ende.
Die kalte Luft auf ihrer warmen Haut stimulierte sie. Der Barmann gab ihr noch eine Minute, dann kam er langsam herüber und lehnte sich vor ihr gegen die Bar. Er blickte gleichzeitig wissend und gleichgültig; seine schweren Lider hingen über den dunkelbraunen Augen und ließen sie schläfrig wirken.
»Einen Stinger«, sagte sie.
Während er den Drink mixte, nahm sie die Handtasche auf den Schoß und wühlte nach ihrem Portemonnaie. Sie fand einen Zehner und stellte ihn aufrecht auf die Bar, kramte dann noch einen Moment versonnen in der Tasche, prüfte den Inhalt. Der Barmann stellte den Drink vor sie auf die Bar, nahm das Geld, kam mit dem Wechselgeld zurück. Sie betrachtete den Drink, dann ihr Bild im Spiegel hinter der Bar.
Männer sahen sie an.
Sie hatte es gewusst, sie wusste es immer. Die Blicke fielen auf sie und wärmten die Haut, wo sie sie berührten. Merkwürdig, dachte sie, dass die gleiche Empfindung den ganzen Tag so störend und unangenehm und nun so willkommen und erregend war.
Sie hob das Glas, nippte an ihrem Drink. Die Mischung von Cognac und Crème de Menthe war gleichzeitig warm und kalt auf den Lippen und der Zunge. Sie schluckte, nippte noch einmal.
»Ist das ein Stinger?«
Er berührte fast ihren Ellenbogen, und sie drehte die Augen

zu ihm, ohne den Kopf zu bewegen. Ein kleiner Mann, stämmig, mit beginnender Glatze, gebräunt, ein Schwarm Sommersprossen auf der hohen Stirn. Er trug ein marineblaues Hemd, offen, und seine dunkle Brustbehaarung war schon angegraut.

»Trinken Sie aus«, schlug er vor. »Ich möchte Ihnen einen ausgeben.«

Sie wandte sich ihm nun zu, sah ihn direkt an. Er hatte kleine Augen. In den Winkeln zeigte das Weiße ein Geflecht blauer Äderchen. Die Iris war ganz dunkelbraun, eine undurchsichtige Farbe, und die schwarzen Pupillen, stark geweitet in der schummerigen Bar, bedeckten den größten Teil der Iris.

»Ich hab Sie hier noch nie gesehen«, sagte er und hievte sich auf den Hocker neben ihrem. »Ich kuck normalerweise um diese Zeit hier rein, trink was, treff mich mit Freunden. Sie sind aber nicht neu in der Gegend, oder?«

Berechnende Augen, dachte sie. Seltsam leidenschaftslose Augen, trotz all ihrer kühlen Intensität. Am schlimmsten: Es waren kleine Augen, beinahe Knopfaugen.

»Ich lege keinen Wert auf Gesellschaft«, sagte sie.

»He, wie wollen Sie wissen, dass Sie mich nicht mögen, wenn Sie mir gar keine Chance geben?« Er grinste, aber ohne echten Humor. »Sie wissen ja nicht mal wie ich heiße, Lady. Wie können Sie einen völlig Fremden ablehnen?«

»Bitte lassen Sie mich in Frieden.«

»Wer sind Sie denn, Greta Garbo?« Er stand von seinem Hocker auf, trat einen halben Schritt zurück, starrte sie an und verzog den Mund. »Wenn Sie allein trinken wollen«, sagte er, »warum kaufen Sie sich dann nicht einfach ne Flasche und nehmen sie mit nach Hause? Die können Sie mit ins Bett nehmen und ihr einen blasen, Schätzchen.«

Er hatte die Bar für sie verdorben. Sie steckte das Wechselgeld ein, ließ den Drink stehen. Zwei Blocks weiter, in der nächsten Parallelstraße, fand sie eine zweite Cocktail-Lounge, fast nicht zu unterscheiden von der ersten. Vielleicht war die Beleuchtung ein wenig weicher, die Hintergrundmusik einen Hauch leiser. Wieder ging sie an den Tischen vorüber und setzte sich an die Bar. Wieder bestellte sie einen Stinger und ließ ihn einen Moment auf der Bar stehen, ehe sie den ersten köstlichen Schluck nahm.
Wieder spürte sie Männeraugen auf sich, und wieder lösten sie das gleiche heißkalte Gefühl aus wie die Mischung aus Cognac und Crème de Menthe.
Als diesmal ein Mann sich näherte, spürte sie seine Anwesenheit, lange bevor er sprach. Sie musterte ihn aus den Augenwinkeln. Er war groß und hager, wie sie bemerkte, und er hatte etwas Beherrschtes an sich, strahlte große Selbstsicherheit aus. Sie wollte sich umdrehen, ihn direkt ansehen, hob aber stattdessen ihr Glas an die Lippen und wartete auf seinen ersten Schritt.
»Sie sind ein bisschen spät dran«, sagte er.
Sie wandte sich um, sah ihn an. Er hatte etwas Raues, Wetterfestes, das zu den Western-Klamotten passte, die er trug – das ausgeblichene Flanellhemd, enge Jeans. Ohne nach unten zu blicken, wusste sie, dass er Stiefel trug, und zwar gute.
»Ich bin spät dran?«
Er nickte. »Ich warte schon seit fast einer Stunde auf Sie. Natürlich hab ich erst, als Sie reingekommen sind, gewusst, dass ich auf *Sie* gewartet hab, aber ein Blick hat dazu gereicht. Ich heiße Harley.«
Sie erfand einen Namen. Er schien damit zufrieden zu sein und verwendete ihn, als er fragte, ob er ihr einen Drink ausgeben könnte.
»Ich bin mit dem hier noch nicht fertig«, sagte sie.

»Warum trinken Sie dann nicht einfach aus, und wir machen einen Spaziergang im Mondschein?«
»Wohin wollen wir denn spazieren?«
»Mein Apartment ist nur anderthalb Blocks von hier.«
»Sie verlieren aber nicht viel Zeit.«
»Ich hab Ihnen doch gesagt, ich hab fast eine Stunde auf Sie gewartet. Ich glaub, der Rest vom Abend ist zu kostbar, um ihn zu vergeuden.«
Sie hatte ihm nicht direkt in die Augen sehen wollen, aber nun tat sie es und wurde nicht enttäuscht. Seine Augen standen nicht zu eng und nicht zu weit, sie waren groß, blau, hellblau, von einem Ton, der ihr oft kalt und abweisend schien. Aber seine Augen waren alles andere als kalt. Im Gegenteil, sie brannten mit leidenschaftlicher Intensität.
Als sie in seine Augen sah, wusste sie, dass er gefährlich war. Er war stark, er war direkt, und er war gefährlich. All das wusste sie nach wenigen Sekunden, nur indem sie seinem schonungslosen Blick begegnete.
Nun ja, das war gut so. Schließlich war Gefahr ein unabdingbarer Teil des Ganzen.
Sie schob ihr Glas beiseite und nahm das Wechselgeld. »Ich will nicht mehr austrinken«, sagte sie.
»Das hab ich auch nicht angenommen. Ich glaub, ich weiß, was du eigentlich willst.«
»Ich glaub, das weißt du wirklich.«
Er nahm ihren Arm, schob ihn unter seinen. Sie verließen die Bar, und auf dem Weg nach draußen konnte sie andere Augen auf sich spüren, neidische Augen. Sie presste sich enger an ihn und bewegte die Hüften so, dass ihr Gesäß seine Lenden berührte. Die Handtasche klatschte gegen ihre andere Hüfte. Dann waren sie draußen und gingen die Straße entlang.
Sie spürte Erregung, vermischt mit Angst, eine dem Stinger

nicht unähnliche Mischung von Gefühlen. Die Angst, wie die Gefahr, war Teil des Ganzen.

Sein Apartment bestand aus zwei karg möblierten Räumen, drei Stockwerke oberhalb der Straße. Sie gingen wortlos ins Schlafzimmer und zogen sich aus. Sie legte ihre Kleider auf einen Holzstuhl, stellte die Tasche auf den Boden, neben das flache Bett. Sie stieg ins Bett, er kam zu ihr, und sie umarmten einander. Er roch ein wenig nach Leder und Tabak und Männerschweiß, und sogar mit geschlossenen Augen konnte sie sehen, wie seine blauen Augen in der Dunkelheit brannten.
Sie war nicht überrascht, als seine Hände ihre Schultern ergriffen und sie abwärts schoben. Sie hatte es erwartet und begrüßte es. Sie bewegte den Kopf, ließ ihr langes Haar über seinen flachen Unterleib streichen, und dann nahm sie ihn auf. Er wickelte die Finger in ihr Haar, was nicht unangenehm schmerzte. Sie sog seinen Moschusgeruch ein, als ihr Mund ihn umfing, und auf ihre Weise maß sie seine Stärke mit der ihren, reizte, lockte, heizte seine Leidenschaft an und kühlte sie dann wieder ab, kurz vor dem Höhepunkt. Seine Atmung wurde rau; Muskeln arbeiteten in seinen Beinen und seinem Unterleib.
Endlich ließ er ihr Haar los. Sie kroch im Bett weiter nach oben, neben ihn, und er rollte sich auf den Rücken und legte sich auf sie, sein Mund suchte ihren, sein Fleisch vergrub sich in ihrem Fleisch. Sie umklammerte seine Hüften mit den Oberschenkeln. Er rammte gegen ihre Lenden, hämmerte, tat ihr weh mit der rohen Gewalt seiner Männlichkeit.
Wie stark er war und wie ausdauernd. Wieder dachte sie, was er für ein gefährlicher Mann war und was für ein gefährliches Spiel sie spielte. Der Gedanke spornte ihre eigene Leidenschaft nur an, schürte ihr Feuer höher und heißer.

Sie fühlte, wie sich ihr Körper zum Orgasmus bereitmachte, fühlte den zunehmenden Drang, sich aufzugeben, völlig die Kontrolle zu verlieren. Aber ein Teil ihres Ich blieb unberührt, distanziert, und sie ließ den Arm über die Bettkante hängen und langte nach ihrer Handtasche, tastete darin.
Und fand das Messer.
Nun konnte sie sich entspannen, nun konnte sie aufgeben, nun konnte sie sich dem hingeben, was sie fühlte. Sie öffnete die Augen, starrte nach oben. Seine Augen waren geschlossen, während er heftig stieß. *Mach die Augen auf,* bedrängte sie ihn stumm, *mach sie auf, mach sie auf, sieh mich an –*
Und es war, als ob seine Augen sich tatsächlich öffneten, um ihrem Blick zu begegnen, gerade als sie gemeinsam zum Höhepunkt kamen, gerade als sie das Messer hinter seinem Rücken auf das Herz richtete und dann sicher zustieß.

Später, in ihrem Apartment, legte sie seine Augen in die Schachtel zu den anderen.

Tessa de Loo

Die Mädchen von der Süßwarenfabrik

Möchte noch jemand eine Praline?«, fragt Cora. Mit ihrer molligen Hand reicht sie die halb leere Schachtel herum. Niemand beachtet sie. Trix fischt sich ein blondes Haar aus dem Mund, sie weiß nicht, ob es von ihr oder von ihm ist. Lien versucht vergeblich, sich eine Zigarette anzuzünden. Ihre Hände zittern. Ich sitze da und sehe sie in der vagen Erwartung an, dass eine von ihnen das Vorgefallene erklärt oder wir uns irgendwie dafür verantworten werden. Gibt es für das Vergehen, dessen wir uns schuldig gemacht haben, ein Wort, eine Bezeichnung oder einen juristischen Begriff?

»Ich habe sogar meine Pralinen vergessen«, sagt Cora, »das will was heißen.« Sie holt das Versäumte jetzt reichlich nach. Eine Praline nach der anderen verschwindet in ihrem zyklamroten Mund.

»Verflucht«, sagt Lien und schaut uns durch ihre dicken Brillengläser der Reihe nach viel sagend an. Wir lachen nervös.

Trix' blaue Augen sind heller als sonst. »Wenn sie uns Fragen stellen«, flüstert sie, »dann weiß ich gar nichts.«

»Wir wissen alle nichts.« Coras Finger fummeln an einem Silberpapier herum. »Lass sie nur kommen.«

»Wir haben ihn noch nie gesehen.« Mit einer ruckartigen Bewegung nimmt Lien die bleischwere Brille von ihrer Puppennase und entblößt, nicht ohne Gefühl für Dramatik, ihre halb blinden Augen. »Noch nie«, sagt sie beschwörend. Dann, als sei sie vom Gewicht ihrer Worte erschrocken, zündet sie erneut ein Streichholz an und zieht heftig an der Zigarette. Diesmal klappt es, und der Rauch geht wie bei einer Anfängerin direkt in ihre Luftröhre, wo er einen heftigen Hustenreiz auslöst, der Tränen über ihre Wangen rinnen lässt.

Meine Gedanken verdrängen einander fieberhaft, purzeln in ihrer Eile übereinander, und obwohl jeder einzelne darauf bedacht ist, Klarheit zu schaffen, stiften sie nur Verwirrung. Haben wir uns, obwohl jede von dem Zeitpunkt an, wo wir abends erschöpft aus dem Zug steigen, bis zum nächsten Morgen, wo wir unsere noch müden, trägen Glieder aufs Trittbrett hieven, ein eigenes Leben führt, im täglichen Zusammensein auf den Schienen unbewusst einander ausgeliefert, und sind wir durch dieses Ereignis nun für immer und ewig aneinander geschmiedet? Wie können in das warme Gefühl der schicksalhaften Verbundenheit, das mich durchströmt, immer wieder Breschen geschlagen werden durch den bedrückenden Gedanken, dass meine Mittäterschaft die Ursache ist?

Wir nähern uns unserem Ziel. Die strenge Polderlandschaft mit ihren schnurgeraden Gräben wird bald in einen Flickenteppich aus Kleingärten übergehen: der Vorbote der Stadt. Bisher hat es mich jeden Tag bei dem Gedanken geschaudert, in einem der Bauernhäuser in diesem geometrischen Niemandsland wohnen zu müssen. Heute nicht: Die Welt ist zusammengeschrumpft auf dieses Abteil und die Personen, die sich darin befinden.

»Einer von euch wird mich vor Sonnenaufgang verraten«, sagt Trix mit dumpfer, getragener Stimme, und ich bilde mir ein, dass der Blick, den sie mir zuwirft, mich daran erinnern soll, dass ich die Neue in der Gruppe bin.

»Unsinn«, ruft Cora, »wir sitzen doch alle im selben Boot.« Wie jeden Morgen wirft sie die leere Schachtel in den Abfallbehälter unterm Fenster und seufzt zufrieden. Sie hat gefrühstückt.

Seit Jahren fuhren sie gemeinsam in diesem Abteil, das sich am Zugende befand, im allerletzten Wagon, der meistens außerhalb der Überdachung des Bahnhofs zum Stehen kam, als gehörte er nicht richtig dazu und könnte unterwegs verloren gehen, ohne dass es jemand merkte. Morgens besetzte eine von ihnen das Abteil und hielt Eindringlinge fern.
War diese täglich Bahnreise für die anderen schon zur eingefleischten Gewohnheit geworden, bei mir war es noch nicht einmal einen Monat her, dass ich die Strecke zum ersten Mal zurückgelegt hatte. Nachdem wir uns bei der Arbeit kennen gelernt hatten, luden sie mich in ihr Heiligtum, ihr Abteil, ein, als sei es extra für das Personal der Süßwarenfabrik reserviert. Durch ihre Anwesenheit erhielt der Raum die Intimität einer Wohnstube oder einer Stammkneipe: Coras Pralinenschachtel stand wie eine Kanne Kaffee oder eine Flasche Genever mitten auf dem Klapptisch; Lien, die sich keinen Moment der Untätigkeit gönnte, strickte, und Trix lag ausgestreckt mit ihren schlanken, in glänzende Nylons gesteckten Beinen auf der Bank und blätterte in einer Modezeitschrift oder einem Blatt der Regenbogenpresse. Sie tauschten Erfahrungen aus, erteilten einander lakonisch Ratschläge und lachten über ihre eigenen Sorgen am lautesten. Das Weltgeschehen war für sie das Gleiche wie die wechselnde, ungreifbare Landschaft hinter dem Fenster: Sie konnten keinen Einfluss darauf nehmen, und wenn auch ständig Veränderungen stattfanden, im Grunde blieb sich alles gleich und hatte es keinen Sinn, Worte darüber zu verlieren.
Von den drei älteren Schaffnern, die auf dieser Strecke ihren Dienst versahen, wurden sie »die Mädchen« genannt. Cora bot ihnen jeden Tag eine Praline an, sie lehnten jedoch im-

mer hartnäckig ab. Mit leichtem Abscheu gingen ihre Blicke von der Schachtel zu Coras umfangreicher Gestalt, als wäre sie bis in ihre runden Fingerkuppen mit Pralinen gefüllt und als strömte nur Kirschlikör durch ihre Adern.

Wenn sie jedoch erkältet waren oder blass und zerknittert aussahen, ließen sie sich gern von ihr bemuttern. Machte Cora eine Bemerkung über ihren Bauchansatz, ihre fortschreitende Kahlköpfigkeit oder ihre Potenz, dann protestierten sie nur der Form halber.

Trix, das Objekt ihrer maßlosen Bewunderung, scheute sich nicht, sie anzuheizen: Sobald die Tür aufgeschoben wurde, nahm sie eine laszive Haltung ein. Der Blick des Schaffners saugte sich sofort an dem verführerischen Fahrgast fest, wonach er ertappt und beschämt zu Cora glitt, die es mit leidvoller Miene beobachtete.

Mit Lien unterhielten sie sich je nach Jahreszeit über das letzte Fußballspiel, über Schlittschuhlaufen, Boxen und Radrennen. Es gab keine Sportveranstaltung am Wochenende, bei der sie und ihr Mann fehlten, und obwohl sie auch da ihre Stricknadeln tanzen ließ, wusste sie genau, was sich abspielte.

Für die Schaffner war das Abteil ein Ruhepunkt in dem Zug mit ansonsten ständig wechselnden Fahrgästen. Gerührt verziehen sie den Mädchen ihre Vergesslichkeit, wenn sie ihre Monatskarte nicht rechtzeitig verlängert hatten. Manchmal ließ sogar einer von ihnen den Zug warten, bis Cora sich einen Kaffee aus dem Bahnhofsautomaten geholt hatte und mit ihrer matronenhaften Körperfülle zum fast vergessenen, nicht recht dazugehörigen Zugende watschelte.

Durch die Glastüren zum Garten sah ich unnatürlich große, rote Tulpen, die irgendwie der Standpauke noch mehr Nachdruck verliehen, die mir mein Vater hielt, während wir, mein Vater, meine Mutter und ich, zu dritt am ovalen Tisch unter der mit Schantung-Seide bezogenen, von Fliegendreck schwarzen Hängelampe saßen.

»Sie hat dein Sündenregister aufgeschlagen«, sagte mein Vater geheimnisvoll und drohend.

Ich verschob meinen Fuß unterm Tisch, stieß auf einen anderen, sich leicht bewegenden Fuß und zog meinen abrupt zurück.

»Ich muss schon sagen, es ist ja wirklich fabelhaft, wie du alle Chancen verspielst, die dir geboten werden.«

Meine Mutter rümpfte die Nase.

»Das Einzige, wo du eine eindrucksvolle Erfindungsgabe zur Schau stellst, ist das Spicken«, sagte sie. Er trommelte mit den Fingern auf die Tischplatte. »Du scheinst dir geleistet zu haben, vor der Klasse ein Gedicht aufzusagen, dessen Text du mit einer Sicherheitsnadel zwischen deinen Rockfalten befestigt hast, sodass du nur ab und zu einen Blick nach unten werfen musstest.«

Flüchtig schaute ich auf meinen Rock. Es war nicht der von damals, erinnerte ich mich, aber er hatte einen ähnlichen Schnitt: meterweit, mit drei Petticoats darunter. Einen nach dem anderen hatte Ruud sie abgestreift. Dabei verhakten sich seine Finger in dem hellgelben, der hatte nun ein Loch.

»Und das alles, während draußen dieses Moped-Gesindel ungeniert ins Klassenzimmer gegafft und dir zugelacht und gepfiffen hat.«

Überflutet vom Sonnenlicht, das im Chrom ihrer Lenkstangen und Scheinwerfer glitzerte, ärgerten sie die Schüler und all die Schwachköpfe, die dort unterrichteten. Ganz vorn stand Ruud, in Schwarz gekleidet, schräg an sein Moped gelehnt. Die einzigen Farben an ihm waren das Blau seiner halb zugekniffenen Augen und das rote Köpfchen des Streichholzes, das er grinsend zwischen den Zähnen hin und her

bewegte. Ab und zu fuhr er sich langsam mit der Hand durch die zurückgekämmte Tolle.
Wie in Trance begann ich laut:

Was kann ich ohne dich,
als ewig, ewig sterben;
was hab' ich ohne dich,
das ich lieben werde?

Nervös klopfte Fräulein Kalmoes ans Fenster und bedeutete den Jungen zu verschwinden. In ihrem hellbraunen Kostüm und der grau melierten Dauerwelle war sie nur ein ohnmächtiger Spatz. Die Jungen blickten sie unverfroren an wie einen exotischen Affen, der verrückte Sprünge macht. In der Klasse herrschte eine Stimmung wie in einem Hundezwinger, wenn neue Besitzer in die Käfige lugen. Die Klasse bellte fast. Unter dem verbissenen Blick der Lehrerin fuhr ich fort:

Hingehen lass mich ...
da, wo immer Sommer ist
und Sonnenlicht mich besprüht ...

»Du interessierst dich für gar nichts«, sagte mein Vater, »nur für das andere Geschlecht.«
»Ein Mädchen wie dich heiratet keiner«, ergänzte meine Mutter leise, »sie laufen hinter dir her, benutzen dich und werfen dich weg, heiraten tun sie ein anständiges Mädchen.« Sie sah blass und blutarm aus. Hatte tiefe Ringe unter den Augen. Es ist kein Vergnügen, dachte ich, das ganze Leben mit meinem Vater zu verbringen. Ich bin jetzt schon total geschafft.
»Wir sind mit unserem Latein am Ende, deine Mutter und ich«, fuhr mein Vater fort. Aus der Innentasche seines Ja-

cketts zog er eine Uhr heraus, die er zu seinem fünfundzwanzigsten Lehrerjubiläum bekommen hatte. Er warf einen schrägen Blick darauf und steckte sie wieder ein. Es war sein Bridge-Abend, sehr lange konnte es also nicht mehr dauern.
»Zuerst haben wir es mit dem Gymnasium versucht, und als das nicht ging, dachten wir: Schicken wir sie in die Haushaltsschule, dann lernt sie wenigstens kochen und nähen. Aber auch da dasselbe Lied, nur Faulenzerei und Scherereien.«
Eine Fliege umkreiste leicht benommen seinen Kopf. Sie musste im Haus überwintert haben, die Trägheit des Winterschlafs hielt sie noch gefangen. »Du weißt, dein Vater ist Sozialist.« Mit einer unbestimmten Handbewegung verscheuchte er die Fliege. »Freiheit, Gleichheit, Brüderlichkeit halte ich in Ehren. Aber ich weiß auch, dass der Pöbel, die große Masse, überhaupt keine Kultur hat. Wenn sie nicht denken müssen, sind sie in ihrem Element. Und es ist traurig, dass du auch zu ihnen gehörst. Ich hatte für meine Tochter eine bessere Zukunft geplant, aber du hast dich anders entschieden. Kurz und gut«, er räusperte sich, »du suchst dir eine Stelle. Egal was: Verkäuferin, Haushaltshilfe, Hilfsarbeiterin in der Fabrik, Putzfrau oder was es da sonst noch gibt.«
Als ob das Todesurteil über mich gesprochen sei, warf mir meine Mutter einen gewichtigen Blick zu, in dem Mitleid und Scham miteinander kämpften. Sie saß gelassen da, das Opfer ihrer Tochter.
Ich tauge nichts, dachte ich.
Würde ich doch nur schon in einem Laden oder in einer Fabrik arbeiten, nichts könnte so öde sein, wie mit meinen Eltern in diesem Zimmer zu sitzen und sie so entsetzliche Dinge sagen zu hören, gegen die ich nichts einwenden kann. Wenn ich den Blick abwende, um sie nicht ansehen zu müssen, ist nichts da, was Trost bieten könnte. Alles weckt maß-

lose Müdigkeit in mir: das über den Kaminsims drapierte Tuch, die Sansevierien auf der Fensterbank, die Bilder von toten Familienangehörigen, die keiner ausstehen konnte, an der Wand und der schwere Lehnstuhl meines Vaters mit der abgenutzten Stelle in der Mitte, die immer an seine Körperlichkeit erinnert. Wie ich meinen Vater satt habe.

Wie meine Schwester und ich nach der Schule auf ihn warten mussten, bis er ganz exakt seine Hefte und Bücher geordnet und in seine Aktentasche geschoben, Federhalter, Radiergummi und Lineal in ein Etui gesteckt, die Tafel abgewischt, die Bänke in Reih und Glied gebracht, Papierkugeln in den Papierkorb geworfen, die Schultür abgeschlossen, herumlümmelnde Kinder vom Schulhof gejagt hatte. Wie er anschließend, als er im Begriff war, die verkehrsreiche, von großen Kastanien überschattete Straße vor der Schule mit uns zu überqueren, mit der einen Hand den Nacken meiner Schwester umfasste und mit der anderen Hand meinen und sagte: »Erst nach links gucken, dann nach rechts und dann noch einmal nach links.« Und wie wir gemeinsam, in vollkommener Harmonie, die Straße überquerten.

»La douce France«, sagte er, wobei er mich über das französische Lehrbuch hinweg, das er aufgeschlagen vor sich hatte, eindringlich ansah. »La duus Fraáns.« Ein Speichelschauer aus seinem geschürzten Mund traf mein Gesicht. »Frankreich ist die Wiege der westeuropäischen Kultur. Es hat berühmte Philosophen, Pädagogen, Maler, Schriftsteller, Politiker hervorgebracht. Die Franzosen sind nicht so ein ungehobeltes Volk wie die Holländer. Sie sprrrechen vorrne im Mund.« Das R sprach er wie ein Singvogel aus.
Ich war noch nie in Frankreich gewesen und hatte auch absolut keine Lust dazu.

Außer Cora arbeiteten wir alle in der Lakritzabteilung. Dort, wo die flüssige Lakritze in die Förmchen tropfte, führte Trix die Aufsicht. Manchmal rann die Lakritze zu schnell heraus; wie heißes Pech quoll dann die Flüssigkeit über die Förmchen, tropfte von der Platte herunter und bildete unter der Maschine einen schwarzglänzenden Fluss. So schnell wie möglich brachte Trix den ganzen Prozess zum Stehen und suchte einen Monteur, der den Fehler behob. In der Zwischenzeit streckten wir unsere Glieder. Zu viert arbeiteten wir am Ende des Fließbands, wo die Lakritze in Zellophantüten rollte; unsere Aufgabe war es, sie zuzuschweißen. Wir freuten uns über die Stockungen der Maschine, manchmal sehnten wir sie herbei, nur damit der Lärm endlich aufhörte, der unseren Körper und Verstand zermürbte.

Cora arbeitete bei den Pralinen. Jeden Nachmittag stibitzte sie eine Schachtel für den nächsten Morgen. Meine Augen müssen hervorgequollen sein, als ich Cora zum ersten Mal frühstücken sah. Mit ihren molligen, beringten Händen wickelte sie eine nach der anderen aus. »Ich brauche das«, sagte sie. Nachdenklich glättete sie ein Silberpapierchen. »Zu Hause kriege ich morgens keinen Bissen runter.«

Sie nahm fast zwei Sitzplätze in Beschlag. In ihrem lilafarbenen Kleid mit grellgelben Noppen ähnelte sie einem riesigen Osterei. Über ihr hing das Foto einer schlanken Frau im weißen Kleid, die an einer altholländischen Zugbrücke lehnte.

»Wie kommt das?«, fragte ich.

»Mein Mann«, sagte Cora, »ist schon ungefähr sechs, sieben Jahre krank. Die Parkinsonsche Krankheit, sagte der Arzt damals. Na, vielen Dank, sagte ich, warum hat dieser Parkinson diese abscheuliche Krankheit nicht selber behalten? Was hat mein Mann damit zu tun?«

Ihre dunkelbraunen Augen schauten mich empört an, als sei es erst gestern geschehen. Ich fühlte mich unbehaglich, als wäre ich mitschuldig. die schlimmsten Krankheiten konnten einfach von einem Tag auf den anderen zuschlagen. Milliarden von Bakterien und Viren lauerten Tag und Nacht auf eine Gelegenheit, in den Körper einzudringen und an den schwächsten Stellen ihren Zerstörungsfeldzug zu beginnen.

Noch raffinierter waren jene bösartigen Elemente, Erbkrankheiten, die seit der Geburt im Körper anwesend sind und ruhig abwarten, bis die Zeit reif ist, sich zu offenbaren. Wenn ich nur daran dachte, bekam ich Schweißausbrüche und vor lauter Angst Schmerzen an allen möglichen Stellen meines Körpers.

»Er hat keine Kontrolle mehr über seine Bewegungen«, sagte Cora, »morgens muss ich ihn waschen, anziehen, hinunterlotsen und ihn mit Brei füttern, von dem ihm die Hälfte ständig wie Sabber übers Kinn läuft.« Sie gähnte herzhaft. Ihre Zunge war ein glänzendes rosa Tierchen, das sich krümmte. »Jetzt, wo die Kinder aus dem Haus sind, habe ich ein großes Kind dazubekommen.«

Cartoons von grotesken Mannweibern mit missmutigen Gesichtern, die den zappelnden Ehemann unterm Arm trugen wie ein Reisigbündel, schwebten mir vor Augen.

»Manchmal will er unbedingt Rad fahren«, sagte Cora, »aber er ist schon dreimal unterwegs vom Fahrrad gefallen.«

»Lass ihn doch Rad fahren«, sagte Trix, »vielleicht stürzt er sich mal zu Tode.« Verträumt starrte sie hinaus, Nebelfetzen trieben gelegentlich vorbei. Ihre langen Wimpern berührten ihre Wangen, wenn sie die Augen schloss.

»Dann hat sie doch niemanden mehr, für den sie sorgen kann.« Lien putzte mit einem karierten Männertaschentuch ihre Brille. Ihre Mausäuglein mit Ringen darunter blickten in Coras Richtung, die mit den Schultern zuckte.

In der ersten Woche kam ich abends erschöpft nach Hause. Meine Glieder fühlten sich matschig an, mein Rückgrat schien an verschiedenen Stellen geknickt zu sein wie der Mast eines Segelschiffs nach einem schweren Sturm; ich konnte nicht mehr aufrecht sitzen. Mein Vater erinnerte mich an die Tischmanieren, und meine Mutter sah mich besorgt an; ich fragte mich, ob sie ein neues Debakel befürchtete oder sich um meine Gesundheit sorgte, und neigte in meiner Müdigkeit zu der unfreundlichsten Annahme. Wenn ich endlich im Bett lag, konnte ich nicht einschlafen. In dem Labyrinth unter meiner Schädeldecke drängten sich die Bilder des vergangenen Tages, hallte das Echo der ratternden Maschinen, Musikfetzen und Menschenstimmen, die versuchten, sie zu übertönen.

Am nächsten Morgen im Zug, noch müder als am vorigen Abend, fragte ich mich, wie die anderen dies nun schon jahrelang durchhielten. Wenn das meine Zukunft ist, dachte ich, will ich lieber sterben. Aber sofort hörte ich in Gedanken meinen Vater protestieren, nicht gegen meinen Tod, sondern gegen meinen Widerwillen vor der Arbeit. Lautstark sprach er seine liebsten Losungen aus: Arbeit adelt, Recht auf Arbeit, Proletarier aller Länder vereinigt euch, Müßiggang ist aller Laster Anfang, die Ärmel hochkrempeln. Seine Stimme schallte, er lachte boshaft, machte ausgelassene Purzelbäume und rief dazu: Wir leben, um zu arbeiten, wir leben, um zu arbeiten.

Wie bei jedem, der seine Arbeit verabscheut, war der Montagmorgen für mich am schlimmsten; die Woche war ein Berg, auf den ein riesiger Stein geschleppt werden musste.

Zuerst dachte ich, dass es das schlaffe Wochenanfang-Gefühl war, weshalb Trix, als wir ins Abteil kamen, weiter - mürrisch aus dem Fenster sah, obwohl die an der Scheibe

herabrinnenden Regentropfen die Aussicht trübten. Wie ein Hund, der sich trockenschüttelt, zog Cora ihren Regenmantel aus, sodass uns die Tropfen ins Gesicht spritzten. Sie ließ sich gegenüber von Trix nieder, die Bank ächzte laut, als Cora sich mit ihrem vollen Gewicht hinsetzte. Mit routiniertem Griff öffnete sie die Pralinenschachtel. Danach schien sie zur Ruhe zu kommen und wandte sich ihrer Umwelt zu.
»Jesus Maria«, rief sie und schaute entsetzt zu Trix, »was ist denn mit dir passiert?«
Trix zuckte die Achseln. Beider Profil, das von Cora mit vor Entsetzen weit geöffnetem Mund, zeichnete sich gegen das Fenster ab.
»Um Himmels willen, wer hat das getan?«, rief Cora.
»Dolf«, sagte Trix gleichgültig.
»Schaut euch das an«, sagte Cora. Ihr schwerer Körper beugte sich vor. Mit ungewohnter Zartheit nahm sie Trix' Gesicht zwischen die Hände und drehte es uns zu.
»Verdammte Scheiße«, sagte Lien.
Im halbdunklen Abteil schien es kurz, als sei Trix' linkes Auge herausgerissen worden und hätte von der Augenbraue bis zur Mitte der Wange einen dunklen Kratzer zurückgelassen. Ich wäre am liebsten aus dem Abteil geschlichen, um es nicht sehen zu müssen. Gesichter mit Blutschwämmen, blutunterlaufene Augen, Hasenscharten, Spastiker, Bucklige, Mongoloide, Behinderte, wenn ich nicht hinschaute, gab es sie auch nicht. Reglos starrte ich auf Trix' linke Gesichtshälfte. Die Haut war dunkelviolett geschwollen. Das Augenlid war dick und verdeckte fast das ganze Auge; ich fragte mich, ob sie damit noch etwas sehen konnte. Quer über ihre Augenbraue verlief ein Bluterguss. Es sah aus, als könnte es nie verheilen, als müsste sie sich ihr Leben lang mit einem Gesicht behelfen, das einen schrillen Kontrast zeigte: Die eine Hälfte gehörte zu einem Engel, die andere zu einem

Aussätzigen. Das heile Auge, sonst tiefblau, war jetzt grau und ausdruckslos.
»Warum?«, fragte Cora.
»Weil er ein Arschloch ist.« Trix wandte den Kopf wieder ab und schaute zu Boden. Im Abteil war es ganz still. Der Regen strömte an der Scheibe herunter. Meine nassen Strümpfe trockneten langsam. Es juckte, aber ich traute mich nicht zu kratzen.
»Tut es weh?«, hörte ich mich mit heiserer Stimme fragen.
»Hier tut's weh«, sagte Trix, legte nicht ohne Pathos eine Hand unter ihre linke Brust und sah uns mit dem einen Auge flüchtig an.
»Was ist passiert?«, fragte Lien.
Trix seufzte. »Ich hab' mir schon gedacht, dass ich es jedem erklären muss. Am liebsten würde ich mich einen Monat verstecken. Was soll ich sagen? Samstagabend hat's angefangen. Auf der Hochzeit meines Bruders. Eppo Engelhardt, ein Jugendfreund von mir, war auch da. Ich hatte ihn jahrelang nicht mehr gesehen. Beim letzten Mal war er noch ein mageres Kerlchen mit Sommersprossen, ich war ihm beim Raufen überlegen. Er ist ein richtiger Mann geworden mit einem gepflegten schwarzen Bart, ich musste ihn ständig ansehen. Ihm ging es genauso. Wenn Eppo nicht gewesen wäre, wäre nichts passiert. Hier drin ist es so drückend. Kann man nicht ein Fenster aufmachen?«
»Dann regnet's rein«, sagte Cora.
»Wir haben bis zum Umfallen getanzt. Und viel gelacht. Verrückt«, ihre Stimme senkte sich, wir beugten uns zu ihr vor, »aber ganz kurz dachte ich: Dafür lebe ich, um einmal so etwas zu erleben.«
Sie schwieg.
»Was soll ich sagen? Es ist passiert.«
»Was ist passiert?«, fragte Lien erneut.

Trix betrachtete ihre Fingernägel. »Je mehr ich mich amüsierte, desto mehr ärgerte sich Dolf. Mit finsterem Blick lief er herum, als würde er am liebsten die ganze Gesellschaft mit einem Maschinengewehr niedermähen. Um halb zwölf zerrte er mich von der Tanzfläche. Er wollte nach Hause. ›Geh ruhig‹, sagte ich, ›ich komm dann später.‹ Aber er wollte nicht allein gehen. ›Dann bleib doch noch‹, sagte ich, ›mein Bruder heiratet nur einmal.‹ – ›Das bleibt abzuwarten‹, sagte er. ›Wenn dir nichts Besseres einfällt‹, sagte ich und machte mich los, um weiterzutanzen. Aber er kam hinter mir her und zischte: ›Du gehst mit mir nach Hause, sonst kannst du was erleben!‹ Da wurde ich auch giftig. Ich flüsterte ihm ins Ohr: ›Zieh Leine, Mann, und lass mich in Ruhe.‹ Wütend drehte er sich um. Kurz darauf war er nirgends mehr zu sehen. Sieh an, dachte ich, den bin ich los.«
Unruhig rutschte sie hin und her. »Hat jemand eine Zigarette für mich?«
Lien kramte schnell in ihrer Tasche und steckte Trix mit einem gierigen Gesichtsausdruck die ganze Packung in die Hand, wie jemand, der den soundsovielten Gulden in die Musicbox steckt, damit sie weiterspielt.
»Ich sehe furchtbar aus, wie? Sag mal ehrlich: Ist es wirklich so grausig?«
»Sieht eher aus, als hättest du einen kleinen Unfall gehabt«, log Cora.
»Meinst du«, sagte Trix begierig, »dass man mir glaubt, wenn ich sage, dass es ein Unfall war?«
»Erzähl schon weiter«, drängte Lien.
Etwas weniger angespannt sprach Trix weiter: »So gegen drei kam ich nach Hause. Alle Lichter brannten. Das einzige erleuchtete Haus in der Straße. Alles in Ordnung, sagte ich mir. Aber als ich reinkam, bin ich zu Tode erschrocken. Habt ihr schon mal einen Verkehrsunfall gesehen, wo einer in ei-

ner Blutlache auf dem Boden liegt? Genauso lag Dolf da, völlig schlaff, auf der Couch, mit lauter roten Flecken auf den Kleidern. Als ich näher kam, sah ich, dass es Rosenblätter waren, von dem Strauß, den er mir letzte Woche zu unserem Hochzeitstag geschenkt hatte. Stück für Stück hatte er sie abgerupft, es müssen Hunderte gewesen sein. Zwischen den Wimpern hindurch schielte er mich an. ›Madame kommt endlich nach Hause‹, sagte er, ›um halb vier.‹ ›Ja‹, sagte ich, ›und sie geht sofort ins Bett.‹ – ›Haha!‹ Er stand auf. Die Blütenblätter fielen auf den Boden. Mit eisernem Griff packte er mich am Arm. ›Jetzt bin ich an der Reihe‹, schrie er. Die Adern auf seiner Stirn waren geschwollen und seine Augen blutunterlaufen mit einem fiebrigen Blick, wie bei Tieren im Zoo, die in einem kleinen Käfig immer nur hin und her laufen. Ich verachtete ihn, wünschte, dass ich ihm nie begegnet wäre. ›Ich geh ins Bett‹, sagte ich noch einmal. ›Das könnte dir so passen.‹ Mein Arm wurde fast zerquetscht. ›So einfach geht das nicht; nach allem, was du dir geleistet hast, bin ich jetzt an der Reihe.‹ ›Mir geleistet?‹ sagte ich, ›du hängst mir zum Hals raus. Du kennst Eppo doch gar nicht.‹ Na ja«, lakonisch zuckte sie die Achseln, »und dann ist es passiert. Ich brauche es euch nicht zu beschreiben, ihr könnt es ja selber sehen.«

Eigentlich wollte ich Trix gar nicht anschauen, aber ich konnte den Blick doch nicht von ihr abwenden. Ihr Gesicht war mir in seiner glatten Vollkommenheit immer unantastbar vorgekommen. Es machte mir Angst, dass die dumpfen Gefühle in einem anderen Körper, zusammengeballt in einer ausrutschenden Faust, es verändern und solche bösen Spuren hinterlassen konnten. Unterdessen verging ich fast vor lauter Jucken an den Beinen. Es kam mir vor, als ob Juckreiz, wenn man umständehalber nicht kratzen konnte, mindestens genauso schlimm war wie Schmerzen.

»Bist du ohnmächtig geworden?«, fragte Lien.
»Ja, nein, halb.« Trix ließ den Kopf hängen. »Ich bin auf den Boden gefallen, ein Rauschen in den Ohren. Ich habe nur halb mitgekriegt, dass er inzwischen mein Abendkleid hochgestreift hat. Mit der einen Hand umklammert er meine Handgelenke über meinem Kopf. Ab und zu hörte ich ihn fluchen. Es schien überhaupt kein Ende zu nehmen.«
»Was für ein Schwein«, sagte Cora, »mir juckt's in den Fingern.«
Sie hatte einmal zwei streitende Männer mit den Köpfen gegeneinandergeschlagen, erzählte man in der Fabrik, sie musste bärenstark sein. Ich hatte eine Vision von ihr als erbarmungsloser Rachegöttin, wie sie Trix' Mann zwischen ihren Brüsten würgte, quälend langsam ihre Schultern vorschob, ein vages Lächeln auf den Lippen, eine Praline zwischen den Zähnen.
Atmen war fast unmöglich geworden. Die verdampfende Feuchtigkeit aus unseren Kleidern und Haaren schlug sich auf den Scheiben nieder. Wir saßen in einem Dampfkessel unter starkem Druck.
»Was wirst du jetzt tun?«, fragte Lien.
Mit ihrem einen Auge starrte Trix auf ihre Schuhspitzen. Das lange Haar fiel ihr ins Gesicht.
»Ich kann nicht ohne ihn«, sagte sie. Mit zitternden Fingern nahm sie noch eine Zigarette aus der Packung.
Niemand sagte etwas. Lien holte ihr Strickzeug heraus. Cora nahm noch eine Praline, ich kratzte mich endlich an den Beinen.
Wir hatten die Grenze des zu Begreifenden erreicht und waren auf furchtbare Gegensätze gestoßen, die in jedem von uns hausen und die schließlich vielleicht auch unseren Untergang verursachen könnten. Das hatten wir stillschweigend erkannt.

Ich wusste, wie es war, willenlos ausgeliefert zu sein. Wenn ich mich bei Ruud hinten auf das Moped schob, bohrten sich die Blicke der Mädchen in meinen Rücken. Früher hatte ich kaum für sie existiert, nun aber fragten sie mich schwärmerisch, wo ich meine Kleider und die schwarzen Ballerinaschuhe kaufte. Sie fragten mich, wie ich es fertig brachte, meinen Pferdeschwanz so hochzubinden. Sogar meine schlechten Noten wirkten sich zu meinem Vorteil aus: Sie bewiesen, dass ich mich um die Welt unserer Eltern, deren Eckpfeiler Ehrgeiz, Selbstdisziplin und Leistung waren, einen feuchten Dreck scherte.
Es schien, als wollte er den Straßenbelag kehren, so nah kamen wir dem Asphalt, wenn Ruud in voller Fahrt in die Kurve ging. Mit einer Hand hielt ich meine Röcke fest, mit der anderen klammerte ich mich an seine steife Lederjacke. Die anderen waren auf dem Platz unter dem blauweißen Aushängeschild des »Milano«, der Eisdiele, zurückgeblieben. Da Ruud nun weggefahren war, würden sie schnell ihrer Wege gehen. Sie brauchten ihn. Seine Anwesenheit machte sie zur Gruppe.
Es nieselte. Die Mitteilung, dass der Frost nach Skandinavien abgezogen sei, hatte mit den übrigen Nachrichten die Mahlzeit bei mir zu Hause etwas aufgefrischt. »Da kann noch viel passieren«, sagte mein Vater, »ich erinnere mich an eine Elfstädtetour im März. König Winter ist noch nicht besiegt.« Das war für die Schulkinder, dieses König Winter.
Die Luft war fast lau. Ich war noch nie in diesem Teil der Stadt gewesen. Die Häuser waren vier- oder fünfstöckig und bildeten zwei Wände mit einer schmalen Gasse dazwischen. An jeder Ecke war eine Kneipe, vor der die Leute wie an einem Sommerabend herumstanden. Ein kleines Mädchen saß auf einer Apfelsinenkiste und saugte an einem Strohhalm, der in einer Limonadenflasche steckte.

Wir hielten vor dem fahl beleuchteten Schaufenster eines Möbelgeschäfts. Ruud lehnte das Moped gegen die Hauswand und fischte einen Schlüssel aus der Hosentasche, mit dem er die Ladentür öffnete. Wir schlüpften hinein. Sorgfältig schloss Ruud die Tür hinter uns. Im fahlen Lichtschein standen Couchgarnituren, Schränke, Essecken ausdruckslos und unnütz kreuz und quer durcheinander. Die Frage: »Was wollen wir eigentlich machen?«, lag mir immer auf der Zunge, obwohl ich es genau wusste, aber ich wollte es nicht glauben. Wir gingen durch den Laden nach hinten, wo aufrecht stehende Teppichrollen Wache über komplette Schlafzimmer hielten, die ihre Zeit abwarteten, um von jemandem gekauft zu werden.

»Wem gehört das alles?«, fragte ich.

»Meinem Vater«, sagte Ruud unwirsch.

Er schüttelte seine Lederjacke ab und warf sie auf das nächstbeste Bett. Mit drei Schritten war er bei mir. Er blieb einen Moment reglos stehen. Jetzt müsste er sagen, dass er mich schön findet, dachte ich, und vor allem, dass er die ganze Zeit nur an mich gedacht hat und verrückt würde vor Sehnsucht, wenn ich jetzt Nein sage.

Er beugte sich vor und drückte seine Lippen auf meinen Mund. Eine der Teppichrollen piekste mich in den Rücken. Garantiert Kokos, dachte ich, nur Kokosmatten pieksen so. Für einen Augenblick war meine Oberlippe zwischen seinen und meinen Vorderzähnen eingeklemmt.

»Hast du es schon mal mit jemand gemacht?«, fragte Ruud.

Ich unterdrückte die Neigung, erfahren und gleichgültig zu tun, als hätte ich schon eine lange Vergangenheit hinter mir.

»Nein«, sagte ich ehrlich und ärgerte mich, dass meine Stimme so ängstlich und schüchtern klang.

Mit einer ausladenden Gebärde zeigte er in die Runde und

sagte: »Welches von diesen tollen Betten gefällt dir am besten?«
Mein Blick schweifte unwillig durch die Schlafzimmerabteilung. Die Betten waren monströs, einschließlich der Nachtkästchen zu beiden Seiten und der Lämpchen mit Goldlitzen. Sie ähnelten dem Ehebett meiner Eltern, das pompös und prüde zugleich war. Mir graute vor der Vorstellung, dass ich darin gezeugt worden und aus ihren Körpern hervorgegangen war.
»Komm«, sagte Ruud, »such dir eins aus.« Seine Stimme hatte einen spöttischen Unterton.
Gehorsam, wie unter Hypnose, ging ich zwischen den Bettgestellen – schmale, breitere, französische und Ehebetten – auf der Suche nach dem Exemplar umher, in dem das geschehen sollte, woran jeder ständig dachte, ohne darüber zu sprechen, von dem die Mädchen aus der Gruppe glaubten, dass ich es schon längst täte, und worüber meine Eltern mit zusammengekniffenen Lippen schwiegen. Am Ende der Reihe entdeckte ich das scheußlichste Bett von allen: goldene Stäbe mit dicken glänzenden Knöpfen und molligen Engelchen, die Blumengebinde mit sich schleppten.
»Ruud«, rief ich, »ich hab' eins gefunden.«
Er kam mit einem dicken, zusammengefalteten Teppich in den Händen an.
»Dieses Bett«, sagte ich und strich über die Knöpfe, »ist echt toll.«
Ich hoffte, dass er meinen Spott nun merken würde, aber er sagte nur »Prima« und breitete den Teppich über der Tagesdecke aus Satin aus. Der Opferteppich, dachte ich. Warum ging ich nicht einfach weg, machte kehrt zwischen den Betten, Teppichen, Essecken, Schränken, Polstermöbeln? Waren es seine Augen, blauer als blau, die über die Köpfe seiner Mitmenschen hinweg in die Ferne sahen, als erblickten

sie Horizonte, die für die anderen unsichtbar waren? War es das dunkelblonde Haar, das genauso liegen blieb, wie er es kämmte? War es sein Selbstvertrauen?
Ruud strich die Teppichfalten glatt und richtete sich auf. Er legte die Hände auf meine Schultern, schaute mich viel sagend an und drückte mich langsam aufs Bett.

Als ich ungefähr zwölf war, hatte mich der älteste Bruder meiner Mutter ohne böse Absicht einer Gehirnwäsche auf dem Gebiet der erotischen Fantasie unterzogen. Seither hegte ich in mir ein Traumbild der idealen, unwiderstehlichen Frau, an dem ich mich früher oder später messen würde.
»Die schönsten Frauen Indonesiens«, sagte Onkel Harry, »waren die aus Singaraja. Geschmeidig, verführerisch, frisch wie eine Lotusblume. Sie wussten, was ein Mann braucht.«
Ich sah Mädchen vor mir mit blauschwarzem Haar bis zur Taille, hellbrauner Haut, einem Sarong um die schmalen Hüften und Blumenkränzen um den Hals.
»Harry«, sagte mein Vater, »ich zweifle nicht daran, dass die Frauen aus Singaraja liebreizende Wesen waren, aber würdest du bitte berücksichtigen, dass wir hier in Holland sind und zwei unschuldige kleine Mädchen mit am Tisch sitzen?«
Onkel Harry warf den Kopf in den Nacken und lachte fröhlich. Meine Mutter blickte ganz kurz zu meinem Vater, dann kicherte sie hinter vorgehaltener Hand.
»Wisst ihr«, sagte Onkel Harry, »dass dort Mädchen ihres Alters«, sein Blick glitt von Louise zu mir, »schon lange reif sind und sich sehr geschickt Männer angeln? Die holländischen Mädchen«, er senkte die Stimme, »werden künstlich Kind gehalten.«
Mein Vater, der es nicht gewohnt war, in seinem Haus belehrt zu werden, und schon gar nicht in lockeren Sitten, schlug hochmütig vor, das Thema zu wechseln.

Onkel Harry brachte meiner Mutter Seife mit, die romantisch verpackt war und schon durch das Papier duftete, Parfüm, bemalte Fächer und türkisches Konfekt; Geschenke, die in den Augen meines Vaters absolut überflüssig waren und uns gerade deshalb sehr begehrenswert erschienen. Wenn Louise und ich Onkel Harry darum baten, schob er genüsslich den Pullover hoch, um uns die Narben auf seinem Rücken zu zeigen. Die Japaner hatten ihn ausgepeitscht, weil er den gefürchtetsten, aber auch lächerlichsten unter ihnen hinter dessen Rücken nachgeäfft hatte. Wir wären lieber Kinder von Onkel Harry gewesen und mit ihm nach Indonesien gefahren, zumindest, wenn es dort genauso aussah, wie es das Bild in seinem Zimmer versprach: Im Vordergrund tiefgrüne, von Palmen umsäumte Dessas, im Hintergrund ein spitzer Berg, der sich mit seinem schneeweißen Gipfel in den blauen Himmel bohrte. Warum schmolz der Schnee nicht, wenn es dort wirklich so heiß war, wie Onkel Harry sagte?

Nachdem Ruud meine Petticoats und meinen Rock herunruntergezogen, meine Strumpfhalter aufgemacht und die Strümpfe abgestreift hatte, verlagerte er seine Aufmerksamkeit auf meinen Oberkörper. Ich bin ein Ding, dachte ich, ich lasse es mit mir machen. Er zog mir den Pulli aus, und ich streckte die Arme nach oben. Ganz automatisch fügte ich mich der jahrhundertealten Tradition, die mir eine passive Rolle zuschrieb. Nur als er an meinem BH-Verschluss herumnestelte, musste ich das Bedürfnis, es lieber selbst zu tun, unterdrücken. All diese lächerlichen Details der Vorbereitung passten gar nicht zu den Vorstellungen, die ich jahrelang gehegt hatte und die mal zu einer stürmischen Überwältigung hin tendierten, welche uns in einem Schwindel erregenden Feuerwerk zerspringen ließ, dann wieder zu zärtlichen Liebkosungen, gegenseitigen Körpererkundungen, die in der vollkommenen Verschmelzung endeten, bei der wir alles, was irdisch und verdorben war, hinter uns lassen würden. Wie einen hässlichen Gegenstand warf er schließlich meinen BH von sich. Dann glitten seine kalten Hände von meinem Hals nach unten. Ich war unruhig, weil ich nicht erregt wurde, sondern nur unbeteiligt und kühl dalag und dachte: Was wird er jetzt wohl tun, was kommt als Nächstes? Mit ein paar raschen Bewegungen zog er mir den Slip aus, richtete sich auf, zog seine Klamotten aus und warf sie wie einen Haufen Lumpen auf den Boden. Einen Augenblick stand er in seiner ganzen Männlichkeit aufrecht neben dem Bett und schaute auf mich herunter. Und obwohl ich bestimmt genauso neugierig auf seinen Körper war wie er auf meinen, schlug ich sofort die Augen nieder. Was für einen Anblick bot ich ihm? Ich hätte mich gern mit seinen Augen gesehen. Könnte ich doch in dem Bett versinken, im Fußboden, im Boden unserer Stadt, in der Erde, um auf der anderen Seite der Weltkugel an einem stillen und friedlichen Strand zu landen, wo man mich in Ruhe lassen würde.

Langsam ließ er sich vornübersinken und schob sich, ganz und gar Dunkelheit, auf mich. Jetzt muss ich tiefe, starke Empfindungen haben, dachte ich, für den, der in meinem Leben eine historische, nie mehr rückgängig zu machende Handlung vollziehen wird. Aber von einem bewussten, kontemplativen Erleben, wie ich mir das einmal erträumt hatte, war nichts zu merken. Es war, als würde ich mit einem scharfen Messer aufgestochen. Vom Mittelpunkt meines Körpers aus breitete sich ein wirrer, flammender Schmerz in alle Richtungen aus bis in die Fingerspitzen, Zehen, Haarwurzeln. Ich schrie, aber wie in einem Albtraum brachte ich keinen Ton heraus. Immer wieder stach er zu, als müsste ich von ihnen zerfetzt werden, als dürfte ich nie mehr heil sein

und mir selbst gehören. Bei jeder Woge des Schmerzes wurde mir wärmer, Ozeane Leben spendender Nässe strömten aus meinem Körper in das dürre Bett. Sein Kopf fiel auf meine Schulter; sein Haar roch irdisch und menschlich und tröstete mich auf unbegreifliche Weise. Ich vergrub mein Gesicht darin, bis er mit einem kurzen Schrei den Kopf hob. In der Ferne erklang die Sirene eines Krankenwagens. Für den Bruchteil einer Sekunde erschien es mir wie eine logische Folge unseres Zusammenseins, dass ich nun, verletzt, wie ich war, ins Krankenhaus gebracht würde, um von einem verständnisvollen Chirurgen liebevoll geheilt zu werden, damit ich wieder so gesund und munter war wie früher. Ruud lag wie gelähmt auf mir. Es kam mir so vor, als würde er immer schwerer, ich konnte kaum atmen. Schließlich rollte er von mir herunter und lag neben mir auf dem Rücken.
Er blickte einen Augenblick zur Decke, dann wandte er mir sein Gesicht zu. Seine Augen erkundeten meinen Zustand. Er fragte: »Wie hat es dir gefallen?«
»Es hat wehgetan«, sagte ich.
»Das gehört dazu«, sagte er beinahe stolz und lachte kurz.
Er zündete sich eine Zigarette an. Verstohlen schaute ich auf den glühenden roten Punkt. Es kränkte mich, dass bei ihm die eine Form des Genusses so schnell der anderen folgte.
Kurz darauf wurde ich schnell und ohne Umwege nach Hause gefahren. Aus dem Nieselregen war ein richtiger Regen geworden. Es gibt niemanden, dem ich erzählen könnte, wie es war, dachte ich und schmiegte mein verheultes Gesicht an seinen Rücken. Die Regentropfen vermischten sich mit meinen Tränen und rannen auf den Asphalt, den Weg vom Möbelgeschäft zum Haus meiner Eltern markierend.

In der Fabrik war ein Tag wie der andere.
So schnell das Band lief, so langsam verging die Zeit. Hier

verbrachten wir den größten Teil der Woche; der Rest, die Außenwelt, war nur Kulisse. Es war, als arbeiteten wir in einer riesigen Schmiede im Innersten der Erde und schmierten fieberhaft das Räderwerk, damit es sich weiterdrehte, ohne zu wissen, was an der Oberfläche vor sich ging.

Eines Tages kam der Chef unserer Abteilung in Begleitung eines Mannes herein, der wie ein Amerikaner aussah: sportlich, gute Figur, Bebop-Frisur und ein angenehmes Lächeln, das versprach, dass nichts unmöglich war, kein Berg zu hoch; kein Problem, das nicht mit dem menschlichen Verstand zu lösen, kein Krieg, der nicht zu gewinnen wäre.

»Wir brauchen eine charmante Hostess«, sagte der Chef mit lauter Stimme, um sich im Rattern und Stampfen der Maschinen verständlich zu machen, »die unsere Artikel einigen potenziellen Kunden präsentieren kann.«

Prüfend glitten seine Blicke über uns hinweg. Unsere Augen blieben verschämt gesenkt, das Zuschweißen der Tüten ging ganz normal weiter. Was sahen die beiden, unser sich freundlich zu uns herunterbeugender Chef und seine Kollege mit dem Bürstenschnitt, der mit einem breiten Lachen bereitstand, die Auserwählte dieses Tages wie einen Hamburger mit einem gesunden Salatblatt dazwischen aufzuessen?

Sie sahen sich in den dicken Brillengläsern Liens widergespiegelt, sie sahen die grauen, dauergewellten Köpfe der beiden anderen Frauen, sie sahen mich, wie ich mich fühlte, seit ich ein Mädchen mit hochtoupiertem schwarzem Haar wie ein Maskottchen bei Ruud auf dem Moped hatte sitzen sehen, das die Arme um seine Taille schlang.

»Hier gibt es keine Schönheitsköniginnen«, rief Lien schnippisch, »dafür müssen Sie zur Prüfungsabteilung gehen.« Womit sie die Herren zu Trix weiterverwies.

»Sie sind alle gleich«, brummte Lien, »sie wollen eine Madonna für ihre Kinder und eine Marilyn Monroe im Bett.

Schau mich an«, ihre Hände ließen die Tüten im Stich, die sich sofort anhäuften, und strichen ihren Pulli glatt, »meine zwei Kinder sieht man mir doch nicht an.«
Der selbst gestrickte, schwarzgelb gestreifte Pulli kräuselte sich über ihrer flachen Mädchenbrust, als sie ihn wieder losließ, wie die Haut einer Raupe vor der Entpuppung.
»Im Grunde ist Paul genauso wie alle anderen«, sagte sie, »darum lasse ich ihn auch nicht aus den Augen.«
»Soll das heißen«, fragte ich, »dass du ihn bewachst?«
»Was dachtest du denn?« Sie schien entrüstet. »Dass ich aus Spaß zu den ganzen Fußballspielen und Boxkämpfen gehe?«

Die Sonne versucht hartnäckig, den tief liegenden Nebel zu durchbrechen. Wir durchfahren den schönsten Teil der Strecke: die Heide mit ihren bizarren, sich breit fächernden Tannen und Birken, die silberweiß im Nebel aufleuchten. Gern würde ich in diese mysteriöse Welt hineingehen. Mit meiner armseligen städtischen Fantasie stelle ich mir vor, dass die Sonne zugleich mit dem sich auflösenden Nebel bis in die tiefsten Höhlen vordringt und die sich faul rekelnden Tiere erwachen sieht.
Ich kann mich nicht erinnern, wann ich zum letzten Mal in einem Wald war, ständig drängt sich mir das Bild des Stadtparks auf, der zu viel Menschenwerk und zu wenig Natur ist mit seinen Kieswegen, gepflegten Rasenflächen, Blumenbeeten, Teichen mit wohlgenährten Enten zwischen Apfelsinenschalen und faulenden Brotresten, wo es von Betagten nur so wimmelt; er ist eigentlich ein Friedhof, wo nur die Grabsteine fehlen, stattdessen sitzen die Leichen plappernd und vor sich hindösend auf den grün gestrichenen Bänken und werfen den Vögeln trockene Brotreste zu.
Vielleicht ist keine von uns nach dem Wochenende ganz ausgeschlafen, wie dösende Katzen auf samtenen Kissen faul

hingefläzt sehen wir verträumt und schläfrig aus dem Fenster. Cora saugt, scheinbar gedankenlos, sehr lange an einer Praline.

Wir schrecken aus unserem Halbschlaf hoch, als die Tür im Gegensatz zu dem gewohnten langsamen Aufschieben plötzlich mit einem Ruck aufgerissen wird. Ein junger, unbekannter, glänzend herausgeputzter Schaffner, der mit allen notwendigen Attributen ausgestattet ist, betritt unser Abteil.

»Die Fahrkarten bitte«, sagt er mit gemessener Stimme.

Leicht ungeduldig blickt er hinter einer scharfen, metallenen Brille von der einen zur anderen, als erstaune es ihn, dass wir nicht sofort unsere Monatskarten hochhalten. Ganz langsam suchen wir zerstreut in unseren Handtaschen und holen unsere Karten heraus. Gemeinsam sind wir ein einziger, träger, widerwilliger Körper. Penibel wie ein Schulmeister studiert er die Angaben auf unseren Karten.

»Die ist abgelaufen«, sagt er und schaut mich durch seine glitzernden Brillengläser durchdringend an, »Sie hätten heute Ihre Monatskarte erneuern müssen.«

»Oh«, sage ich und greife mir mechanisch mit den Händen erschreckt an die Wangen, »das habe ich ganz vergessen.«

»Macht dir nix draus«, sagt Cora gutmütig, »das kann jedem mal passieren. Morgen früh holst du dir einfach eine neue.«

»Dann werde ich Ihnen jetzt eine Rückfahrkarte ausstellen«, sagt der Schaffner.

»Wie meinen Sie das, eine Rückfahrkarte ausstellen?«, fragt Cora misstrauisch.

»Für diese Fahrt natürlich.« Er ist gereizt, es dauert ihm zu lange. Cora schaut ihn verdutzt an. Mir fällt mit Schrecken ein, dass ich gar kein Geld dabei habe.

»Der ist gut«, Cora lacht uns zu, »so was haben wir ja noch nie erlebt.«

Mit hochgezogenen Augenbrauen und unwirsch zusammengekniffenen Lippen nimmt er Coras Gestalt in sich auf. Er guckt, als wolle er sich die Augen spülen, damit sie etwas anderes sähen, zum Beispiel seine Freundin, die immer pünktlich ihre Fahrkarte kauft und die zu dieser frühen Morgenstunde noch in ihrem flauschigen rosa Bettchen von ihm und den durchorganisierten Reisen träumt, die sie zusammen auf Kosten der Bahn machen werden.

»Seit Jahren fahren wir täglich diese Strecke, die Bahn wird reich durch uns«, ruft Cora empört, »und dann kommt plötzlich so ein Korinthenkacker daher.«

Wütend zieht der Schaffner einen Block heraus und fängt stur an zu schreiben.

Cora läuft rot an. »Was bildest du dir ein? Wir sind schon mit dem Zug gefahren, als du noch gar nicht geboren warst.«

Er stellt sich taub und reißt verbissen das Blatt aus dem Block. Während er es zu mir herüberreicht, schnappt Coras mollige Hand es ihm weg.

»Jesus Maria«, sie beugt sich zu Trix vor, »sieh dir das an, dieser kleine Scheißer hat ihr doch tatsächlich noch eine Buße draufgeklatscht.«

Und dann, im Bruchteil einer Sekunde, während ich immer noch dümmlich mit meinem leeren, geöffneten Geldbeutel dasitze und mir das alles ansehe, mustert ihn Cora unverfroren mit ihren dunklen Augen und fasst einen Entschluss in der gleichen kühlen, definitiven Art und Weise wie ein x-beliebiger König oder Kaiser der Weltgeschichte, dessen Toleranz eine Grenze erreicht hat und der von seinem Thron herab, nachdem er den Schuldigen mit einem kurzen abwägenden Blick gemustert hat, mit einer Handbewegung zu seinem Ratsherrn sagt: Sperrt ihn ein, oder: Hängt ihn auf, und damit auch nicht mehr belästigt werden möchte.

Sie steht brüsk auf, und mit ihr erheben sich alle imposanten Wölbungen, mit denen ihr Körper gesegnet ist, und alle gelben, tanzenden Noppen auf ihrem violetten Kleid. Breitbeinig, er kann ihr nicht entkommen, stellt sie sich vor ihn hin und zieht ihm mit der einen Hand lässig die Brille von der Nase.

»Daraus wird nichts«, sagt sie.

Als hätte man ihn seiner Seele beraubt, blinzelt der Schaffner verstört mit den Augenlidern und beißt sich nervös auf die Unterlippe.

»Geben Sie sie her«, sagt er heiser und greift wild nach seiner Brille, die von Coras ausgestrecktem Arm hochgehalten wird.

»Geben Sie mir meine Brille wieder.«

Cora lächelt ihn breit an, ihr liebenswürdigstes Lächeln, Sternchen in ihren Augen.

Mutter, Mutter, der Bär tanzt, denke ich. Eine merkwürdige, verrückte Erregung durchströmt mich; ich habe das Gefühl, dass etwas Unwiderrufliches geschehen wird und hinterher keine von uns mehr dieselbe sein wird.

»Du bekommst deine Brille wieder, wenn du den Fahrschein zerrissen hast«, sagt Cora, »vorher nicht.«

Von dem schnellen Machtwechsel verwirrt, starrt er sie an. Mit der einen Hand greift er an die Ledertasche, die vor seinem Bauch hängt, mit der anderen zu seiner Mütze, als wolle er sich vergewissern, dass er noch immer Amtsperson ist.

»Ich denke nicht daran«, sagt er tapfer.

»Gut.« Mit einem tiefen Seufzer gibt Cora die Brille an Trix weiter, die in der Ecke am Fenster sitzt. Als hätte man sich über das Vorgehen bei dieser Szene abgesprochen, schreitet Trix zu einer Tat, die vollkommen Coras Absicht entspricht: Sie schiebt das Fenster auf und hält mit einer Hand die Brille hinaus in die neblige Luft, dabei nimmt sie eine anmutige Haltung ein, die die Kurve von Taille und Hüften betont. Mit ihrem reizenden Lächeln sieht sie der Art von Frauen zum

Verwechseln ähnlich, die sich in Prospekten gegen die Motorhaube eines Mercedes lehnen und Männer zum Kauf verführen.
»Tun Sie's nicht«, ruft der Schaffner in Panik, »geben Sie mir meine Brille wieder.«
»Ich hab' dir gesagt, Schätzchen, welchen Tausch wir machen wollen«, sagt Cora ruhig, als ob sie auf dem Markt mit einem unwilligen Kunden feilsche.
In die Enge getrieben, schaut er abwechselnd wütend um sich und ängstlich zum Fenster, hinter dem das kostbare Kleinod mit den präzise nach der Schwäche seiner Augen geschliffenen Diamanten jeden Moment zertrümmert zu werden droht.
»Am ersten Bahnhof, wo wir halten, werde ich etwas gegen Sie unternehmen!«
»Habt ihr das gehört? Er wird was gegen uns unternehmen!« Mit einer Selbstverständlichkeit, als würde sie sie vom Kleiderständer pflücken, zieht Cora ihm die Mütze vom Kopf und setzt sie sich auf ihre schwarz gefärbten Haare. Fröhlich lacht sie uns über die Schulter zu. Ohne seine Mütze, mit blonden, seidigen Löckchen bis zum Nacken, ist der Schaffner zierlich und verletzbar.
»Weißt du, dass du schöne blaue Augen hast?«, fragt Cora.
Er schluckt mühsam, als wäre ihm unglücklicherweise ein Pflaumenkern zu weit nach hinten gerutscht, und greift unbeherrscht nach der Mütze, aber Cora kommt ihm zuvor und gibt sie an Lien weiter. »Findet ihr nicht auch, dass er schöne Augen hat?« Wir stimmen ihr der Reihe nach zu und betrachten ihn mit der gleichen schwärmerischen Bewunderung wie James Dean in der Hauptrolle eines Films, was ihn noch nervöser macht. Garantiert kann er hysterische Frauen nicht ausstehen, die, Leibwächtern und Saalwärtern trotzend, aufs Podium klettern, um Elvis Presley berühren zu

können; er identifiziert sich nicht mit Elvis Presley, sondern mit den Stallwärtern, den Männern mit Mützen und Uniformen.

»Und nun gibst du uns deine Tasche«, sagt Cora, »mit allem Drum und Dran.«

Er starrt sie entgeistert an. So einen unehrenhaften Vorschlag hat ihm noch nie jemand gemacht. Sprachlos schüttelt er den Kopf.

»Mach schon«, sagt Cora, »sonst wirst du sehen, was mit deiner Brille passiert.«

Mit lockerem Handgelenk bewegt Trix die Brille, nur zwischen zwei Finger geklemmt, im Nebel hin und her.

In Cora ist eine Kraft freigelegt worden, die jeden Widerstand bricht, gleich einem schnell strömenden Fluss in der Monsunzeit, der Bäume entwurzelt und mit sich reißt.

»Sei lieb, gib der Mama dein Spielzeug.«

Resigniert entledigt er sich seiner Schultertasche. Ohne selbst einen Blick darauf zu werfen, gibt Cora sie an Lien weiter, die sie in einer Ecke hinter ihrer zerschlissenen Einkaufstasche verstaut, aus der die Stricknadeln ragen wie die Antennen eines Transistorradios.

»So«, sagt Cora, »kommst du zur Vernunft?«

Abwartend stehen sie sich gegenüber, Cora ist einen Kopf größer als er. Wie hat sie so groß und so stark werden können, denke ich. Es muss schon ein kolossales Korsett sein, in das sie sich jeden Morgen hineinzwängt. Einen Augenblick sieht es so aus, als ob es zum Friedensschluss käme und er sagen würde: »Ihr habt Recht, worüber mache ich mir eigentlich Gedanken, ist mir doch egal, Hauptsache, ihr lasst mich in Ruhe«, aber plötzlich drückt er mit einer Hand Cora zur Seite und schießt auf Trix los. Mit seinem ganzen Gewicht stürzt er sich auf sie. Sein Interesse gilt nur seiner Brille, verbissen greift er nach der Hand, die die Brille festhält; es ist

ein Wunder, dass Trix sie nicht vor lauter Schreck fallen lässt.
Einen Augenblick scheint Cora aus der Fassung gebracht: Verdutzt wie eine dicke Dame, der ihr Hund abhanden gekommen ist (komisch, eben war er noch da), dreht sie sich um. Doch dann ist sie mit einem Schritt auch schon bei Trix' Belagerer, packt ihn am Kragen seiner Schaffnerjacke und zieht ihn rückwärts von Trix weg. Seine Augen quellen hervor, er ist nur noch rachedurstig und knurrt. Ein Hund, der von seinem uninteressierten Frauchen mitten im Eifer des Gefechts von seinem größten Feind getrennt wird.
Trix streicht sich ein paar Haarsträhnen aus dem Gesicht und zieht ihr Kleid glatt. Sie sieht gar nicht erschrocken aus, eher wie ein junges Mädchen, das zerzaust, mit rotem Kopf und glitzernden Augen nach einer Balgerei mit einem Jungen aus dem Gebüsch hervorkommt.
Vor dem Fenster schießt ein außerirdisches Projektil vorbei; Lien hat, um eine Tat zu vollbringen, der Schaffnermütze die Freiheit geschenkt.
Wild um sich tretend und stoßend versucht der Schaffner, sich zu befreien. Cora ergreift seine Arme und dreht sie nach hinten. »Pack ihn an den Beinen«, zischt sie. Trix und Lien angeln sich je ein Bein und hängen sich dran, um es festzuhalten. Mir schlägt das Herz bis zum Hals. Ich bin Streit und Raufereien nicht gewohnt, bei mir zu Hause bleibt immer alles unterkühlt und unter der Oberfläche, die grausamsten Kriege werden mit schauriger Höflichkeit ausgetragen.
»Wir ziehen ihm seine Ausbeuterjacke aus«, sagt Cora.
Weil jede schon ihren Teil zur Bändigung des Raubtiers beigetragen hat, ruhen Coras Augen nun auf mir. Mit zitternden Händen nehme ich einen Ärmel und zerre an dem steifen Stoff. Es ist schwierig, einem, der sich heftig wehrt, aus der Jacke zu helfen. Wenn er ein bisschen mittun würde,

denke ich, ginge es viel leichter. Coras Gesicht ist anzusehen, dass sie ihre ganze Kraft braucht, um ihn im Zaum zu halten; wie ein verwundeter Tiger kämpft er, um sich zu befreien, während seine Augen Signale des Hasses zu seinen Angreifern funken.

»Und jetzt die Krawatte«, sagt Cora sachlich wie ein Chirurg, der die Schwester um ein Seziermesser bittet. Gehorsam beuge ich mich über ihn, und wir sehen uns ganz flüchtig tief in die Augen, während ich in meiner einen Hand seine Krawatte halte, als wollte ich ihn erwürgen.

Was weiß ich von Menschen? Nichts.

Es gibt einige, wie meinen Vater zum Beispiel, über die ich notgedrungen bis zum Schwarzwerden nachgedacht habe. Und nun sehe ich in diesen großen Pupillen, die fast das ganze Blau aus seinen Augen verdrängt haben, die Angst wie aufgeschreckte kleine Tiefseefischchen hin und her schießen. Ich glaube, dass seine Angst viel stärker ist als sein Hass, der ihn gewissermaßen noch ein bisschen auf den Beinen hält. Eine Woge des Mitleids, das mir sehr ungelegen kommt, bringt mich in Verwirrung. Schnell löse ich seine Krawatte.

»Nun«, fragt Cora rhetorisch, »wie sieht's aus?«

Er schweigt, liegt totenstill da. Ob er etwas ausheckt? Abwartend beobachten wir ihn. Auf einmal spannt sich sein Körper, er wirft den Kopf in den Nacken und spuckt Cora ins Gesicht.

»Sein Oberhemd«, sagt Cora barsch zu mir, während sie mit ihrer violetten Schulter den Speichel wegwischt.

Er trägt die gleichen Manschettenknöpfe wie mein Vater. Ich nestle sie auf. Als ich ihm den Ärmel halb ausgezogen habe, macht er eine unbeherrschte Bewegung, sodass der Stoff zerreißt, wie bei einem Kaninchen, das sich bei dem Versuch, sich aus der Schlinge zu befreien, die Haut aufreißt.

Eine schmale blasse Brust mit zaghafter blonder Behaarung kommt zum Vorschein.
Ich lehne mich zurück.
»Seine Hose.« Cora wirkt ungeduldig. »Wir lassen ihn fühlen, dass er nur ein ganz gewöhnlicher Junge ist.«
»Du brauchst einem Mann nur eine Uniform anzuziehen«, sagt Trix, »schon bildet er sich was ein.«
Uniformen, das sind immer noch die Deutschen. In Archivfilmen, in den Büchern und der Erinnerung aller, die es gesehen haben, treten sie in Kolonnen marschierend, mit dröhnenden Stiefeln, den Arm hochgereckt, Lieder schmetternd, noch so auf. Was tun wir nur, denke ich, wir sind nicht mehr aufzuhalten, wir haben etwas entfacht, das stärker ist als wir.
Während ich den Gürtel aufmache, sehe ich Ruud im fahlen Licht neben dem Bett stehen, wie er mit schnellen Bewegungen seinen Gürtel aufmacht, und ich liege wieder in dem tiefen, weichen Bett, voller Erstaunen und Abscheu über meine Gefügigkeit. Es ist mir ein Rätsel, warum ich ständig etwas tue, was ich eigentlich nicht will.
Mit großer Mühe ziehen ihm Lien und Trix seine tadellos geputzten, schwarz glänzenden Schuhe aus. Um die Hose ausziehen zu können, muss man die Beine kurz loslassen. So wie Fechter und Boxer einen schwachen Moment des Gegners abwarten, um zuzuschlagen, benutzt der Schaffner diesen Augenblick für einen heftigen, gut gezielten Tritt. Trix taumelt rückwärts und fasst sich mit beiden Händen ans Gesicht.
»Ich werde euch …«, keucht er.
Warum sie, denke ich, warum gerade Trix mit ihrem sowieso schon übel zugerichteten Gesicht? Aber sein nackter Fuß hat nicht viel Schaden angerichtet, sie erholt sich schnell. Ungehindert ziehe ich ihm die Hose aus.

Es hat kurz den Anschein, als sei seine Kraft gebrochen. Sein Oberkörper hängt schlaff auf Coras Schoß, die im Mittelgang halb kniet, halb sitzt. Es hätte der Kreuzabnahme Christi ähneln können – Cora als die schmerzlich trauernde Mutter und er als der jämmerlich gestorbene Märtyrer –, wenn sich da nicht an Stelle eines weißen Keuschheitstüchleins so ein glänzender hellblauer Slip um seine Lenden spannen würde. Wenn ich später heirate, denke ich, kaufe ich solche Slips für meinen Mann.

Was passiert nun? Zögern wir? Jede von uns ist unergründlich. Taxierend sehen wir uns über den Körper des Schaffners hinweg an.

»Wir machen weiter«, sagt Trix. Mit einer energischen Kopfbewegung wirft sie ihre Mähne zurück.

»Los«, sie nickt mir zu.

Ich stehe neben ihm, meine Hände sind wie gelähmt. Noch nie habe ich jemanden gesehen, der so in der Falle saß.

Er schaut, als stünden wir kurz davor, ihn durch das geöffnete Fenster zu werfen, oder, schlimmer noch, als wäre ihm ein solcher Tod lieber als das, was wir mit ihm vorhaben.

Was wollen wir? Wollen wir uns rächen, ihn bis zum Äußersten demütigen? Oder wollen wir uns selbst eine neue Art von Aufregung verschaffen, um den Alltagstrott zu durchbrechen? Es ist mir unmöglich, mich in Bewegung zu setzen. Wäre ich doch ein mechanisches Spielzeug mit einem Schlüsselchen im Rücken, dann könnten sie mich aufziehen, und ich würde diese Handlung ungerührt verrichten. Drei Augenpaare zwingen mich, es zu tun, eines fleht mich an, es nicht zu tun. Ist das der Prüfstein ihrer Freundschaft? Muss ich nun beweisen, dass ich ihrer Gesellschaft würdig bin?

»Lass mich nur machen«, sagt Trix.

Sie steht auf. Beschämt und erleichtert nehme ich ihren Platz ein. Das wird ihr Akt werden, so ist es vorbestimmt, ich

sehe es an ihrem verführerischen Lächeln, als ihre Augen die des Schaffners suchen.
In einer letzten Kraftanstrengung brüllt er: »Rühr mich nicht an, lass verdammt noch mal deine Finger von mir …«
Verzweifelt krümmt und windet er sich, um sich aus unserem Griff zu lösen, ich fühle die gespannten Muskeln seines Beins. Resolut fasst Trix den Slip mit beiden Händen und streift ihn über seine Hüften.
Gequält wendet er den Kopf ab. Ein Sonnenstrahl schafft es, durch den Nebel zu dringen und fällt genau ins Abteil, den Körper des Schaffners in eine warme Glut hüllend. Stille tritt ein, die durch das Dröhnen der Räder auf den Schienen betont wird.
Wie eine friedfertige Matrone lässt Cora ihren Blick über den nackten Körper gleiten. Alle Rachegefühle scheinen sie verlassen zu haben, ihr Griff um seine Arme ist schlaff geworden, und er hängt an ihr wie der verlorene Sohn, der in den Mutterschoß zurückgekehrt ist.
Gedankenlos streichelt Lien sein Bein und zieht dabei ständig die kurze Nase in eine Falte, um ihre Brille oben zu halten, eine uns vertraute Angewohnheit.
Trix' normalerweise so gelangweiltes Gesicht ist nun voller Leben. Ihre Augen sind gerötet vor Aufregung, ihre Nasenflügel beben, und ihre Augen glänzen wie nie zuvor. So schön habe ich sie noch nie gesehen. Den hellblauen Slip hält sie wie einen Fetisch in der Hand.
Die Sonne scheint mir warm auf den Rücken. Ich spüre, wie die Spannung von mir weicht, so wie nach einem heftigen Gewitter der Himmel wieder aufklart. Von mir aus dürfte sich der Zug bis in die Unendlichkeit durch die Landschaft bohren, derweil wir das ewig Andere, Fremde, Herausfordernde, Angsterweckende, Rührende anstarren.
Mit der Feierlichkeit einer Priesterin in der Antike beugt Trix

sich vor und küsst ihn auf die Brust. Ein Schauder durchzuckt ihn, das Bein in meiner Hand bekommt wieder einen eigenen Willen. Langsam und bestimmt bewegen sich Trix' Lippen von seiner Brust bis zu seinem Bauch, ihre Haare wie ein Fächer über ihm. Von seinem Bauch beschreibt sie einen Bogen über die Hüfte zu seinen Schenkeln, auf denen kurze Härchen glitzern.

Niemand von uns sagt etwas, es ist, als würden wir einem geheimen Ritual beiwohnen, in dem sich ein Wunder an seinem Geschlecht vollzieht, welches wächst und sich erhebt, bis es glühend und zum Äußersten gespannt auf seinem Bauch einen Schatten wirft. Wie in Trance küssen Trix' Lippen die Innenseite seiner Schenkel. Ein rauer Schrei, der unten aus seinem Bauch zu kommen scheint und von krampfhaften Zuckungen in der Brust und den Schultern begleitet wird, bereitet dem wohligen Gefühl, das uns beschlichen hat, abrupt ein Ende.

Trix erhebt sich, und ihr Rausch weicht Erstaunen, als sie sieht, dass er auf Coras Schoß liegend weint und versucht, sein Gesicht in den Falten ihres violetten Kleides zu verbergen. Cora streicht ihm wie eine alles verzeihende und verstehende Mutter tröstend übers Haar. Entsetzt über die Wirkung ihrer Liebkosungen zupft Trix nervös an der Unterhose, die sie immer noch in der Hand hält.

Der Zug verringert seine Geschwindigkeit.

Ich weiß nur, was in unserem Abteil geschah; das Gähnen und Husten, die stillen Blicke und vertraulichen Gespräche, die Irritationen und Träumereien im Rest des Zuges kann ich nur vermuten. Der Schaffner ist im Prinzip der Einzige, der neutral bleibt, weil er während der Fahrt immer von einem Abteil zum anderen geht.

Unserer nicht. Der konnte seine Runde nicht zu Ende füh-

ren. Der Anblick eines Bahnhofs hat ihn wieder einigermaßen zur Besinnung gebracht. Er ist erschöpft aufgestanden, er hat schwankend die Schiebetür geöffnet.
»Warte«, sagt Cora, »deine Klamotten.«
Hastig sammeln wir seine Sachen zusammen. Er hört nicht hin. Wir existieren für ihn nicht mehr. Auf wackligen Beinen stolpert er zum Ausstieg, Cora wackelt mit uns im Schlepptau hinter ihm her.
»Zieh dich an«, ruft sie, »so kannst du doch nicht aussteigen.«
Wir stopfen Hose, Socken, Hemd, Krawatte, seine Brille und seine Tasche in die Jacke, binden sie mit den Ärmeln zu und drücken ihm das Bündel in die Arme. Verwundert, als reiche man ihm ein Findelkind, sieht er uns an.
Zum Glück wollen hier keine anderen Fahrgäste aussteigen. Hastig gehen wir wieder in unser Abteil, wir sind noch nicht am Ziel. Unsere aufgeregten, warmen Körper aneinandergeschmiegt, die Nasen an die Scheibe gedrückt, sehen wir den Schaffner aussteigen.
Auf dem Bahnsteig drängelt sich eine Menge Passagiere. Vor dem nackten Reisenden weichen sie verblüfft auseinander. Er schreitet mit dem Kleiderbündel vor der Brust durch die Reihen und starrt ernst vor sich hin, als trage er seinen ersten Sohn zum Taufbecken.

Iris von Finckenstein

Der Allerletzte Treuetest

Alle Männer sind Lügner. Ich habe das nie wirklich glauben wollen, obwohl mir das Leben immer wieder das Gegenteil bewiesen hat. Aber seit letztem Montag weiß ich, dass es stimmt. Uta hatte vollkommen Recht.

Uta ist meine Chefin. Früher war sie Lateinlehrerin, spindeldürr, und rauchte zwei Päckchen Luckys am Tag. Heute wiegt sie fast zwei Zentner und sieht aus wie die weibliche Version eines japanischen Sumo-Ringers, aber sie ist glücklich. Uta hat ein Herz aus Gold. Wenn sie unsere Kundinnen berät, fühlen sie sich wie zu Hause. Nein, besser als zu Hause. Denn das Zuhause unserer Kundinnen ist die Hölle. Deshalb kommen sie ja zu uns.

Unsere Agentur heißt INFIDELITAS. Auf der Tür steht ein Schild: Beratung für Betrogene Frauen. Ich bin seit rund zwei Jahren dabei, und Uta sagt, ich wäre ihr bestes Pferd im Stall. Bis jetzt hat sie wahrscheinlich Recht gehabt. Ich sehe besser aus als Sabine und bin sicherlich intelligenter als Monika. Ich habe mehr Geschmack als Steffi und eindeutig mehr Bildung als Lisa, die immer mit ihrem Germanistikstudium prahlt, obwohl sie nach drei Semestern abgebrochen hat.

Mein Name ist Loren. Das heißt, das ist natürlich nicht mein echter Name. Den habe ich schon fast vergessen, seit ich bei der Agentur bin. Nur manchmal, wenn ich den Namen Paula zufällig auf der Straße höre, zucke ich noch zusammen. Es wird schnell zur Gewohnheit, ständig die Identität zu wechseln. Aber es ist leider notwendig. Aus Sicherheitsgründen. Schließlich ist unser Job nicht ungefährlich. Wir haben natürlich inzwischen eine gewisse Routine entwickelt, und es ist bisher noch nie zu einer polizeilichen Untersuchung gekommen. Für eine Frau gibt es nämlich viele todsichere Methoden, einen Mann auf die sanfte Tour um die Ecke zu bringen; es muss durchaus nicht immer Herzversagen im Bett sein, obwohl sich das bei Männern über sechzig durchaus bewährt hat. Schließlich gibt es auch noch den Badeunfall, den Kreislaufkollaps in der Sauna, die allergische Reaktion mit tödlichem Ausgang, bis hin zum guten alten Föhn, der in die Badewanne fällt.

Männer sind unvorsichtig. Männer sind eitel. Männer sind schwach. Das alles zusammen, plus eine fundierte Kenntnis der persönlichen Vorgeschichte unserer Opfer, ermöglicht uns den glatten, sauberen, sicheren Mord. Sicherlich interessieren Sie sich jetzt für unser Motiv. Männer umlegen ist schließlich keine Kleinigkeit. Oft fällt es uns Mädels selber schwer. Aber ich kann Ihnen versichern, dass wir nicht allein um des Geldes willen killen. Wir haben alle unsere Erfahrungen gemacht. Wir morden aus Überzeugung.

Ich sage nur: Infidelitas, Untreue …

Die Frauen, die zu uns kommen, haben meistens seit Jahren gelitten. Immer wieder haben sie den Versprechungen und Treueschwüren ihrer Ehemänner geglaubt. Immer wieder waren sie bereit, alles zu verzeihen, fast alles zu vergessen und einen neuen Anfang zu machen. Sie haben an ihre Kinder gedacht und an den Wert der Familie, heutzutage. An das abzuzahlende Eigenheim und an ihre verblühende Schönheit. Sie waren realistisch. Sie waren tapfer. Sie waren geduldig.

Doch immer wieder wurden sie belogen, betrogen und enttäuscht. Wenn sie zu uns kommen, sind die meisten von ihnen schon vollkommen zermürbt. Sie sind ungefähr an dem Punkt, an dem Jerry Hall sich nach zweiundzwanzigjähriger

Ehe mit Mick Jagger befand, bevor sie ihn wegen der Affäre mit der Brasilianerin endgültig hinauswarf. Manchmal frage ich mich, ob die Brasilianerin vielleicht für unsere Agentur gearbeitet hat. Wir haben nämlich auch Außenstellen im Ausland. Auf jeden Fall ist Mick noch glimpflich davongekommen.

Unsere Kundinnen wären mit einer solchen rein finanziellen Lösung sowieso nicht einverstanden. Sie wollen Rache, und zwar sofort. Da sind sie bei uns genau richtig. Uta ist wirklich Klasse. Obwohl sie diese Gefühle versteht wie keine Zweite, behält sie immer einen klaren Kopf. Es gelingt ihr stets, die Frauen erst einmal zu beschwichtigen und einen Fragebogen ausfüllen zu lassen. In dem wird dann genau geklärt, wie oft, wann und mit wem sie der Mann betrogen, ob er die Tat gestanden oder glatt gelogen und ob er Besserung gelobt hat. Auch ob die Frau schon selbst einmal … Die Fragen sind schonungslos, und das über viele Seiten.

Hinterher sind unsere Kundinnen meist wie aus dem Wasser gezogen, viele heulen Rotz und Wasser. Uta bietet ihnen dann einen Ayurveda-Frauen-Tee an und lässt sie sich alles von der Seele reden. Danach geht es ihnen meist besser, und Uta kann behutsam zu der geschäftlichen Seite des Gesprächs übergehen. Die beinhaltet ein anständiges Honorar, absolute Schweigepflicht, und, last, not least, den Allerletzten Treuetest.

Das ist nämlich das Besondere an unserer Agentur. Wir legen keinen Mann einfach so um? Jeder von ihnen bekommt noch eine Chance. Eine letzte Chance, treu zu sein. Fairness muss sein.

Der Allerletzte Treuetest wird von uns Mädels durchgeführt. Uta wählt uns, unserer Aufgabe entsprechend, sorgfältig aus. Danach werden wir auf den Betreffenden angesetzt. Ob im Büro, in der S-Bahn, in der Kneipe oder im Squash-Center, wir schaffen es immer, unauffällig Kontakt mit unserem Opfer aufzunehmen. Natürlich haben wir uns vorher anhand des Fragebogens umfassend informiert. Über besondere Angewohnheiten, geschmackliche Details, Ab- und Zuneigungen des Mannes: Tierliebe ja oder nein, und wenn ja, mag er Katzen oder Hunde? Liebt er »Aida« im dunklen Anzug oder Bruce Springsteen im Rollkragenpulli, schätzt er bei seiner Partnerin hochhackige Pumps oder flache Ballerinas? Was zieht er vor: Spaziergänge in der Natur oder lange Stunden in verräucherten Piano-Bars, Sojamilchshakes oder Bloody Mary, billige Erotikthriller oder literarische Wälzer, Abende vor dem Fernseher oder Nächte in der Disco, Pauschalreisen nach Tunesien oder Abenteuerurlaub im australischen Outback? Der Fragebogen ist immer äußerst aufschlussreich. Schließlich kennt keiner den Mann so gut wie die eigene Ehefrau.

Wenn er auf uns reinfällt, dann ist das sein Todesurteil. Männer sind meistens leichte Beute. Natürlich hat es hin und wieder auch Pannen gegeben. Allerdings erzählt uns Uta nie davon, wegen der Schweigepflicht. Aber ich weiß, dass eine von uns mal spurlos verschwunden ist. Das war allerdings lange vor meiner Zeit. Vielleicht hatte sie ausgepackt, oder das Opfer tat ihr irgendwie Leid. Das darf natürlich nie passieren. Mitleid mit den Männern kommt nicht in Frage. Wer weich wird, kann nicht morden. Immerhin sind die Männer selbst an ihrem traurigen Schicksal schuld. Es zwingt sie ja schließlich keiner zur Untreue!

Ach, übrigens – ein einziges Mal hat ein Mann den Allerletzten Treuetest bestanden. Seine Frau hat ihm dann alles verziehen, und die beiden sind wieder zusammengekommen. Sie leben heute in Wuppertal. Das weiß ich von Monika, die den Test damals selbst durchgeführt hat. »Ich habe wirklich mein Bestes versucht«, erzählte sie mir einmal, nach einem

Gläschen Prosecco, »aber der Kerl war einfach immun. Ich kann mir gar nicht vorstellen, dass der seine Frau überhaupt je betrogen haben soll. Wahrscheinlich hat sie sich alles nur eingebildet.«

Aber das glaube ich nicht. Uta überprüft die Storys unserer Klientinnen immer ganz genau, schließlich will sie nicht ungerecht sein. Und außerdem ist Monika, wie schon gesagt, nicht gerade die Hellste. Der Mann war immerhin Nachrichtensprecher. Wenn Uta mich damals für den Job abgestellt hätte, würden die beiden vielleicht heute nicht so friedlich in Wuppertal sitzen …

Aber erstens darf ich das alles eigentlich gar nicht wissen, und zweitens habe ich selber im Moment einen Haufen Probleme. Uta meinte sogar, ich hätte total versagt. Das hat sie mir heute früh unter vier Augen klipp und klar zu verstehen gegeben, als ich vollkommen übernächtigt im Büro erschien und mit schlechtem Gewissen zugeben musste, dass Roderick immer noch lebt …

Dabei war es eigentlich anfangs ganz gut gelaufen. Die Sache klang völlig unproblematisch.

Roderick war Urologe, hatte eine starke Allergie gegen Krustentiere und Muscheln und besaß ein kleines Segelboot am Starnberger See. Er war seit neunzehn Jahren kinderlos verheiratet – ich bin immer froh, wenn es da keine Tränen bei den Kleinen geben kann – und hatte angeblich in jedem Ehejahr mindestens eine Affäre. Ich sage angeblich, weil ich seiner Ehefrau Susanne inzwischen trotz allem kein Wort mehr davon glaube. Wenn ich sie nicht selbst gesehen hätte, würde ich sogar daran zweifeln, dass es sie überhaupt gibt! Übrigens hat diese Frau in dem Fragebogen auch zugegeben, 1995 ein kurzes, aber heftiges Verhältnis mit einem benachbarten Mathelehrer gehabt zu haben! Aber Uta hat mir

mehrmals versichert, dass Susannes Geschichte niet- und nagelfest ist.
Das hatte ich natürlich anfangs auch geglaubt. Bis ich Roderick selbst kennen lernte ...

Nach der Beschreibung seiner Ehefrau hatte ich ein totales Weichei erwartet, einen emotional blockierten Narzissten mit hypochondrischen Zügen und überdurchschnittlichem Sexualtrieb. Der den Mediziner auf Schritt und Tritt raushängen lässt und die Frauen mit seiner Schwarzwald-Klinik-Masche einwickelt. Aber nichts dergleichen traf auf Roderick zu. Da saß er still, bescheiden und unverschämt gut aussehend in seinem Lieblingsbistro in der Altstadt, trank eine Cola und würdigte mich keines Blickes. Von Einwickeln konnte überhaupt keine Rede sein!
Und dabei hatte ich mich extra besonders hübsch gemacht für unser Treffen. Schließlich war es der Auftakt für den Allerletzten Treuetest, und da kommt es auf den ersten Eindruck an. Ich trug meinen violetten Hosenanzug, weil dieser Farbton angenehm auffällig wirkt, und die langen blonden Haare lässig-elegant im Nacken geknotet. Ja, ich glaube, ich habe wirklich gut ausgesehen, wie ich dasaß, unauffällig neben Roderick an der Bar postiert, und ihn prompt mit einem schüchtern-koketten Augenaufschlag bedachte, als sein Blick sich endlich zu mir verirrte. Der Augenaufschlag hat bisher noch nie seine Wirkung verfehlt, doch Roderick reagierte kein bisschen. Er musste immun gegen Frauen sein, wie der Nachrichtensprecher aus Wuppertal. Jedenfalls musterte er mich wie der Gärtner eine Topfpflanze, also mit freundlicher Sachlichkeit, und wendete sich dann wieder stumm seiner Cola zu.
Es dauerte fast eine halbe Stunde, bis ich ihn endlich in ein Gespräch verwickelt hatte. Wir redeten über lauter nichts sa-

gendes Zeug, das Wetter, unsere Hobbys, über dies und jenes. Ich ließ natürlich mehrmals durchblicken, dass ich einsam war.
Er auch. Dann erzählte er von seinem Segelboot. Von Gewitterstürmen und Sonnenuntergängen am Starnberger See. Langsam hatte ich den Eindruck, dass er Feuer fing.
Ich hing an seinen Lippen. Verdammt, hatte dieser Mann einen schönen Mund! Die meisten Männer haben keinen schönen Mund. Entweder die Lippen sind gar nicht vorhanden und bilden nur den dünnen Rand einer Art Klappe, in die Flüssigkeit und Nahrung hineingeschoben werden, um in Form von dummen Sprüchen wieder herauszukommen; oder sie sind unangenehm wulstig, auf abstoßende Weise verlangend und dummdreist nach unten gewölbt. Am schlimmsten ist es, wenn der Mund noch mit einem Bärtchen garniert wird, das feucht-zipfelig über die Oberlippe hängt. So einen hatte Erich, mein letztes Opfer. Mich schüttelt es heute noch bei dem Gedanken an seine haarigen Küsse.
Rodericks Mund hingegen war einfach wundervoll. Ebenmäßig geschwungen, mit heiter nach oben weisenden Mundwinkeln, voll, weich, aber nicht zu dick. Ich verspürte den unwiderstehlichen Drang, diesen Mund zu küssen.
Der Inhaber des Mundes bemerkte scheinbar nichts von meinen stürmischen Gefühlen. Stattdessen fragte er vollkommen unerwartet: »Und was machen Sie beruflich?«
Ich schluckte und bekam einen Hustenanfall vor Verlegenheit. Das ärgerte mich, denn normalerweise bin ich natürlich auf diese Frage vorbereitet. Hastig erfand ich eine kleine Geschichte über meinen neuen Job bei einer Direktbank. Roderick schien mir kein Wort zu glauben. Hatte er mich etwa durchschaut? Eigentlich errät keiner so schnell meine Gefühle, aber bei diesem Mann war es durchaus denkbar. Er

schien durch mich hindurchzusehen wie durch einen Eiswürfel. Einen Eiswürfel, der zunehmend dahinschmolz …
Höflich reichte er mir ein Kräuterbonbon.
»Ich bin Arzt«, sagte er. »Sie sehen blass aus. Wann haben Sie eigentlich zum letzten Mal etwas gegessen?«
Also doch, dachte ich, er hat endlich angebissen. Und erschrocken stellte ich fest, dass ich darüber wahnsinnig glücklich war.

Als wir kurz darauf die Kneipe verließen, um unser Gespräch beim Italiener fortzusetzen, war mir bereits richtiggehend schwindelig vor Glück, und mein Bauch fühlte sich an wie nach einer Runde »Wilde Maus« auf dem Oktoberfest. Ich schaffte es gerade noch, mich an den Tisch zu setzen, meine Serviette zu entfalten und in die Speisekarte zu starren. Roderick entschuldigte sich höflich, er müsse kurz telefonieren. Susanne, dachte ich. Natürlich. Jetzt erzählt er ihr wieder eine Lügengeschichte über einen Notfall in der Praxis …
Froh über die kleine Unterbrechung versuchte ich, meine verworrenen Gedanken zu ordnen und den Tatsachen ins Gesicht zu sehen. Ich war zweifellos nicht mehr in der Lage, den Allerletzten Treuetest, geschweige denn einen eventuellen Mord, ordnungsgemäß durchzuführen, und würde höchstwahrscheinlich auch beim nächsten und übernächsten Treffen nicht dazu in der Lage sein. Denn – es kostete einige Mühe, mir das einzugestehen, doch ich zwang mich dazu – ich hatte mich bis über beide Ohren in Roderick verliebt.
Das war mir in meiner gesamten Laufbahn als Profikillerin noch nie passiert, und es hätte auch nie passieren dürfen. Liebe macht schwach und verwundbar. Nur Opfer dürfen sich verlieben. Was, um Himmels willen, sollte ich jetzt tun? Ob ich mich Uta anvertrauen sollte? Sie könnte den Job ei-

ner anderen übergeben ... doch der Gedanke, dass Monika mit Roderick flirten würde, war unerträglich. Und außerdem konnte mich das meinen Arbeitsplatz kosten. Nein, ich würde die Sache durchziehen. Ich musste hart bleiben. Vielleicht würde Roderick den Test ja doch bestehen und mit seiner Susanne wieder glücklich werden ...
Allein der Gedanke daran drehte mir erneut den Magen um. Abgesehen davon, hatte ich jetzt noch deutlicher als zuvor den Eindruck, dass Roderick meine Gefühle erwiderte, als er jetzt mit langen Schritten und einem unwiderstehlichen Lächeln wieder an den Tisch kam und sich zu mir setzte. Ich hatte keinen blassen Schimmer, wie ich mich nun verhalten sollte. Meine Lage war aussichtslos. Wenn es mir wirklich gelungen sein sollte, Rodericks Herz zu erobern – und nach nichts anderem sehnte ich mich mehr –, musste ich ihn irgendwann umbringen. Das war nun mal der Deal. Und wenn nicht, würde ich den Mann meiner Träume nie im Leben wieder sehen.
Mit zitternden Knien bestellte ich einen gemischten Salat.
»Es gibt frische Muscheln«, seufzte Roderick, »zu schade, dass ich allergisch dagegen bin ...«
Es wäre so leicht gewesen, ihn zu ermorden!
Nein, ich wollte nicht mehr daran denken. Lächelnd hob ich mein Glas und stieß mit ihm an.

Natürlich landeten wir später bei mir im Bett. Obwohl wir beide, Roderick und ich, uns wirklich ernsthaft bemüht hatten, unseren Gefühlen Widerstand zu leisten.
Er wegen Susanne. Dachte ich damals.
Ich wegen des Allerletzten Treuetests. Roderick war heute Nacht eindeutig durchgerasselt, und damit war sein Schicksal besiegelt. Und wenn ich Uta doch die Wahrheit sage?, überlegte ich. Würde ich ihn dann vielleicht vor dem Tod

bewahren können? Ich betrachtete ihn zärtlich. Er schlief noch, unschuldig wie ein Kind. Schön wie Adonis persönlich. So eine Nacht wie diese hatte ich noch nie erlebt. Ich beschloss, es Uta nicht zu sagen. Es war zu riskant. Ich würde alles tun, um Rodericks Leben zu retten. Alles, um jede Minute meines verbleibenden Lebens mit ihm gemeinsam verbringen zu dürfen. Alles, damit er mich wieder so in den Armen hielt wie vorhin ...

Ich küsste ihn zärtlich auf die Stirn. Er fuhr aus dem Schlaf hoch und starrte mich misstrauisch an. Wahrscheinlich hatte er Susanne an meiner Stelle erwartet. Als er mich erkannte, glättete sich seine Stirn augenblicklich, und das wundervolle Lächeln, das ich so an ihm liebte, breitete sich auf seinem Gesicht aus.

»Lorena ...«, murmelte er zärtlich. »Lorena, komm her ... ich liebe dich ...«

Uta hatte zum Glück nichts bemerkt. Sie saß über einen Berg Akten gebeugt in ihrem Büro, als ich etwas atemlos und möglichst unauffällig an ihr vorbeihuschte, um meine Quittungen abzuheften.

»Kommst du weiter, Lorena?«, murmelte sie zerstreut, ohne aufzublicken.

»Ja doch, ganz gut«, gab ich leichthin zurück.

»Hat er schon angebissen?«

»Ich weiß nicht ... vielleicht ...«

Sie lachte kurz und hart auf. »Nanu! Du bist dir doch sonst immer so sicher? Scheint ja ein harter Brocken zu sein, dieser Roderick!«

Ich schluckte. »Wie man's nimmt«, entgegnete ich mit belegter Stimme. »Auf jeden Fall kann es noch etwas dauern.« Zeit schinden, dachte ich. Vielleicht gewährt sie mir ja eine Verlängerung. Ausnahmsweise ... »Nicht mehr als die übli-

chen acht Tage!«, murmelte sie und versenkte sich wieder in ihrer Lektüre.
Ich hatte keine Chance. Was sollte ich nur tun?
Mir blieben nur noch sieben Tage Zeit.

Die sieben Tage und Nächte, die ich mit Roderick verbrachte, waren ein einziger Traum. Er war nicht nur schön und zärtlich, sondern auch einfühlsam, klug, witzig, charmant und gebildet ... und nicht nur das. Zum ersten Mal in meinem Leben gab jemand mir das Gefühl, dass er mich wirklich liebte.
Auch Roderick genoss es sichtlich, mit mir zusammen zu sein, ob beim gemeinsamen Frühstück, im Theater, beim Lesen oder nachts im Bett. Wir redeten und schwiegen miteinander, gingen spazieren, segelten in seinem kleinen Boot über den himmelblauen See, tanzten bis in die frühen Morgenstunden in schummerigen Clubs, standen nachts auf meinem Balkon und betrachteten den funkelnden Sternenhimmel. Wie hätte ich ihn umbringen können?
Uta hatte natürlich doch Verdacht geschöpft. Sie stellte misstrauische Fragen, wollte nicht glauben, dass Roderick mir so lange widerstanden hatte. Die anderen Mädels steckten die Köpfe zusammen und tuschelten, wenn ich ins Zimmer kam. Mir war alles andere als wohl in meiner Haut. Ich dachte jetzt oft an das Mädchen, das damals spurlos verschwunden war. Mir war klar, dass ich zu viel wusste, um unbehelligt ein neues Leben anfangen zu können – und dabei wünschte ich mir nichts mehr als das! Nachts träumte ich sogar, Roderick hätte Susanne verlassen und mit mir gemeinsam ein kleines Haus in Italien gekauft. Seltsam war, dass Roderick Susanne mit keinem Wort erwähnte. Überhaupt hatte ich jetzt oft das Gefühl, dass auch er etwas vor mir verbarg. Manchmal ertappten wir uns dabei, dass wir

uns gedankenverloren gegenseitig anstarrten oder dass einer von uns den Mund aufmachte, um etwas zu sagen, ihn jedoch schnell wieder schloss, wenn er fühlte, dass der andere ihn beobachtet hatte. Wie gerne hätte ich Roderick von allem erzählt! Von Uta, von meinem Job, von meinem Auftrag ... aber ich fürchtete, er würde mich dann hassen und ich würde ihn für immer verlieren.
Die Last meines furchtbaren Geheimnisses erdrückte mich fast. Zum Schluss konnte ich selbst das Zusammensein mit Roderick nicht mehr genießen, ja, kaum noch ertragen. Dennoch versuchte ich sechs Tage lang mit meiner ganzen Kraft, alles einfach zu verdrängen. In der letzten Nacht konnte ich kein Auge zutun vor innerer Qual.

Am Morgen des siebten Tages zitierte Uta mich in ihr Büro.
»Ich erwarte einen detaillierten Bericht von dir, Lorena«, sagte sie kühl, »du bist jetzt diesem Kerl seit einer Woche auf den Fersen, und die Frist für den Allerletzten Treuetest läuft heute Nachmittag ab. Susanne möchte endlich wissen, was los ist. Also – hat er nun bestanden oder nicht?«
Sie blickte mir geradewegs in die Augen. Ich bin an sich eine routinierte Lügnerin, aber irgendwie hatte meine Begegnung mit Roderick mich verändert. Außerdem ist es sowieso schwer, Utas bohrendem Blick standzuhalten. Sie kennt mich einfach zu gut.
Ich senkte den Blick und wurde rot bis an die Haarwurzeln.
»Okay«, flüsterte ich heiser, »er ist leider durchgefallen. Aber –«
»Und was hindert dich dann daran, deinen Job durchzuführen?«, unterbrach sie mich scharf. »Du bist doch nicht etwa auf ihn reingefallen?«
Ich zuckte zusammen. So kannte ich meine Chefin gar nicht. Mein mühsam aufgebautes Verdrängungssystem

brach mit einem Schlag zusammen. Und auf einmal hatte ich richtige, nackte Angst. Um Roderick – und um mich.

»Hör zu, Uta«, flehte ich sie an, »ich kann es einfach nicht! Er ist ein wunderbarer Mensch … lass ihn laufen! Bitte! Mach ein einziges Mal eine Ausnahme! Susanne wird nie etwas davon erfahren, sie wird wieder glücklich mit ihm werden …«

Uta starrte mich bleich und entgeistert an. Sie hatte wohl doch nicht ernsthaft damit gerechnet, dass ihre Vermutung wahr werden könnte. »Glücklich … mit einem Betrüger!«, zischte sie dann, Abscheu in der Stimme. Ihr Doppelkinn zitterte vor Verachtung. »Lorena, du hast auf ganzer Linie versagt. Du, auf die ich alle meine Hoffnungen gesetzt hatte … du, die ihre Arbeit stets makellos erledigt hat, ohne das Ziel in Frage zu stellen und mit eigenen Emotionen zu beflecken … du, der ich den Laden einmal übergeben wollte …«

Sie verbarg ihr Gesicht in den Händen. Ich stand da und wusste nicht, was ich sagen sollte.

»Es tut mir Leid«, brachte ich nach einer Weile heraus. »Uta, es tut mir wirklich Leid. Aber ich kann es einfach nicht.«

»Du bist gefeuert«, murmelte sie, ohne die Hände vom Gesicht zu nehmen. »Monika wird deinen Job ab sofort übernehmen. Und lass dich hier nie wieder blicken!«

Bestürzt und gleichzeitig voller Erleichterung darüber, dass Uta mich einfach so gehen ließ, verließ ich hastig das Büro.

Ich hatte jetzt nur noch einen Gedanken: Roderick zu warnen. Egal, was das für mich persönlich bedeutete. Jetzt ging es nur noch um Leben und Tod. Monika würde ihn sicherlich noch heute Abend kaltblütig umlegen …

Ich versuchte, Roderick auf seinem Handy zu erreichen. Ohne Erfolg. Verzweifelt sprach ich ihm auf seine Mailbox, ich müsse ihn sofort sehen, es sei dringend …

Vielleicht hatte er in seiner Praxis zu viel zu tun und konnte deshalb das Telefon nicht beantworten. Alle Vorsicht gegenüber Susanne außer Acht lassend, stieg ich ins Auto und raste zu seiner Praxis. Besser gesagt, dahin, wo ich die Praxis vermutete. Ich war nämlich bis jetzt noch nie dort gewesen, doch er hatte mir mehr als einmal beschrieben, wo sie war.

Aber da war keine Praxis. Nur ein Mietshaus mit einem Sonnenstudio im ersten Stock.

Ich überlegte fieberhaft. Er hatte mich angelogen, so viel war klar. Aber warum? Und wie konnte ich ihn jetzt noch rechtzeitig warnen?

Ich musste zu ihm nach Hause fahren, auch wenn das bedeutete, dass Susanne nun endgültig alles erfuhr. Es war schon Mittagszeit. Was, wenn Monika sich bereits an Rodericks Fersen geheftet hatte …? Doch bei der Adresse am Stadtrand, die er mir genannt hatte, gab es keine Villa. Und auch keine Susanne. Nur einen Tengelmann-Supermarkt.

Fassungslos saß ich in meinem Wagen und überlegte.

Was auch immer nun geschehen würde, eins war mir jedenfalls vollkommen klar: Roderick hatte mich nach Strich und Faden angelogen. Aber selbst das war mir jetzt egal. Ich liebte ihn. Und ich musste ihn finden.

Ich zwang mich, einen klaren Kopf zu behalten. Ein Gedanke schoss mir durch den Kopf, ein Hoffnungsschimmer. Monika … es gab doch noch eine Chance! Wenn ich Glück hatte, konnte ich sie vielleicht noch rechtzeitig im Büro erwischen. Möglicherweise war sie ja doch noch nicht losgegangen und studierte gerade den Fragebogen. Ich würde ihr irgendeine wilde Story auftischen und sie schließlich dazu überreden, den Mord zu verschieben. Wie gesagt, Monika war ja nicht die Hellste, und man konnte sie leicht beeinflussen …

Und wenn sie schon weg war? Nun, selbst wenn sie sich

schon an Rodericks Fersen geheftet hatte, stand in dem Fragebogen immer noch Susannes Telefonnummer. Die allerletzte Möglichkeit, ihn zu warnen. Es dämmerte draußen. Ein schmaler, orangefarbener Lichtstreifen hinter den Hochhäusern der Stadt zeigte an, dass die Sonne bereits unterging. Ich startete den Wagen. Der Motor heulte auf, und ich raste mit Vollgas los. Nachdem ich mehrere Ampeln bei Rot überfahren und um ein Haar einen Kinderwagen auf den Kühler genommen hatte, kam ich fix und fertig mit den Nerven bei unserem Büro an.

Und dann traf mich fast der Schlag. Vor dem Haus waren mehrere Polizeiautos geparkt. In einem von ihnen saß die Frau, die sich Susanne nannte. Sie trug eine Uniform, und auf dem Hintersitz kauerte die tränenüberströmte Monika. Das Flackern des Blaulichts erhellte fast gespenstisch Utas bleiches Gesicht, die gerade am Arm eines Mannes abgeführt wurde.

Der Mann war kein anderer als Roderick.

Doris Dörrie

Kaschmir

Früher hat *er* mir neue Kleider gekauft. Einfach so, ohne besonderen Anlass. Er suchte sie ganz allein aus und hängte sie heimlich in meinen Kleiderschrank. Nie schien er zu bemerken, wie monströs diese Kleider aussahen, Größe 48 – die reinsten Zelte. Sein Lieblingskleid war rot mit schwarzen Punkten, in dem ich mir vorkam wie ein gigantischer Marienkäfer. Es machte ihn glücklich, wenn ich es trug. Nie schien er mich so zu sehen, wie ich wirklich war.

Kaschmir ist wie eine Droge, sagt die Verkäuferin und streicht über den sandfarbenen Kaschmirpullover wie über die Haut eines Geliebten. Sie werden sehen. Einmal Kaschmir am Körper, und Sie wollen nie wieder etwas anderes …
Ich schüttelte den Kopf.
Schlüpfen Sie doch einfach mal rein, lächelt die Verkäuferin, einfach so, fürs Gefühl …
Als ich mich ausziehe, sehe ich nicht in den Spiegel. Zu oft bin ich früher beim Anblick meines Körpers in Tränen ausgebrochen.
Jetzt bin ich dünn. Schlank. Ich mag den Klang dieses Wortes, es klingt wie das, was es bedeutet. Schlank. Ich bin schlank. Manchmal greife ich voller Angst in meine Hosentaschen, als könnte ich meine Hüftknochen verloren haben wie ein Schlüsselbund; ich atme erst auf, wenn sie sich in meine Handflächen bohren und ich mich an ihnen festhalten kann wie an zwei Haltegriffen.
Der Kaschmirpullover fällt mit sanftem Streicheln über mei-

ne jetzt eher kleinen Brüste, er schmeichelt mir, lässt mein Gesicht weicher erscheinen, meine Figur weniger eckig. Fred nennt mich magersüchtig, um von seinen eigenen Gewichtsproblemen abzulenken. Ich gehe nur mit der Zeit, lacht er: 1970 wog ich siebzig Kilo, 1980 achtzig, jetzt eben dreiundneunzig. Das stimmt nicht, die Hundert-Kilo-Marke hat er schon lang überschritten.
Ich selbst achte auf mein Gewicht wie ein Polizist, rigoros schreibe ich jeden Bissen auf.
Heute habe ich den ganzen Tag erst eine Banane – neunzig Kalorien – einen Joghurt – hundertzwanzig und zwei Knäcke – achtzig Kalorien gegessen. Ich fühle mich leicht, fast ein wenig berauscht durch den leichten Schmerz im Magen, der jetzt zu mir gehört wie mein Name. Wenn ich ihn nicht spüre, bin ich unruhig, fühle mich schlecht, verdorben, dick.
Die Verkäuferin öffnet den Vorhang einen Spalt.
Der sitzt ja wie angegossen, sagt sie, es ist der letzte, den wir haben … aber lassen Sie sich Zeit.
Sie lächelt süß und verschwindet wieder. Sie weiß, der Pullover wird jetzt selbst zu mir sprechen.
Sieh dich an, sagt er, ich mache eine attraktive Frau aus dir, einen neuen Menschen …
Ach ja? erwidere ich lakonisch und ziehe den Pullover über meinen Brüsten straff.
Du hast mich verdient, flüstert er und schmiegt sich dichter an meine Haut, ich werde gut zu dir sein, dich lieben, wenn dich sonst niemand liebt …
Die Verkäuferin erkennt an meinem Lächeln, als ich aus der Kabine komme, wie die Unterhaltung ausgegangen ist.
Ich habe nicht genug Bargeld dabei, Kreditkarten nimmt das Geschäft nicht, und die Schecks liegen daheim. Es ist kurz vor sechs. Ich habe es nicht weit bis nach Haus, in zehn Minuten bin ich wieder da, sage ich und flattere aufgeregt aus

der Tür. Meine Müdigkeit vom Tag ist verflogen, mein Kopf ist klar, mein Herz vergnügt.
Von der Straße aus sehe ich, dass kein Licht in unserer Wohnung brennt, Fred also nicht zu Hause ist, was alles sehr viel einfacher macht. Ich brauche nichts zu erklären, nicht zu lügen. Ein Sonderangebot, würde ich ihm sonst erzählen, ein Schnäppchen – obwohl es mein eigenes Geld ist, das ich ausgebe.
Ich laufe durch den Flur und zerre meine Schecks aus der Schublade. Am liebsten würde ich den neuen Pullover gleich im Geschäft anziehen, zu meinem Rock aus Waschleder müsste er gut passen. Ich werfe den Mantel ab, ziehe meine Hose aus, lasse sie am Boden liegen, laufe ins Schlafzimmer, zerre den Lederrock aus dem Schrank, ohne Licht zu machen, ich weiß genau, wo er hängt. Mein Kleiderschrank ist mein Heiligtum. Der Altar meines verschwundenen Fetts. Die monströsen Zelte sind verschwunden, kein Kleidungsstück größer als Größe 38, alles farblich aufeinander abgestimmt, keine Muster – vor allem keine Punkte.
Seine Stimme kommt aus dem Dunkeln und trifft meinen Körper wie ein weicher Ball. Hallo, sagt er. Er liegt auf dem Bett, vollkommen nackt, ein abgegessener Teller steht auf dem Nachttisch. Das weiße Porzellan leuchtet wie ein runder Mond im dunklen Zimmer.
Was hast du gegessen?, frage ich ihn.
Er antwortet nicht, steht auf, kommt auf mich zu, drückt mich an seine Brust. Ich spüre, wie sein warmes Fleisch unter mir nachgibt. Sein Atem streift meinen Hals. Hallo, wiederholt er leise. Ich bin stumm, zu erstaunt, um zu reagieren. Ich weiß nicht, wie lange es her ist, dass wir uns so umarmt haben.
Am Anfang war unsere Liebe leidenschaftlich, sie betäubte und verwunderte mich. Das sollte ich sein? Diese völlig ent-

hemmte Masse Fleisch? Jetzt noch spüre ich das ungläubige Lächeln auf meinem Gesicht, wenn wir erschöpft nebeneinander lagen und er seinen Kopf in meinem riesigen Busen vergrub. Wie sehr er meinen dicken Körper mochte, den ich in diesen Momenten – und nur in diesen – vollkommen vergaß. Wenn wir uns liebten, hatte ich auch überhaupt keinen Hunger, ein ganz neuer Zustand für mich.

Aber mit der Zeit ließ die Betäubung während der Liebe nach. Ich begann zuzusehen, wie sein harter, muskulöser Körper meinen Bauch in Speckfalten auf das Lacken drückte, meine Pobacken unter mir hervorquollen wie Kuhfladen, wie das Fleisch meiner Schenkel vor Lust zitterte wie Wackelpudding. Ich begann, mich zu schämen.

Als ich klein war, machte meine Mutter zur Freude der Kinder oft Wackelpudding zum Nachtisch, und immer nahm mein Vater die große Schale, rüttelte sie, dass der Wackelpudding nur so tanzte, und fragte: Wer ist das? Und alle Kinder schrien begeistert: Frau Winckel – unsere verhasste, fette Vermieterin.

Er beißt mir zärtlich in den Nacken, Fred, sage ich, entziehe mich kichernd, um ihn nicht zu verletzen. Ich schiele auf meine Uhr, es ist drei Minuten vor sechs.

Ich habe auf dich gewartet, flüstert er und legt mir von hinten beide Hände auf den Busen.

Wenn ich Statistiken in Frauenzeitschriften lese, erschrecke ich. Zweimal in der Woche bei über achtzig Prozent? Lügen die Befragten, oder sind Fred und ich nicht ganz normal? Keiner weiß, wie es kam. Die Abstände wurden einfach immer größer, bis es keiner von uns mehr zu vermissen schien.

Nein, das ist nicht wahr, und wir wissen es beide.

Komm, sagt er und zieht mich enger an sich.

Der Berg seines Bauchs schiebt sich gegen meine Lendenwirbel. Wenn ich ihn jetzt von mir weise, wird er tagelang

stumm durch die Gegend schleichen, ich werde im Wohnzimmer auf der Couch liegen und so tun, als ob ich lese, das leise Klack der Kühlschranktür wird mir sagen, wo er ist, und ohne nachzusehen, werde ich wissen, dass er in der Küche am Tisch sitzt und das Schokoladeneis mit einem Esslöffel direkt aus der Schachtel in sich hineinfrisst.
Wenn wir uns beeilen, schaffe ich es noch, bis Ladenschluss zurück bei meinem Kaschmirpullover zu sein. Ich nehme ihn an der Hand und führe ihn zurück zum Bett. Er lässt sich auf die Matratze fallen, dass der Rahmen kracht und die Sprungfedern stöhnen.
Im Sitzen liegt sein Bauch auf seinen Oberschenkeln und macht ihn zu einem geschlechtslosen Wesen. Wie gerne ich ihm früher zugesehen habe, wenn er sich abends auszog, nackt herumging, um seinen Anzug aufzuhängen, das Fenster einen Spalt zu öffnen, seine Schuhe wegzustellen.
Seit einiger Zeit trägt er keine Schnürschuhe mehr, sondern nur noch Mokassins. Er behauptet, sie gefielen ihm besser, ich weiß den wahren Grund: weil sein Bauch ihm nicht mehr gestattet, seine Schuhe zuzubinden.
Ich stehe zwischen seinen Beinen, er zieht mich auf seine fleischigen Knie, senkt den Kopf und küsst meine Brüste. Sein Kinn wirft fünf Falten wie ein dickes Tuch. Er schaukelt mich in seinen Armen wie ein Kind, drückt mich, küsst mich, streichelt meinen Rücken. Es ist drei Minuten nach sechs. Ich muss etwas unternehmen, sonst schaffe ich es nie. Warum nur habe ich die Verkäuferin nicht gebeten, mir den Pullover zurückzulegen?
Ich lasse mich von seinen Knien auf den Teppichboden zwischen seine Beine rutschen, lege meine Arme auf seine Schenkel, senke den Kopf und öffne den Mund. Meine Stirn drückt eine tiefe Delle in seinen Bauch. Von weit weg höre ich ihn leise stöhnen. Ich stelle mir einen hohen, spitzen

Berg vor, den es zu erklimmen gilt. Wir machen uns auf den Weg, Schritt für Schritt nach oben. Zögernd, unsicher noch folgt er mir. Ich spüre seine Hände in meinen Haaren. Tiefer drücke ich meinen Kopf in seinen Bauch, wie ein Zipfel Decke fällt sein Speck auf meine Wange.

In Gedanken koche ich mein Abendessen: exakt einhundert Gramm braunen Reis mit einem Stückchen Butter und gehackten Kräutern. Ich esse im Wohnzimmer, er in der Küche. Ich ertrage den Anblick von gegrilltem Wammerl, Kartoffelsalat und fettigen Hühnerbeinen nicht, schon der Geruch bereitet mir Übelkeit.

Ein einziges Mal konnte ich Fred zu einer Diät überreden: Wenn du mich wirklich liebst, wirst du wieder der, den ich einmal kannte.

Er kam sogar mit in die Selbsthilfegruppe, der ich seit über fünf Jahren angehöre. Es ist mit dem Essen wie mit dem Alkoholismus. Einmal süchtig, immer süchtig. In der Gruppe muss derjenige, der von einem Treffen zum nächsten zunimmt, Schweinsohren tragen.

Dreimal kam Fred mit, zweimal trug er die rosa Plastikohren. Beim dritten Mal stand ein dünnes, attraktives Mädchen Anfang zwanzig auf, das noch vor einem Jahr fast achtzig Kilo gewogen hatte. Mit unsicherer Stimme sagte sie: Seit einem halben Jahr wiege ich achtundfünfzig Kilo. Jeder sollte meinen, ich sei glücklich. Aber ich habe das Gefühl, beraubt worden zu sein. Mein schönster Traum ist mir weggenommen worden. Ich habe gedacht, dass sich mein Leben ändert, wenn ich erst einmal dünn bin. Aber nichts hat sich verändert, außer mein Herz. Es ist klein und kalt geworden. Wie ein Buchhalter rechnet es nur noch Kalorien, kontrolliert mich bei jedem Schritt und verachtet diejenigen, die mehr essen als ich. Ich habe immer gedacht, ich werde liebenswerter, wenn ich dünn bin, und jetzt habe ich das Ge-

fühl, ich habe das einzig Liebenswerte an mir verhungern lassen … Sie begann zu schluchzen.
Fred nahm die Schweinsohren ab, ging zu dem Mädchen und nahm es in die Arme.
Danach kam er nie wieder mit, seine Diät brach er noch am selben Tag ab.
Ich bewege mich rhythmisch, werde schneller. Meine Knie fangen an zu schmerzen. Mein früheres Gewicht hat die Bänder ruiniert. Ich presse mich heftiger gegen Freds Körper, um den Druck in den Knien abzufangen. Seine Schenkel beginnen zu zittern. Mit beiden Händen umfasst er meinen Kopf. Unablässig treibe ich ihn den Berg hinauf, spüre, wie er sich anstrengt, um zum Gipfel zu gelangen.
Ich öffne ein Auge, drehe meinen Körper leicht und schiele auf meine Armbanduhr. Zehn nach sechs. Ich erinnere mich an das hauchzarte Streicheln der Kaschmirwolle auf meiner Haut, sehne mich nach diesem Gefühl und der Frau, die ich im Spiegel sah.
Der Therapeut in der Gruppe sagt zu mir: Benennen Sie das Loch in Ihrem Körper.
Sehnsucht, sage ich.
Der Therapeut sagt: Wo ist es?
In meinem Bauch.
Der Therapeut sagt: Welche Farbe hat es?
Blau.
Genauer, sagt der Therapeut.
Aquamarinblaue Sehnsucht nach Ruhe. Erfüllung. Befriedigung. Sehnsucht nach jemandem, der dieses Loch füllt und mich zu jemand anderem macht.
Das war sehr gut, sagt der Therapeut.
Ich sehne mich nie nach dem, was ich schon habe.
Ich bin aus dem Rhythmus gekommen, Fred fällt zurück, will nicht weitergehen, droht umzukehren. Der Gipfel ent-

fernt sich in rasender Geschwindigkeit, wir stürzen ab. Freds Stöhnen verebbt, sein Fleisch zieht sich von mir zurück.
Ich versuche, ihn weiterzulocken, aber kein Trick funktioniert.
Er wird deprimiert sein, mich umarmen wollen, mich nicht gehen lassen.
Er nimmt mich an den Schultern und zieht mich zu sich herauf, bedeckt mein schweißnasses Gesicht mit Küssen.
Es tut mir Leid, murmele ich, aber er legt mir die Hand auf den Mund und drückt mich sanft in die Kissen. Seine Arme sind so dick wie meine Schenkel.
Als er sich auf mich legt, glaube ich im ersten Moment, ersticken zu müssen.
Er übernimmt jetzt die Führung, wir machen uns erneut auf den Weg. Er gibt das Tempo vor, ich folge ihm. Stetig geht er bergan, ich höre, wie sein Atem schneller wird. Meine Rippen schmerzen, ich kann kaum noch Luft holen, aber ich halte mit ihm Schritt, versuche, ihn zu noch schnellerem Tempo anzutreiben, bis er vor Anstrengung keucht. Verzweifelt versucht er, das eingeschlagene Tempo beizubehalten, sein Fleisch bebt über mir, er klammert sich an mich, meine Hüftknochen bohren sich in seinen Leib. Ich spanne meinen dünnen Körper unter ihm, locke ihn mit meinen Muskeln; als er droht aufzugeben, flüstere ich beschwörend in sein Ohr, komm, komm, bis er endlich weitergeht, sich erneut aufrafft, wieder schneller wird.
Sein Schweiß strömt in kleinen Bächen über mich; der Gipfel schwebt jetzt direkt über uns, aber wir treten auf der Stelle, er kann nicht mehr, er keucht, sein träges Fleisch lässt ihn im Stich, er will aufgeben, da kralle ich mich in seinen Rücken, schiebe ihn mit aller Kraft voran, bis er das Tempo wieder aufnimmt, Schritt für Schritt den Steilhang erklimmt. Noch ein Schritt und noch ein Schritt, sein Atem explodiert

in meinem Ohr, nur noch wenige Meter, bitte, bitte, rufe ich, komm! Komm mit, stöhnt er, komm doch mit.

Er umarmt mich fester, begräbt meinen dünnen, harten Körper unter sich. Er weigert sich, ohne mich weiterzugehen.

Eine Banane – neunzig Kalorien, ein Joghurt – hundertfünfzig, zwei Knäcke – achtzig. Sag die Wahrheit, sagt der Therapeut. Der Schmerz endet und alles andere auch. Denk immer daran: Alles geht verloren, wird gestohlen, kaputtgemacht, zerrissen, zerbrochen. Körper werden schlaff und faltig. Jeder leidet, jeder stirbt. Eine Stunde Rad fahren – zweihundertzwanzig Kalorien. Schlafen – sechzig. Sex – hundertfünfzig.

Ich finde mich wieder, wie ich schwer atmend Fred folge, wie mein Körper sich anstrengt, nicht den Anschluss zu verpassen, wie er mich mit sich mitzieht, mir die Hand reicht, als ich stolpere, auf mich wartet. Unser Atem geht jetzt stoßweise im gleichen Rhythmus, ich kann seinen von meinem nicht mehr unterscheiden, kann nicht mehr meinen Schweiß von seinem, mein Fleisch von seinem Fleisch unterscheiden. Angst steigt in mir auf, schnürt mir die Kehle zu, ich will mich trennen, umkehren, allein den Berg hinunterlaufen, so schnell ich kann, will mich losreißen, aber er lässt mich nicht gehen, schiebt mich weiter mit all seiner Kraft. Meine Lungen möchten platzen, mein Kopf zerspringen, sein Atem in meinem Ohr ein Hurrikan.

Gleichzeitig erreichen wir den Gipfel.

Weiß explodiert es vor meinen Augen, mein Körper schmilzt, ich trete aus ihm heraus und fliege durch kristallklare, türkisblaue Luft.

Unter mir sehe ich zwei Menschen auf einem hohen, schneebedeckten Berg stehen. Sie sehen zu mir herauf, die Frau hebt den Arm, um mir zu winken. Sie ist dick und trägt ein rotes Kleid mit schwarzen Punkten.

O Gott, stöhnt Fred und wälzt sich auf die Seite. Das blasse

Flurlicht beleuchtet seinen zitternden Körper wie eine riesige Skulptur. Wie früher, flüstert er in mein Ohr, wie früher … Er nennt mich seinen Liebling und will seinen Kopf auf meine Brust legen, aber ich rolle mit einer schnellen Bewegung an den Rand des Bettes, stehe auf, gehe nackt aus dem Zimmer.

Als ich den Laden erreiche, ist es eine Minute nach halb sieben, die Tür schon verschlossen. Ich klopfe an die Scheibe. Die Verkäuferin dreht sich um, einen unwilligen Ausdruck im Gesicht.

Ich wedele mit dem Scheckheft und gestikuliere.

Endlich schließt sie auf. Leicht verwundert mustert sie mich. Sie hat den Pullover bereits verpackt.

Mit fahrigen Bewegungen fülle ich den Scheck aus, nehme den Pullover entgegen und drücke ihn an meine Brust. Das Seidenpapier knistert.

Die Verkäuferin begleitet mich zur Tür. Sie werden sehen, sagt sie, Kaschmir ist wie eine Droge.

Als ich aus der Tür gehe, sehe ich mich kurz im Spiegel: das Haar zerzaust, der Mantelkragen verkrempelt, das Make-up verschmiert.

Ich laufe durch die Dunkelheit nach Hause, aber als ich vor der Tür stehe, drehe ich mich um, setze mich in mein Auto und ziehe dort den Kaschmirpullover an. Wie ein Lufthauch, so zart berührt er meinen Körper. Ich fahre mit den Händen in meine Rocktaschen und umfasse meine Hüftknochen, sitze einfach so da im Dunkeln und bewege mich.

Gegenüber im dritten Stock sehe ich unsere Wohnung. Ein riesiger Schatten wandert über die Wand im Schlafzimmer, ein Ungeheuer mit einem winzigen Kopf und einem riesigen Leib. Es streckt die Arme aus, sie wachsen über die Wand bis zur Decke – dann geht das Schlafzimmerlicht an, der dicke Mann ist tot.

Silvia Szymanski

Baby Love

Gefangen. So hab ich mich immer gefühlt. Es gab nur das Klettern von Käfig zu Käfig, durch Wohnungstüren und Körperöffnungen. Man kann höchstens versuchen, dafür zu sorgen, dass der Käfig groß ist und golden. Auf die Gesellschaft anderer Haustiere darin legte ich keinen Wert. Ich habe meinen Mann in einer Strip-Bar kennen gelernt. Damals trat ich dort unter einem Künstlernamen auf: Baby Love. Baby Lovebird in a golden cage. Man ließ einen Käfig auf die Bühne, und ich schwang darin auf einer Schaukel zu Easy Jazz. Dann stieg ich träge ab und tat einsam und wusch den Spiegel mit meiner Zunge. Meine Kleider waren mit Flaumfedern besetzt, und ich zog sie aus, als würde ich mir vor Traurigkeit Federn ausreißen. Nackt rieb ich mich an den Käfigstäben, wand mich im Vogelsand und nahm einen großen Hirsekolben vollständig in den Mund. Ich bespritzte mich im Planschbecken mit Wasser und tröstete mich mit Spielzeug. Die Gäste steckten ihre Hände in den Käfig, streichelnde, fummelnde Hände mit Geldscheinen wie Futter. Sie wollten den großen, bleichen, blonden Vogel mit den dicken Brüsten anfassen. Mein Mann steckte mir den größten Geldschein rein. Er winkte mit einer prachtvollen Voliere; davon träumten alle meine Kolleginnen, ein sicherer Käfig bei einem reichen, älteren Herrchen. Meins, Fred, war sogar Schönheitschirurg; er würde einmal tröstende Tierversuche an mir durchführen können.

An jenem verdrehten Abend hatte ich ihn auf eine mehrtägige Vortragsreise geekelt. Ich wollte mir einen ungestörten

Pornoabend machen. Meine alte Nummer, aber ohne Zuschauer, nur für mich und bis zum Schluss. Ich hätte mir Männer dazu holen können, aber ich wollte keine Menschen, Tiere, Gegenstände mehr. Ich hasste meinen Trieb dafür, dass er mich immer noch abhängig machte von zumindest Vorstellungen von Lebewesen, zumindest länglichen, dicklichen Dingen. Er machte mich den andern Wichsern ähnlich. Vereitelte mir meine sauer erturnte Genugtuung über den angeheirateten Krimskrams. Er machte aus mir nicht viel mehr als ein Haustier, das sich an Schlummerrollen befriedigte oder an hingestreckten Unterschenkeln gnädiger Hausfreunde. Diese Männer, die ich mir manchmal doch noch genehmigt hatte, sie hatten mich gekippt wie einen Whisky am Rande, immer auf dem Weg zu vermeintlich Wichtigerem. Was sollte das wohl sein? Was glaubten sie, wer ich war? Eine Frau wie ich bedeutete mehr als alles, was diese Männer interessierte und woraus ihre Leben bestanden. Wahrer Sex geht um Leben und Tod, doch sie wollten nichts wissen von dieser strudelnden Tiefe und Nässe im schwarzen Loch im Zentrum des Universums und jeder kleinen Sache, vom Nichts. Und hielten sich damit für gute Liebhaber. Dabei steckte in meinem labbrigen römischen Vibrator noch mehr Liebe.

Der Hausgong ging.

»Ja?«, bellte ich in die Sprechanlage.

»Lassen Sie mich rein«, flüsterte eine junge Stimme. »Verstecken Sie mich, bitte! Sie sind hinter mir hier. Sie wollen mich wieder einsperren. Bitte!«

Danke. Wenn ich nicht lebte, müsste man auch ohne meine Hilfe klarkommen. Aber der Mutterinstinkt zuckte, langte schließlich rüber und drückte den Öffner. Sollten sie doch alle reinkommen, wenn sie glaubten, hier drin wär's besser.

Er war höchstens 17. Nicht alt genug, um in einem Wanderkäfig aus Blech zu fliehen. Nass wie ein Küken, vom Wasser, das wild aus den Wolken tropfte. Wie heißt du? Johnny? Johnny, du musst dich ausziehen und deine Sachen am Kamin trocknen, sonst erkältest du dich.

Er gehorchte wie ein Kind.

»Was hast du denn ausgefressen, Johnny, dass sie dich suchen? Aus dem Internat ausgerissen?«

»Nein. Ich habe meine Mutter und meine Schwester gevögelt und erschlagen«, sagte er verlegen. »Glauben Sie mir nicht? Hier, mit diesem Beil!«

Er ließ mich in seine Sporttasche gucken.

»Ich finde das besser«, erklärte er traurig. »Es ist schöner, wenn das Leben danach nicht mehr weitergeht. Alles, was nach dem Sex kommt, spottet doch nur über das, was heilig war in dem Moment. Es geht über Gefühle hinweg und macht einen glauben, man hätte sich getäuscht, alles wäre doch nur relativ. Aber der Tod ist nicht relativ!«

Er sah mir ins Gesicht und zitterte. Er öffnete Freds Bademantel über seinem Körper und führte meine Hand zu seinem Ständer. Seine Augen waren weit, glänzend und wach. Wunderlich großartig. Deplaciert lebendig wie ein Schrei. Es biss sich in mein Herz und bohrte sich in meinen Bauch. Sie sollten das nicht kriegen. Sie sollten es nicht jagen und wieder einsperren. Ich würde ihm Geld geben, er sollte frei sein.

Es ist so ein hirnloses Treiben von Männern und Frauen. Es ist so uralt, sie wissen schon gar nicht mehr, was sie damit wollen. Sie wackeln wie Wellen. Sie bewegen sich unbegreiflich sehnsüchtig einer Kraft entgegen, die sie erlösen, die einen Punkt machen und den Sinn offenbaren soll. Ich hatte ewig keinen Grund mehr bekommen, an diese göttliche Kraft zu glauben. Als Kind habe ich die griechische Götterwelt für eine ernst zu nehmende Religion gehalten, und alle lachten. Buddhismus ist cool, Islam auf dem Vormarsch, kein Schwein nimmt die Olympier ernst. Aber nun … Johnny … tja, tat mir Leid für Fred und Kollegen: Dieser Junge war im Sex ein Halbgott. Und seine andere Hälfte war der Teufel, es tat mir gar nicht Leid. Johnny zog mich mit seinem Schwanz in die Unterwelt und hob die Zeit auf. Meine Ohren sausten, Stimmen zischten; meine Gliedmaßen lösten sich vom Körper und zappelten wie Fische. Ich hörte mich weit weg tief und verzerrt stöhnen wie eine zu langsam abgespielte Schallplatte unter einer diamantenen Nadel.

»Gefällt dir mein Schwanz so gut?«, sagte er mir fickend heiß ins Ohr. »Du kannst ihn haben. Du musst ihn braten und essen. Man wird davon groß und stark. Im Ernst! Er hat magische Kräfte! Und ich brauche ihn bald nicht mehr.«

Er schmiegte sich zärtlich an mich.

»Du bist die Größte, Baby Love. Lass dich darin nie mehr von ihnen irremachen. Du steckst sie alle in die Tasche. Ich will keine Frau mehr nach dir. Ich will immer bei dir bleiben, Mama.«

»Alles wird gut jetzt«, sagte er. Er rollte sich zu seiner Tasche und zog etwas heraus.

»Erschrick nicht«, sagte er. »Gleich ist es vorbei.«

Das kleine Beil in seiner Hand sauste mit der Erdanziehung an ihm runter und trennte Mann und Maus.

Scheiße! Nein, ist nicht so schlimm, ist nicht so schlimm, da kann man noch was machen! Ich wählte hektisch den Notruf.

»Nein!«, röchelte Johnny. »Keine Ärzte! Das sind doch alles Arschlöcher! Die pfuschen nur an einem rum!«

Er hatte wohl schlechte Erfahrungen gemacht mit Freds Kollegen aus der Psychiatrie. Nun, damit würde es bald vorbei sein, mit Erfahrungen, den guten wie den schlechten. Er konnte jetzt schon nichts mehr sagen. Er ließ nur noch stoßweise Blut aus sich spritzen, dann verdrehte er seine Augen. Die schöne Farbe lief aus ihm, und seine Seele schwamm darauf vom Leben in den Tod. Er würde es nie wieder tun. Man kann nicht ewig jung und verrückt sein.

Ich konnte mich nicht in Johnny reinversetzen, ich wusste nicht, warum er das getan hatte. Ich hätte es ihm nicht geraten. Tod und Leben sind mir gleichermaßen suspekt. Man sollte von beidem die Finger lassen. Die Konsequenzen sind zu unkontrollierbar.

Mein Herz tat weh, und die nackte Frau auf Freds Renoir an der Wand war überströmt von Johnnys Blut. Ein junger Wilder hatte ihr alles zugefügt, was er aus seinem schönen Körper hatte rausquetschen können. Er lag ihr zu Füßen wie eine leere Tube. Sie lächelte mild und unheimlich.

Ich kniete mich vor die runde Million senilen Geistes in Öl und schrubbte vorsichtig. Von der Nutte zur Putzfrau, kein großer Aufstieg.

Ich weiß nicht, wie lange ich so schrawelte. Es wurde gar nicht weniger. Es war, als käme immer noch mehr Blut aus ihr wie aus einem Madonnenbild. Wie ein Fluch.

Johnny döste gespenstisch neben mir. Ein Schatten kroch langsam auf ihn. Dann tat der Schatten einen Satz, und etwas schoss wie ein Wunsch an mir vorbei und stahl dem Koch ein – – – Das war Musch! Mit MEINEM Pimmel! Den hatte Johnny mir versprochen! Ich gleich hinterher. Ich hatte in meiner Putzwut wirklich nicht gut genug auf dies mein Erbteil aufgepasst und sah fast zu spät, wie Freds Katze, den Schrumpel im Mund, unters Sofa wetzte, in berechtigter Panik, ich könnte ihr den Schmaus streitig machen. Sie war voller Flusen, als ich sie kriegte, aber sie hatte noch nichts abgebissen. Er war von allein so klein geworden, so mickrig, und weich. Pimmi, der große Pimmi, der sich einst so aufgeblasen und auf sich beharrt hatte. Armer Pimmi. Die Vögel, die am Morgen singen, holt am Abend die Katz – das darf dir nicht geschehen. Ich entriss dem knurrenden Vieh die mir bestimmte Reliquie.

Man kann sich nicht in jeder verquasten Situation geistig gesund verhalten. Ich warf also, Johnnys letzten Willens eingedenk, den Herd an. Junge, Junge, Blut wegputzen, Pimmel kochen, heut war wohl Hausfrauentag, was? Musch fauchte hasserfüllt, als ich das runzlige Glied in der Fettpfanne brutzeln ließ. Wie eine Hexe kam ich mir vor; eine von übertriebenem Skrupel verzerrte Selbstwahrnehmung. Ich führte die Gabel zum Mund. Das ist sein Leib, dachte ich und weinte.

Es schmeckte überraschend gut. Buttrig, etwas nussartig, und ein behagliches, intensives Wärmegefühl durchpulste mich wie eine tröstende Stärkung. Ich dachte sogar daran, mir noch mehr von ihm irgendwo abzuschneiden. Aber Vorsicht, ich würde noch zu müde zum Leichenschleppen werden, wenn ich mich so voll stopfte. Ich fing langsam an durchzudrehen. Aber wenn Hysterie auch oft dem Leben gegenüber eine durchaus angemessene Reaktion ist, so wäre der Verzehr einer Leiche doch nur ein scheinbar vernünftiger Weg, sich ihrer zu entledigen! Klar, die Vorstellung, Johnnys Körper noch einmal zerkaut durch mich gleiten zu spüren, erregte mich. Selbstverständlich reizte es eine liebende Frau, den toten Geliebten danach gleichsam wieder zu gebären, aus finsterster Pforte, wie eine perverse, gruselige zweite Mutter. Doch wäre es am Ende wirklich schön, Johnny in den Abort zu bestatten? Klumpig, stinkisch und fasrig immer tiefer in die fremde, kalte Kanalisation hinein? Und wollte ich mich im Ernst dafür die ganze Nacht an den Herd stellen und kochen? Nein. Ich wollte lieber Auto fahren. Ich würde ihn ins Auto packen und vergraben, irgendwo.

Ich lehnte den Schwanzlosen an den Rover unten in der Garage. Ich brauchte ein Päuschen. Ich war fertig mit den Nerven, aber ich musste mich loben, ich hatte einen klaren Kopf behalten und alles richtig gemacht. Fresssucht, Sentimentalität, Hausfrauenmanie, all diesen Tücken meiner weiblichen Psyche hatte ich in einer extremen Situation zu widerstehen gewusst. Nur zur Toilette hätte ich mal dringend gemusst. Ich hatte so ein dumpfes Gefühl, als hätte ich auch noch die Periode gekriegt. Normal bin ich jedes Mal erleichtert über diesen unendlichen Wiederholungsstrich durch die Rechnung des Fortpflanzungsauftrages. Doch der kommt immer in Momenten! Das WAR wohl heut mein Blut-Tag, Leute, echt! Ich ging lieber noch mal rauf.

Als ich wieder unten eintraf, hatte sich die Situation leider nicht beruhigt oder zu ihrem Vorteil verändert. Situationen neigen ja im Gegenteil dazu, sich immer noch mehr zuzuspitzen und zu verwurschteln. Scheiße schläft nicht. Ich weiß das und erschrak trotzdem.

Johnny und ich hatten nämlich Zuwachs bekommen. Auf meinem Ex-Lover lag quer ein großes, hässliches Balg. Es war auf sein Gesicht gerollt, und als ich es umdrehte, glotzte es mich weggetreten an: Ein Junge! Nennen wir ihn Fred.

Fred, mein Mann. Er hatte die Augen staunend weit aufgerissen und war, tja: tot.

Er war wohl mit Absicht zu früh nach Hause gekommen, um mich bei was Bösem zu ertappen, und bums, das Böse hatte ihn ertappt. Sein Herz musste wohl vor Schrecken stehen geblieben sein. Normal braucht man dazu ein ganzes Leben, aber man sieht, so was kann auch sehr schnell gehen.

Junge, Junge. Jetzt musste ich mich aber setzen. Ich schnorrte eine von Freddys Kippen. Lights. Der Gute hatte sich das Rauchen abgewöhnen wollen. Das hatte sich erledigt. Nichts zählte mehr. Alles war auf null gesprungen.

WAS ZUM TEUFEL SOLLTE DAS HIER EIGENTLICH? Was sollte es bedeuten, dass auf einmal alles starb um mich herum und dass sich wie von unsichtbarer Hand zwei Kerben in meinen Colt gegraben hatten? Alles war wie ganz von selbst geschehen. Was würde dann wohl erst passieren, wenn ich mich mal RICHTIG für was einsetzte? Ich musste lachen. Es tat gut. Ich hatte es ewig nicht mehr damit versucht, ich weiß nicht, warum. Vielleicht hatte das Lachen in mir mein ganzes Leben lang nur auf den richtigen Anlass gewartet, und meine Schwermut bröckelte wie eine Maske. Ich spürte, wie Johnnys Schwanz in mir mitlachte, dröhnend, mit wilder, starker Manneskraft, die raus ans Licht und leben wollte. Mit Zeugungskraft. Mit Über-Zeugungskraft, und die würde ich auch brauchen können, denn Polizisten, Polizisten würden sicher kommen. Aber Polizisten würden auch wieder gehen und niemanden mit großen Titten und hellem Köpfchen mitnehmen! Ich konnte mich nicht täuschen, sich spürte es in meinen Eiern. Nun denn! In den Rover mit euch beiden! Wir fahren irgendwohin, wo es schön ist, und dann lassen wir Gras über euch und die Sache wachsen, ja? Hey! Das ist doch alles kein Problem.

Ich blies den Rauch von der geladenen Knarre meiner Existenz. Die aquarische, weiblich-weiche Trübheit von Säften und Tränen, die immer um mich gewesen war, lichtete sich und eröffnete mir eine atemberaubend weite, klare Sicht, über die mein nun messerscharfer Verstand flog wie ein Adler. Die Magie des Pimmels hatte sich entfaltet und mein Schicksalsblatt gewendet. Mein Schicksal machte mir den Käfig auf. Es legte seinen Arm um mich und flüsterte: Es ist vorbei mit Sittich, Baby Lovebird. Eagle Woman, flieg! Du bist frei.

Friedrich Ani

Und ich bin glücklich

Sah schon hart aus, wie er so dalag, blutbesudelt über und über, beinah hätt ich mich übergeben, was ziemlich seltsam ausgesehen hätte, ziemlich seltsam. Ich hockte bloß da und ließ die Männer von der Polizei und vom Unfalldienst ihre Arbeit machen. Eine junge Frau in einem netten Kleid, sommerlich, ziemlich sommerlich, redete mit mir, wollte mich anscheinend beruhigen. Ich war ruhig, sehr ruhig. Nicht so ruhig wie Ludwig natürlich, der war jetzt ruhig für die Ewigkeit, aber man könnte sagen, ich war gefasst. Auch wenn das eine eigenartige Bezeichnung ist für einen wie mich. Mein Name ist übrigens Ralph. Ich kannte Ludwig seit dreieinhalb Jahren, als er an jenem sonnigen Spätfrühjahrstag jäh zu Tode kam.

Oder sagen wir: Zu Tode kommen musste. Es war Mord. Wovon die Polizei nicht die geringste Ahnung hatte, als sie ihn da unten, am Fuß des Abhangs, aus seinem gottverdammten roten Chrysler Cabrio schälte. Es war blanker Mord und sie dachten, es war ein Unfall. Er fuhr hundertachtzig auf der Landstraße, ich saß im Wagen, hinten, er brüllte gegen den Fahrtwind an, der Angeber, unaufhörlich schrie er ihren Namen, mir taten schon die Ohren weh. SARAH! SARAH!

Immer wieder hatte sie davon gesprochen, ihn umzubringen. Nun hatte sie es geschafft. Am Ende hasste sie ihn nur noch, sie hasste ihn wie ein Geschwür, als wäre er ein bösartiges Karzinom auf ihrer Haut, und mit Karzinomen kenn ich mich aus, ich hatte mal eins, das wurde wegoperiert. So lernten wir uns kennen, Ludwig und ich, im Treppenhaus, er kam rein, ich kam grad aus der Praxistür, er rutschte auf einem Hochglanzprospekt aus und fiel mir direkt vor die Füße. Ich hätt lachen können, wenn mir nach lachen zu Mute gewesen wäre. Auch wenn das reichlich eigenartig ausgesehen hätte bei einem wie mir, reichlich eigenartig. Unsereiner lacht nicht.

Er setzte sich auf die Treppe, rieb sich Arme und Knie und fing an zu reden. Über die Computerfirma, in der er arbeitete, über die Probleme mit den neuen Mikrochips, über einen Kerl, den er für einen Versager hielt und der trotzdem immer die besser bezahlten Aufträge bekäme, lauter solchen Mist, der mich nicht im Geringsten interessierte. Endlich hörte er auf und lachte los. Lachte, als hätte er einen sensationellen Witz gehört. Ich schwörs, ich hab keinen erzählt. Er lachte also bloß so, vielleicht hatte er einen Schock oder war dabei auszurasten, Computerleute rasten ja gern aus, er lachte und lachte, und ich hatte Schmerzen am Rücken von der Operation, und ich wollt raus an die frische Luft. Ich machte mich davon, und er kam hinter mir her.

Angeblich wollte er in dem Haus eine Freundin besuchen. »Das ist ein Zeichen, dass ich hingefallen bin«, sagte er auf der Straße. Fabelhaftes Wetter, saftige Wiesen, Frauen in kurzen Röcken, schon sommerlich, massiv sommerlich, obwohl es erst April war. »Die Frau ist von Anfang an ein Reinfall gewesen«, sagte er. »Sie ist scharf auf mein Auto und sucht einen Job, so ist die, ich hab das erst nicht gemerkt, aber jetzt ist alles ganz klar. Zicke! Von mir kriegt die nichts. Das Blöde ist, ich steh auf sie, wenn ich mit ihr im Bett bin, rast ich aus.«

Ich wusste, dass Computerleute leicht ausrasten.

Wir standen auf dem Bürgersteig, und er redete weiter, und ich hörte ihm zu. Das war unsere unausgesprochene Abmachung vom ersten Moment an, er redet, ich hör zu, manch-

mal nick ich oder schüttel den Kopf, ansonsten ließ ich ihn labern. Er brauchte das. Und mir wars egal, ich bin ein guter Zuhörer. Und ich hör eine Menge.
Zum Beispiel hörte ich, was er zu Sarah sagte, als sie das erste Mal bei ihm übernachtete. In der Zwischenzeit wohnte ich bei ihm, er hatte eine Fünf-Zimmer-Wohnung am Pariser Platz, und jeder von uns hatte eine Menge Platz für sich allein. Ich bin gern allein. Im Gegensatz zu Ludwig. Wenn er länger als eine halbe Stunde allein in der Wohnung war, RASTETE er aus. Rief hundert Freunde an, oder Leute, die er dafür hielt, und quatschte ihnen die Ohren voll. Meistens versuchte er es bei Frauen. Und manche von ihnen fielen auf ihn rein und verabredeten sich mit ihm. Wie Sarah. Sie war vierunddreißig und Chiropraktikerin. Wegen seiner Rückenwehwehchen hatte er sich von ihr behandeln lassen, und jedes Mal wenn er aus ihrer Praxis nach Hause kam, holte er sich einen runter. Im Bad. Hinter verschlossener Tür selbstverständlich. Aber ich hab verdammt gute Ohren, verdammt gute Ohren. Meiner Meinung nach kamen seine Kreuzverzerrungen daher, dass er sich dauernd einen runterholte. Ich weiß das, ich wohnte im Zimmer nebenan, durch die Wände war einiges zu hören. Zum Beispiel der Satz, den er zu Sarah sagte, als sie das erste Mal bei ihm übernachtete.
»Wenn du mir nicht gehorchst, passiert was!«, sagte er und ich wusste sofort, eines Tages würde etwas passieren. Allerdings etwas anderes, als er erwartete, etwas ganz anderes.

Sarah ließ sich tatsächlich auf ihn ein. Das ging mich nichts an, Sarah und ich verstanden uns gut, sie warf mir manchmal Blicke zu, die mich nervös machten. Ich wusste nicht, was sie mir damit sagen wollte. Im Nachhinein denk ich, sie wollte mich als Verbündeten haben, sie knüpfte Bande für

den entscheidenden Augenblick, ich sollte auf ihrer Seite sein, wenn es so weit war.
Ludwig verabredete sich mit ihr fürs Wochenende, dann sagte er kurzfristig ab, weil er einen Termin hatte. Alles gelogen. Ich kannte die Wahrheit. Er legte die Freundin seines verhassten Kollegen flach, weil er ihn demütigen wollte. Lächerlich. Wenn Sarah nachts, nachdem er es massiv mit ihr getrieben hatte, und zwar ziemlich massiv, lieber nach Hause fahren, als bei ihm übernachten wollte, verpasste er ihr eine Ohrfeige. Einmal fesselte er sie ans Bett und behauptete am nächsten Morgen, das sei genau die Methode, die sie am geilsten findet. Wahrscheinlich glaubte er selber dran, der Depp.
Sarah blieb immer noch bei ihm. Er nahm sie in seinem gottverdammten roten Chrysler Cabrio mit an den Starnberger See, wo sie nackt badeten und sich dann in die Büsche schlugen. Ich war dabei. Nicht direkt natürlich, ich blieb in der Entfernung, ich durfte mit ihnen mitfahren, damit ich mich nicht langweilte, meinte Ludwig. So ein Blödsinn. Anders als er langweile ich mich nicht, wenn ich allein bin. Es war mir Recht, wenn sie mich dabeihatten. Ich mochte Sarah, und ich warf ihr auch Blicke zu, so wie sie mir, wir verstanden uns auf unsere eigene geheimnisvolle Weise. Und Ludwig kriegte natürlich nichts mit, nicht das Geringste, und das war uns gerade recht.
Und Sarah fing an, ihn abgrundtief zu hassen. Seine Art, mit ihr umzuspringen, wurde langsam sadistisch, und anscheinend befriedigte er damit eine Art Masochismus bei ihr, jedenfalls ließ sie sich seine Gemeinheiten und Betrügereien gefallen und hasste ihn gleichzeitig. Sehr merkwürdig. Eine Zeit lang ging ich ihr aus dem Weg, weil ich ihr Verhalten einfach nicht verstand. Außerdem hatte ich mich in Jessica verschaut, die im Parterre unseres Hauses lebte. Nach zwei

Tagen kriegte ich sie rum, und sie wich mir nicht mehr von der Seite. Sie kam mit in Ludwigs Wohnung, und das war mir peinlich. Vor allem wegen Sarah. Doch Sarah war unglaublich freundlich zu Jessica, geradezu rasend freundlich, was mich eifersüchtig machte, und zwar tierisch eifersüchtig.

Als ich Jessica, während ich mich auf dem Parkettboden über sie hermachte, in den Hals biss, nicht nur aus Absicht, es war auch Lust dabei, rannte sie aus der Wohnung und kam nicht wieder. War mir recht. Ein paar Mal hat Sarah versucht, mich zu überreden, ich solle es noch mal mit Jessica probieren, dann gab sie es auf. »Sturer Hund!«, sagte sie, und das ist die Wahrheit. Ich bin ein sturer Hund, ich lass es bloß nicht so raushängen, die meisten Leute halten mich für umgänglich, freundlich und friedlich. Nichts davon trifft zu. In meiner Seele bin ich genauso mörderisch wie Sarah.

Mir sind Frauen rätselhaft wie Sterne, aber ohne sie wärs finster im Leben. Wenn Sarah Ludwig hasste, aber ihn gleichzeitig begehrte, was war da zu tun? Ich saß nebenan und hörte zu, wie er sie traktierte und wie sie schrie und stöhnte und wie sie sich stritten und wie Sarah dann durch den langen Flur lief mit nackten, patschenden Füßen und in der Küche Wodka aus der Flasche trank. Hätt ich mich einmischen sollen? Ich war mir sicher, Sarah würde von sich aus handeln, eines Tages, eines Tages würde sie ihn bezahlen lassen für sein Schweineverhalten.

Der Tag war ein Sonntag. Spätes Frühjahr, Sonne und Vogelgezwitscher ohne Ende. Wenn ich mal eines dieser Biester zu fassen krieg, zermalm ich es in tausend Teile, gottverdammtes Gezwitscher, ich hasse Vögel! Haben keine Ahnung, wie es ist, hier unten zu leben, Geiseln der Schwerkraft, gottverdammt, ich kann gar nicht sagen, wie oft ich die Schwerkraft hasse! Sonntag. Sehr früher Morgen. Ich war wach und langweilte mich NICHT. Lag so da und lauschte zwangsweise dem Scheißgepiepe. Plötzlich ein leises Stöhnen nebenan, ich spitze die Ohren. Was passierte? Ich schlich zur Tür, Ludwigs Tür war geschlossen, aber ich hörte seine Stimme. Dann ging die Tür auf, und ich zuckte zusammen und versteckte mich. Sarah sagte: »Ich hol das Öl, damit ich dich besser massieren kann«, und tapste über den Flur. Ich roch ihren Duft, diesen rauen unüberriechbaren Duft, der aus allen Poren ihres Körpers strömte, ich weiß das, sie hatte mich mal umarmt. Dann kam sie zurück und tat etwas Merkwürdiges: Sie ließ die Tür angelehnt. War das ein Zeichen für mich? Ich konnte Ludwigs Beine erkennen, mehr nicht, er lag auf dem Bauch, wahrscheinlich hatte er wieder seine Verspannungen, die ich ihm gönnte.

Zuerst war ich ihm dankbar gewesen, dass er mich bei sich wohnen ließ, im Lauf der Zeit fragte ich mich mehr und mehr, wie lang ich diesen Kerl noch in meiner Nähe ertragen wollte. Wir hatten uns total auseinander gelebt, natürlich ohne dass er es mitkriegte, er kriegte immer nur sich selber mit, er war Sonne und Erde gleichzeitig, er kreiste um sich und strahlte sich gleichzeitig an, unfassbar!

Er lag da, nackt, und Sarah begann ihn zu massieren, wie sie es schon oft getan hatte, nicht nur in ihrer Praxis, auch in der Wohnung. Wahrscheinlich sparte er auf diese Weise einen Haufen Geld, der geizige Bastard.

Diesmal aber hatte Sarah nicht nur das Öl geholt. Sondern auch ein Küchenmesser, das war lang und scharf, dermaßen lang und scharf, sie versteckte es hinter dem Rücken, Ludwig beachtete sie nicht, er glaubte, sie wär nett wie immer. Sie schmierte ihn ein, sagte ein paar schmierige Sachen zu ihm und er grunzte, und dann holte sie aus, das Messer in der Hand.

Da musste ich niesen. Das passiert mir nie, ich schwörs, gottverdammt! Ich nies höchstens einmal im Jahr, im November, vielleicht im Dezember, aber im Mai hab ich mein ganzes Leben lang noch nicht geniest. Noch nie! Ich nieste, und weil ich auf dem Flur stand und die Tür nur angelehnt war und im Flur praktisch keine Möbel standen, hallte der Nieser und machte einen Mordslärm. Und Ludwig fuhr herum, sah das Messer und schlug zu. Ich keuchte noch, und mein Herz klopfte dramatisch, und mein halbes Gesicht war verklebt vom Rotz, ich musste es erst abwischen, da fiel Ludwig wie eine Bestie über Sarah her und ließ seine Fäuste auf sie draufhageln. Sie hatte keine Kraft, sich zu wehren oder zu schreien. Er drosch wie ein Verrückter auf sie ein, er rastete total aus.

Als sie stumm auf dem Boden lag und blutete, aus dem Mund, an der Stirn, am Hals, aus der Nase, richtete er sich auf und trat ihr in den Unterleib. Sie krümmte sich und schnappte nach Luft, und ehe ich was tun konnte, stürzte Ludwig aus dem Zimmer, zog sich an, riss die Autoschlüssel vom Haken, verpasste mir einen Fußtritt und jagte mich aus der Wohnung. »Du kommst mit, Ralph!«, brüllte er und als ich ihn wütend anbellte, verpasste er mir noch einen Tritt. Ich rannte vor ihm her die Treppe runter und sprang in dieses gottverdammte rote Chrysler Cabrio, auf den Rücksitz, wo mein Platz war.

»Diese Nutte!«, schrie er, gab Gas und ließ den Motor aufheulen. Dann raste er los, und ich hockte hinten im schneidenden Fahrtwind und schämte mich zu Tode. Und meine Wut schäumte weiß aus meinem Maul.

Mit zweihundertzwanzig zischten wir über die Autobahn. Anstatt bei Sarah zu sein, lag ich flach auf dem Rücksitz, und ich dachte schon, der Scheißwagen hebt gleich ab. Ludwig

brüllte immer noch, zu verstehen war kein Wort, zum Glück. In der Nähe des Starnberger Sees bog er ab und nahm die Landstraße. Ich richtete mich auf.
»... Und wenn ich zurück bin, häng ich sie mit dem Kopf voraus aus dem Fenster, und wenn sie was Verkehrtes sagt, lass ich sie los, das garantier ich! So was macht keine Nutte mit mir! Du hast mir das Leben gerettet, Ralph, ist dir das klar? Ohne dich wär ich jetzt eine Leiche. Du hast mir das Leben gerettet, Mann, stell dir das vor, die hätt mich abgestochen, die Nutte, glatt abgestochen! Ist schon irre, dass ich dich behalten hab, ich hätt dich auch wieder im Tierheim abliefern können, niemand wollt dich sonst haben, hähä, bloß ich, ich hab geschnallt, was du wert bist! Hey, Ralph, alter Kumpel! Jetzt machen wir uns einen schönen Tag und dann kümmern wir uns um die Nutte, okay?«
Okay, dachte ich und sprang nach vorn. So schnell konnte er nicht blinzeln. Ich packte seinen rechten Arm, riss ihn vom Lenkrad weg, und er fuchtelte herum, das verdammte rote Cabrio schleuderte über die Straße, hundertachtzig Stundenkilometer, das ist eine fantastische Geschwindigkeit, lauer Wind, lustiges Gezwitscher in den Zweigen, das Cabrio flog auf den Abhang zu, und es war Zeit für mich, den Fuchur zu geben und schwerelos durch die Lüfte zu schweben. Und wie es das Schicksal wollte, begegneten sich noch einmal unsere Blicke. Was is'n jetzt?, sagte Ludwigs Blick und meiner: Deine Leasing-Karre ist jetzt Schrott! Und während ich im Graben landete, mich überschlug und wohlbehalten auf die Beine kam, donnerte Ralph gegen zwei drei Bäume und wurde am Ende, knapp überm weichen feuchten Frühjahrsgras, vom linken Hinterreifen seines roten Cabrios noch ordentlich rasiert.
Über und über voller Blut, lag er da unten, und ich hockte mich hin und rührte mich nicht von der Stelle. Bis diese jun-

ge Frau zu mir kam, in ihrem sommerlichen Kleid, und sich neben mich kniete, sie hatte einen hübschen Busen, aber sie roch nicht halb so rau und aufregend wie Sarah, nicht mal ein Viertel so viel, nicht mal ein Achtel. Sie streichelte mir den Kopf und hielt meinen Gesichtsausdruck allen Ernstes für traurig.

Seit ich bei Sarah wohne, bin ich viel ausgeglichener. Wir gehen oft spazieren, sie redet wenig, und wenn sie was sagt, dann immer schöne Sachen. Im Krankenhaus hab ich sie jeden Tag besucht, im Park natürlich, nicht im Zimmer, das ist verboten, weil ich angeblich bakteriell gefährlicher bin als die Verwandten der Patienten, so ein Scheiß. Egal. Wir trafen uns im Park und verbrachten viele Stunden zusammen. Am Anfang weinte sie oft, später lächelte sie manchmal, und wenn ich für sie im Kreis tanze, lacht sie sogar und sagt »Ralphi Valentino« zu mir.
Sie weiß nicht, dass Ludwig nicht einfach so verunglückt ist. Niemand weiß das, die Akte bei der Polizei ist geschlossen. Ich hab viel Mitleid gekriegt, auch eine neue Erfahrung für einen räudigen Mischling wie mich.
Es gibt Nächte, da darf ich bei Sarah im Bett liegen. Das ist das Paradies. Ich saug ihren rauen Duft ein, und wenn sie fest schläft, streich ich mit der Zunge über ihren Rücken. Sie stöhnt dann leise, und ich bin glücklich.

Die Autorinnen und Autoren

Helga Anderle, lebt als freie Journalistin, Übersetzerin und Autorin in Wien. Ihre Erzählungen und Kurzkrimis wurden im In- und Ausland veröffentlicht. Zuletzt erschien: *Sag beim Abschied leise Servus. Wiener Mordgeschichten.*

Friedrich Ani, geboren 1959, lebt als Schriftsteller in München. Er schreibt Drehbücher und Romane, u.a. *Das geliebte süße Leben* (1996), *Abknallen* (1997), *Die Erfindung des Abschieds* (1998), *Durch die Nacht, unbeirrt* (2000) und *German Angst* (2000).

Heribert Bauer, geboren 1944 in Hobbach, Kreis Miltenberg, lebt als freier Schriftsteller in Frankfurt am Main. Neben Kriminalromanen (u.a. *Hänschen klein stirbt allein)* und -storys veröffentlicht er Kurzgeschichten, Fortsetzungsromane – viele davon in Zeitungen, Zeitschriften und Anthologien.

Lawrence Block, geboren 1938 in Buffalo, schreibt mit großem Erfolg Kriminalromane und -storys. Auf Deutsch sind u.a. erschienen: *Nach der Sperrstunde, Endstation Friedhof, Engel der Nacht, Der Teufel weiß alles, Der Privatclub.*

Monika Buschey, geboren 1954 in Bochum, Journalistin und Autorin. Sie erhielt 1997 den Gratwanderpreis für erotische Literatur. Zuletzt sind von ihr erschienen: *Die Rosen deines Mundes – Prominente Paare und wie sie sich kennen lernten* (1999) und *Der Niagara meiner Sehnsucht – Liebespaare* (2000).

Sabine Deitmer, geboren 1947, studierte Anglistik und Romanistik und lebt als Schriftstellerin in Dortmund. Sie hat 1988 mit ihrem frechen *Bye-bye Bruno – wie Frauen morden* den Trend der lustvoll mordenden Frauen eingeleitet. Heute sind ihre Bücher in mehrere Sprachen übersetzt, verfilmt und für den Hörfunk bearbeitet. Kriminalromane: *Kalte Küsse, Dominante Damen, NeonNächte.*

Thea Dorn, geboren 1970 bei Frankfurt/Main. Nach Gesangsausbildung und Philosophiestudium in Frankfurt/Main, Wien und Berlin war sie wissenschaftliche Mitarbeiterin am Institut für Philosophie der Freien Universität Berlin, seit 2000 ist sie Dramaturgin und Hausautorin am Staatstheater Hannover. Für *Die Hirnkönigin* erhielt Thea Dorn 2000 den Deutschen Krimipreis. Weitere Bücher: *Berliner Aufklärung* (R., 1994), *Ringkampf* (R., 1996), *Vorsicht Steinschlag* (E., 1996), *Venus mit Hund* (E., 1997), *Ultima Ratio* (E., 1998).

Doris Dörrie, geboren 1955 in Hannover, lebt als Regisseurin, Drehbuchautorin und Erzählerin in München. Durch ihre Filme (u.a. *Männer,* 1985; *Bin ich schön,* 1998; *Erleuchtung garantiert,* 1999) bekannt geworden, wurde Doris Dörrie bald auch als Autorin von Erzählungen erfolgreich. Erschienen sind von ihr die Bände *Liebe, Schmerz und das Ganze verdammte Zeug, Was wollen Sie von mir?, Der Mann meiner Träume, Für immer und ewig, Love in Germany, Samsara, Bin ich schön?*

Iris von Finckenstein, geboren 1953 in Mainz, studierte Germanistik und Völkerkunde in München, besuchte die Deutsche Journalistenschule München; sie ist tätig als freie Journalistin für Fernsehen, Zeitungen und Zeitschriften und arbeitet derzeit an ihrem ersten Roman. Iris von Finckenstein lebt in München.

Peter Gerdes, geboren 1955 in Emden, lebt als Journalist und Kriminalschriftsteller mit Frau und drei Töchtern in Leer. Zuletzt erschienen die Kriminalromane *Ein anderes Blatt* (1997), *Thors Hammer* (1997) und *Ebbe und Blut* (1999).

Evelyn Holst, geboren 1952, dreizehn Jahre Journalistin beim *Stern,* seit 1992 Romanautorin *(Ein Mann für gewisse Sekunden. Der Mann auf der Bettkante, Ach wie gut, dass niemand weiß, Ein*

Mann aus Samt und Seide) und Drehbuchautorin. Zwei Kinder, ein Mann, kein Hund.

Jörn Ingwersen, geboren 1957 auf Sylt, freier Autor und Übersetzer. 1996 erschien sein Kriminalroman *Schafsköpfen. »Big Benny«.*

Edith Kneifl, geboren 1954 in Wels/Oberösterreich, lebt als Psychoanalytikerin und freie Schriftstellerin in Wien. Sie erhielt 1992 den »Glauser« für den besten deutschsprachigen Kriminalroman. Erschienen sind von ihr u.a. die Romane *In der Stille des Tages, Zwischen zwei Nächten, Triestiner Morgen, Ende der Vorstellung, Allein in der Nacht.*

Karin Kusterer, geboren 1955 in München, studierte Völkerkunde in München und St. Petersburg, schreibt Kinderbücher und Erzählungen für Erwachsene *(Sturzflüge,* 1999). Karin Kusterer lebt mit ihrem Mann und ihren zwei Kindern in Schwifting bei Landsberg am Lech.

Conny Lens, geboren 1951 in Essen, lebt in Datteln als freier Schriftsteller, veröffentlichte zahlreiche Kriminalromane (u.a. *Blutspur, Jagd auf GEL, Die Kattowitz-Connection, Verliebt in den Tod),* Erzählungen, Hörspiele und schreibt fürs Fernsehen.

Tessa de Loo, geboren 1946 in Bussum/Niederlande, verdiente sich das Geld für ihr Studium in der Fabrik. Auf Deutsch sind u.a. erschienen der Erzählband *Die Mädchen von der Süßwarenfabrik* und der Roman *Schönheit, komm, der Tag ist halb vergangen.*

Brigitte Luciani, geboren 1966 in Hannover, studierte Literatur und Geschichte in München und arbeitete als Fotodokumentaristin in Berlin. Heute lebt sie mit Mann und ihren drei kleinen Töchtern in der Nähe von Paris. Zuletzt erschienen von ihr *Die Spielerin* und *Marquise de Brinvillier oder Wie schaffe ich mir meine Familie vom Hals?* (eine Biografie über die berühmte französische Giftmischerin) sowie das Kinderbuch *Wer fährt mit uns ans Meer?*

Massimo Marcotullio, geboren 1955 in Pavia, schreibt satirische Romane und Kurzgeschichten.

Jutta Mülich, lebt mit ihrem Mann und ihren zwei Kindern in einem idyllischen Dorf nahe der Seestadt Bremerhaven und schreibt Romane: *Mein Mittwochsmann* (1997), *Pauls versammelte Bräute* (1999).

Ingrid Noll, geboren 1935 in Shanghai, kam 1949 mit ihrer Familie nach Bad Godesberg. Nach dem Studium in Bonn, Heirat und drei Kindern begann sie zu schreiben – veröffentlichte jedoch erst spät, im Alter von 54 Jahren. Ihre Kriminalromane bevölkern seither die Bestsellerlisten. *Der Hahn ist tot* (1991), *Die Häupter meiner Lieben* (1993), *Die Apothekerin* (1994), *Kalt ist der Abendhauch* (1996), *Röslein rot* (1998).

Fabienne Pakleppa, geboren 1950 in Lausanne/Schweiz, freie Schriftstellerin, lebt seit 1972 in Deutschland, seit 1977 in München. Neben Romanen hat Fabienne Pakleppa zahlreiche Kurzgeschichten und Glossen veröffentlicht, vor allem in den Zeitschriften *Petra, Cosmopolitan, Hör zu,* in der *Süddeutschen Zeitung,* in verschiedenen Anthologien, im BR, NDR, SDR, ORF. Sie erhielt 1997 den Gratwanderpreis für Erotische Literatur der Zeitschrift Playboy. Romane: *Die Himmelsjäger* (1993), *Die Aufsässigen* (1995), *Die Birke* (1999); Kurzgeschichten: *Mein unverschämter Liebhaber* (2000).

Silvia Szymanski, geboren 1958 in Merkstein, ist Autorin und Sängerin der Rockband »The Me-Janes«. 1998 erschien ihr Debütroman *Chemische Reinigung,* 1999 der Band mit erotischen Geschichten *Kein Sex mit Mike.*

Gabriele Wolff, geboren 1955 in Düsseldorf, lebt als Oberstaatsanwältin und Kriminalschriftstellerin in Potsdam. Zuletzt erschienen ihre Romane *Armer Ritter* (1993), *Rote Grütze* (1994), *Tote Oma* (1997) und *Der falsche Mann* (2000) sowie der Erzählband *Von toten Ratten & zahmen Tauben* (1996).

Chris Zimmer, geboren 1957 in München, studierte Germanistik und Kunstgeschichte; war als Buchhändlerin und Lektorin tätig, bevor sie sich 1996 entschloss, nur noch zu schreiben. Sie schreibt Kurzgeschichten und Romane *(Der Gelegenheitslover,* 2000) und lebt mit Mann und Tochter in ihrer Heimatstadt.

Quellenverzeichnis

Helga Anderle: *Horch mal, wer da stöhnt* aus *Die Phantasie ist eine Frau* (Hrsg. v. Ingeborg Mues. Copyright © 1998 Fischer Taschenbuch Verlag, Frankfurt am Main.

Friedrich Ani: *Und ich bin glücklich.* Originalbeitrag. Copyright © 2000 by Friedrich Ani. Mit freundlicher Genehmigung des Autors.

Heribert Bauer: *Vier Herren in Schwarz.* Copyright © 1993 by Heribert Bauer. Mit freundlicher Genehmigung des Autors.

Lawrence Block: *Heiße Augen, kalte Augen.* Copyright © by Lawrence Block. Copyright © der deutschsprachigen Übersetzung: 1994 Wilhelm Heyne Verlag, München.

Monika Buschey: *Albert oder Die Reduktion.* Originalbeitrag. Copyright © 2000 by Monika Buschey. Mit freundlicher Genehmigung der Autorin.

Sabine Deitmer: *Heißkalte Liebe.* Copyright © 1999 by Sabine Deitmer. Mit freundlicher Genehmigung der Autorin.

Thea Dorn: *Das Goldene Vlies.* Copyright © 1998 by Thea Dorn. Mit freundlicher Genehmigung der Autorin.

Doris Dörrie: *Kaschmir* aus *Bin ich schön?,* © 1994 Diogenes Verlag AG, Zürich.

Iris von Finckenstein: *Der Allerletzte Treuetest.* Originalbeitrag. Copyright © 2000 by Iris von Finckenstein. Mit freundlicher Genehmigung der Autorin.

Peter Gerdes: *Blondes Gift.* Originalbeitrag. Copyright © 2000 by Peter Gerdes. Mit freundlicher Genehmigung des Autors.

Evelyn Holst: *Bei Anruf Mord.* Originalbeitrag. Copyright © by Evelyn Holst. Mit freundlicher Genehmigung der Autorin.

Jörn Ingwersen: *Verwandte Seelen.* Copyright © 1993 by Jörn Ingwersen.

Edith Kneifl: *Kurzes Gastspiel.* Copyright © by Edith Kneifl. Mit freundlicher Genehmigung der Autorin.

Karin Kusterer: *Baphomets Fluch.* Originalbeitrag. Copyright © 2000 by Karin Kusterer. Mit freundlicher Genehmigung der Autorin.

Conny Lens: *Schlummertrunk.* Copyright © by Conny Lens.

Tessa de Loo: *Die Mädchen von der Süßwarenfabrik.* Aus dem Niederländischen von Rosemarie Still © 1994 Deutscher Taschenbuch Verlag, München.

Brigitte Luciani: *Paris.* Originalbeitrag. Copyright © 2000 by Brigitte Luciani. Mit freundlicher Genehmigung der Autorin.

Massimo Marcotullio: *Mein zuckersüßes Frauchen.* Übers. Andreas Ohlendorff. Originalbeitrag. Copyright © 2000 by Massimo Marcotullio. Mit freundlicher Genehmigung des Autors.

Jutta Mülich: *Zurück von der Insel.* Originalbeitrag. Copyright © 2000 by Jutta Mülich. Mit freundlicher Genehmigung der Autorin.

Ingrid Noll: *Der gelbe Macho* aus *Stich für Stich* © 1997 Diogenes Verlag AG, Zürich.

Fabienne Pakleppa: *Killing him softly.* Originalbeitrag. Copyright © 2000 by Fabienne Pakleppa. Mit freundlicher Genehmigung der Autorin.

Silvia Szymanski: *Baby Love* aus *Kein Sex mit Mike.* Copyright © 1999 Hoffmann und Campe Verlag, Hamburg.

Gabriele Wolff: *Gelöscht.* Originalbeitrag. Copyright © 2000 by Gabriele Wolff. Mit freundlicher Genehmigung der Autorin.

Chris Zimmer: *Kein Baum für Konrad.* Originalbeitrag. Copyright © 2000 by Chris Zimmer. Mit freundlicher Genehmigung der Autorin.

Trotz unserer Bemühungen konnten nicht alle Rechteinhaber erreicht werden. Berechtigten Forderungen kommt der Verlag gerne nach.

Evelyn Holst

Ach wie gut, dass niemand weiß

Roman

Tagsüber führt der attraktive Marlon Stephan ein ganz normales Leben, doch wenn es dunkel wird, treibt ihn ein unbezwingbares Verlangen aus dem Haus. Er belauert Frauen in ihren Wohnungen, bricht ein, sobald sie schlafen, und vergewaltigt sie. Als seine Frau einen Hinweis bekommt, bricht eine Welt für sie zusammen. Doch dann findet sie ein wichtiges Indiz …

»Jede Frau verspürt nach der Lektüre den ungewöhnlichen Wunsch, möglichst bald in eine fensterlose Wohnung zu ziehen.«

Der Spiegel

Sugar & Spice

Schnelle Geschichten für harte Frauen

Herausgegeben von Andrea Bußemeier

Hart, aber herzlich!
Sie leben in New York, London oder Berlin und sie haben die Nase voll von einem Leben nach der Norm. Mal bissig-provokant, mal erotisch und hinreißend komisch berichten Frauen vom Singleleben zwischen Koitus, Karriere und der Suche nach dem Mann fürs Leben.

Knaur